MICHAEL WERNER

HIWWE WIE DRIWWE

DER PENNSYLVANIA REISEVERFÜHRER

Impressum

Steffen Boiselle & Clemens Ellert
Sauterstraße 36, 67433 Neustadt an der Weinstraße
Fon: 06321 - 48 93 43, Fax: 06321 - 48 93 45
E-Mail: info@agiro.de

Gestaltung & Zeichnungen: Achim Szabo
Printed in EU
ISBN 978-3-946587-34-7

Hiwwe wie Driwwe Series No. 12
Weitere Informationen unter: www.agiro.de

Der Autor:

Dr. Michael Werner, Sprachwissenschaftler und Publizist, ist seit mehr als 25 Jahren Herausgeber der pfälzisch-pennsylvanischen Zeitung „Hiwwe wie Driwwe“ und heute der Experte in Rheinland-Pfalz, wenn es um die Sprach- und Kulturbeziehungen zwischen diesen beiden Regionen geht. Als Berater hinter und Mitwirkender vor der Kamera war er auch an der Produktion der von Publikum und Presse gleichermaßen gefeierten Kinodokumentation „Hiwwe wie Driwwe – Pfälzisch in Amerika“ maßgeblich beteiligt. Für seine Verdienste um die deutsch-amerikanischen Beziehungen wurde er mehrfach ausgezeichnet, unter anderem im Jahr 2020 mit der Hermann-Sinsheimer-Plakette für Literatur und Publizistik.

Der Grafiker:

Da sich schon ein Onkel in der Nähe von Philadelphia angesiedelt hatte, wollte auch die Familie seiner Urgroßmutter, die damals noch ein Kind war, im frühen 20. Jahrhundert die Fahrt über den großen Teich wagen. Die beschwerliche Überfahrt glücklich geschafft, wurden sie jedoch in Ellis Island abgewiesen, weil ein Familienmitglied auf der langen Schiffsreise krank geworden war. Sie mussten zurück nach Europa. Und so wuchs seine Uroma nicht in Pennsylvania, sondern im damaligen Königreich Ungarn auf, wohin ein ursprünglich aus Duchroth bei Bad Kreuznach stammender Teil der Familie bereits im späten 18. Jahrhundert ausgewandert war.

Achim Szabo ist Diplom-Kommunikationsdesigner und seit vielen Jahren als Illustrator und Grafikdesigner tätig. Bereits für die Kinodokumentation „Hiwwe wie Driwwe – Pfälzisch in Amerika“ wirkte er als kreativer Kopf hinter den Illustrationen.

ES PENNSYLVANISCH

DEITSCH LAND

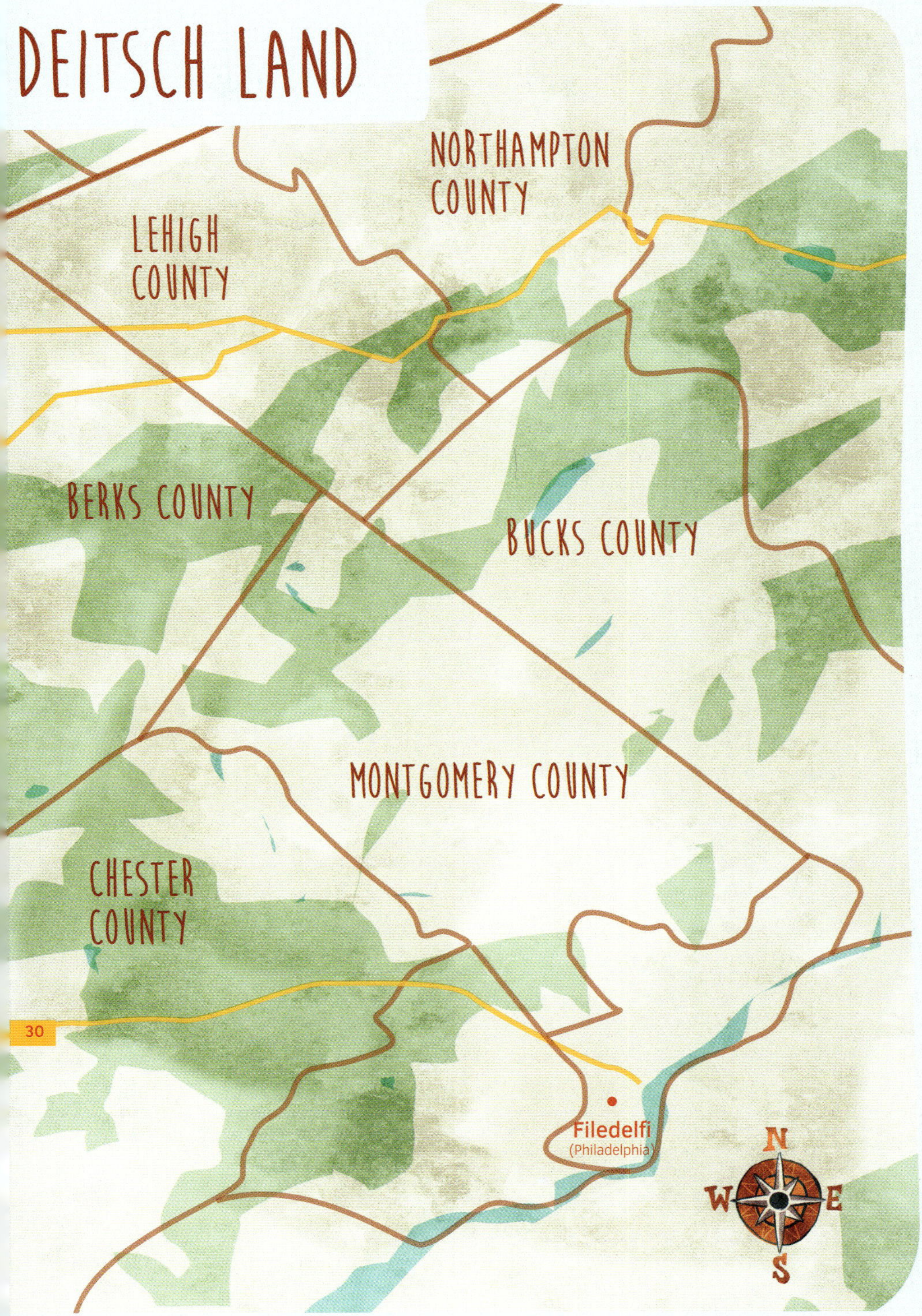

INHALTSVERZEICHNIS

GRUßWORT

Liebe Leserinnen und Leser,

Rheinland-Pfalz und Pennsylvania trennen tausende Kilometer, und dennoch gibt es ganz erstaunliche kulturelle Gemeinsamkeiten zu entdecken. Anlässlich des 25. Jubiläums der pfälzisch-pennsylvaniadeutschen Zeitung „Hiwwe wie Driwwe“ erscheint dieses Jahr das Buch zur Zeitung und zur rheinland-pfälzischen Kinodokumentation „Hiwwe wie Driwwe – Pfälzisch in Amerika“.

Dr. Michael Werner, Pfalzexperte und Sprachwissenschaftler, bringt uns anhand der Geschichten von Nachfahren kurpfälzischer Amerikaauswanderer die pfälzische Kultur näher. Selbst eingefleischte Pfälzer Originale können noch so einiges über heimische Traditionen und Bräuche lernen, denn im Pennsylvania Dutch Country hat sich so manche kulturelle Begebenheit überlebt, die „hiwwe“ über die Jahre verlorengegangen ist.

Die Menschen in Rheinland-Pfalz sind für ihre Gastfreundlichkeit, Weltoffenheit und ihre Lebensfreude bekannt. Als europäisches Grenzland pflegen wir den Kontakt und den Austausch zu unseren Nachbarn.

Dr. Michael Werner zeigt mit dem „Pennsylvania Reiseverführer" eindrucksvoll auf, dass unsere reichhaltige rheinland-pfälzische Kultur sogar auf der anderen Seite des Atlantiks bewahrt und gelebt wird. Als Ministerpräsidentin freue ich mich sehr über diesen wunderbaren Beitrag zur Festigung der deutsch-amerikanischen Freundschaft.

Allen interessierten Lesern und Leserinnen wünsche ich viel Freude bei der Erkundung einer Kultur, die gefühlt so nah und räumlich doch so weit entfernt ist. Es finden sich jedenfalls eine ganze Reihe interessanter Anlässe, sich selbst auf die Spuren der pfälzischen Auswanderer und Auswandererinnen in Pennsylvania zu begeben. Lassen Sie sich verführen!

Malu Dreyer

Ministerpräsidentin von Rheinland-Pfalz

VORWORT

Pennsylvania ist ein Staat der Gegensätze: High Tech und Hexenzeichen, Bibelgläubigkeit in den ländlichen Regionen und Boomtowns rund um Philadelphia. Und mittendrin liegt ein Landstrich, der heute „Pennsylvania Dutch Country“ genannt wird. Geprägt vor allem von Auswanderern aus der Kurpfalz, Hessen, dem Elsass und der Schweiz, sprechen heute mehr als 400 000 Amerikaner noch immer eine Mundart, die am ehesten dem Pfälzisch entspricht, wie es 25 Kilometer rund um Mannheim gesprochen wird: Pennsylvania-Deutsch, auch „Pennsylvania Dutch“ genannt.

Mit den Pennsylvania-Deutschen verbindet Menschen, die am Oberrhein und in angrenzenden Regionen leben, eine gemeinsame Kultur, deren Wurzeln über das Mittelalter hinaus weit in vorchristliche Zeit zurückreichen. Und was bei uns in Europa durch Aufklärung, Verstädterung und Kriege in Vergessenheit geraten ist, hat sich dort gehalten. Man kann es auch so sagen: Wenn wir verstehen wollen, wer wir selbst sind, sollten wir ins „Pennsylvania Dutch Country“ reisen. Dort liegt der Schlüssel zum Verständnis unserer eigenen Kultur.

Bei einem Trip durch Pennsylvania treffen wir Menschen, an die wir uns gerne erinnern werden. Nicht alle verstehen wir, vor allem wenn es politisch wird – oder auch, wenn es um Religion geht. Aber es umgibt sie eine Freundlichkeit und Offenheit, die sehr besonders ist.

Ich habe nach einer Reise ins „Pennsylvania Dutch Country" immer das Gefühl, dass ich etwas aus dieser Region, die der Pfalz auch landschaftlich so sehr ähnelt, mitnehme: Eine starke Erinnerung an Begegnungen, an Märkte, Museen, Veranstaltungen und Feste – vor allem aber ein Band, das zwischen Menschen entstanden ist, die sich aufgrund ihrer Geschichte in den letzten 300 Jahren sehr unterscheiden – und die sich doch so nah sein können.

Es ist ein kleines Wunder – und ich möchte Sie einladen, es mit mir zu entdecken. Vielleicht gelingt es mir, Sie zu einer eigenen Reise nach Pennsylvania zu verführen.

Michael Werner

DIE AUSWANDERUNG

Kurpfälzer als Flüchtlinge

Die Anfänge waren zaghaft: 1678 ließ sich eine Gruppe französischsprachiger Hugenotten, die zwischenzeitlich in Mannheim Zuflucht gefunden hatten, am Hudson River bei New York nieder. Ihre neue Siedlung nannten sie aus Dankbarkeit „Nouveau Palatinat“, später umbenannt in „New Paltz“.

Die Bürger Londons versorgen die Flüchtlinge mit Lebensmitteln und Bibeln (1709)

Erste deutschsprachige Siedler waren Mennoniten aus Krefeld, die mit der Frankfurter Compagnie unter Franz Daniel Pastorius (1651-1719) im Jahr 1683 in Philadelphia anlandeten und nördlich der Stadt die Siedlung „Germantown" gründeten. Dorthin zogen 1685 auch erste Kurpfälzer aus Kriegsheim (bei Monsheim).

Die pfälzische Massenauswanderung begann 1709. Belastet durch Kriege, hohe Abgaben und einen Hungerwinter waren viele Menschen offen für Veränderungen. Es kursierten Flugblätter mit dem Bildnis der Königin Anne und dem Hinweis, Großbritannien könne sich für die protestantischen Glaubensbrüder und -schwestern in der Kurpfalz einsetzen. Die Autoren waren wohl in Adelskreisen zu suchen. Viele einfache Menschen sahen ihre Chance, und im Laufe weniger Monate machten sich tausende den Rhein hinunter auf den Weg nach London in der Hoffnung, dort Hilfe zu erhalten und vielleicht den Platz in einem Schiff in die neue Welt. Über 11 000 Menschen campierten schließlich vor den Toren der Stadt. Die Königin und ihre Regierung besorgten über 1 000 hochdeutsche Bibeln und jede Menge Geld, um die Menschen im Flüchtlingslager zu versorgen. Aber je länger der Aufenthalt dauerte, umso mehr kippte die Stimmung unter den Bürgern in London. Daniel Defoe (1660-1731), Autor des „Robinson Crusoe", berichtete in seinem Buch „A Brief History of the Palatine Refugees" (1709) über die Situation und ergriff als Journalist Partei für die Flüchtlinge. Er dokumentierte Rufe nach Obergrenzen und berichtete über fremdenfeindliche Hetze gegen die Deutschen ebenso wie über die Zivilcourage von Privatleuten, die versuchten, den Flüchtlingen zu helfen. In diesen Tagen entstand wohl der Ausdruck „Palatines" als Sammelbegriff für alle Menschen, die den Rhein hinuntergekommen waren. Über 70 Jahre wurde er in diesem Sinne gebraucht und umfasste damit nicht nur Pfälzer, sondern alle ankommenden Einwanderer.

Aus der Kurpfalz kamen rund 8 500 Menschen, darunter auch Schweizer, die nach dem 30jährigen Krieg Aufnahme am Rhein gefunden hatten, weitere 2 000 aus Hessen-Darmstadt. Kleinere Gruppen kamen unter anderem aus Pfalz-Zweibrücken, Baden, dem Elsass, Hessen-Kassel sowie den Bistümern Mainz, Worms und Speyer.

3 000 Menschen wurden schließlich nach Irland geschickt, um das protestantische Element auf der Insel zu stärken, 3 000 weitere nach New York. 650 begleiteten den Schweizer Christoph von Graffenried (1661-1743) in die Kolonie New Bern nach North Carolina. Tausende weitere verstarben bereits in London und auf der Überfahrt bzw. wurden – weil katholisch – nach Hause geschickt.

Die Auswanderer nach New York begleiteten auf zehn Schiffen den neuen Gouverneur Robert Hunter und den Pfarrer Joshua Harrsch (1669-1719) genannt „Kochertal". In der neuen Welt kamen sie 1710 an und sollten am Hudson River Pech und Teer für die britische Kriegsmarine herstellen. Bereits 1712 galt das Unternehmen als gescheitert, und die Briten überließen die Deutschen ihrem Schicksal. Die Familien schlugen sich durch, zunächst ins Schoharietal, 1723 ins Mohawktal. Eine wirklich sichere Bleibe fanden sie nicht, und so zogen im gleichen Jahr einige von ihnen – etwa 15 Familien – in einem Treck weiter nach Pennsylvania. Dort errichteten sie eine neue Siedlung am „Tulpehocken Creek" westlich von Reading im Berks County.

In den nachfolgenden Jahrzehnten wanderten mehrere zehntausend Menschen aus kurpfälzischen Regionen nach Pennsylvania aus, und zu Beginn des Amerikanischen Unabhängigkeitskrieges 1776 sollen 110 000 der insgesamt 225 000 Einwohner Pennsylvanias deutschsprachig gewesen sein. Da sie sich im Südosten des Staates in einem Gebiet von der Größe der deutschsprachigen Schweiz konzentrierten, war eine Sprachinsel entstanden. Vor allem in ländlichen Gebieten blieben die Neuankömmlinge oft unter sich. Bereits 1751 hatte der Verleger und Staatsmann Benjamin Franklin (1706-1790) gejammert: „Warum sollen wir leiden, daß die Pfälzer Bauernlümmel sich um unsere Ansiedlungen drängen und, indem sie in Rudeln zusammenwohnen, ihre Sprache und Sitten befestigen zum Verderben der unsrigen. Warum soll Pennsylvanien, das von Engländern gegründet wurde, eine Kolonie von Fremdlingen werden, die bald so zahlreich sind, daß sie uns germanisieren, anstatt wir sie englisieren, und die ja so wenig unsere Sprache und Gebräuche annehmen wie sie unsere Hautfarbe erlangen können."

In der Zeit zwischen 1750 und 1780 bildeten sich aus den gesprochenen deutschen Dialekten wie Pfälzisch, Schweizerdeutsch, Elsässisch usw. erste gemeinsame sprachliche Elemente und Muster heraus, aus denen sich in der Folgezeit das Pennsylvania-Deutsche entwickelte. Prof. Mark Louden erzählt in seinem 2016 erschienenen Buch „Pennsylvania Dutch – The Story of an American Language" die Entstehungsgeschichte der neuen Mundart umfassend und spannend. Bis zum Jahre 1834, als ein neues Schulgesetz die Stellung der hochdeutschen Sprache in Pennsylvania erstmals nachhaltig gefährdete, hatte sich längst eine relativ einheitliche Sprachvarietät entwickelt. Ab diesem Zeitpunkt wurde die Überdachung durch das Hochdeutsche Jahrzehnt für Jahrzehnt immer schwächer, und das Pennsylvania-Deutsche musste als Mundart zunehmend auf eigenen Füßen stehen.

Heute haben die Nachfahren der Auswanderer längst vergessen, was die Begriffe „Pfalz“ bzw. „pfälzisch“ bedeuten. Viele der kulturellen Muster, die uns „hiwwe“ wie „driwwe“ verbinden, haben sie nichtsdestotrotz behalten.

Knapp 30 % der rund 13 Millionen Einwohner Pennsylvanias – also fast 4 Millionen Menschen – sind aktuell deutschstämmig. Das ist mit großem Abstand die größte Gruppe. Etwa 1 % der Einwohner spricht noch immer Pennsylvania-Deutsch, und das über 300 Jahre nach dem Beginn der deutschen Amerikaauswanderung.

SCHON GEWUSST?

Über **45 MILLIONEN**

Amerikaner gaben beim 2015 durchgeführten „American Community Survey“ deutsch als Hauptabstammung an. Damit stellen die Deutsch-Amerikaner mit Abstand die

GRÖSSTE EINWANDERERGRUPPE.

Im Jahr 1900 war

NEW YORK

die drittgrößte deutschsprachige Stadt – nach Berlin und Wien.

ES ALTE LAND

Warum man in Pennsylvania die Pfalz nicht kennt

Man kann immer wieder lesen, die Vorfahren vieler Pennsylvania-Deutscher seien aus der Pfalz ausgewandert – „Palatinate“ oder „Lower Palatinate“ heißt die Gegend dann in englischen Artikeln. Das ist bestimmt nicht falsch, aber auch nicht wirklich richtig. Denn das, was wir heute als Pfalz verstehen, also der südliche Teil des Landes Rheinland-Pfalz, existierte so im 18. Jahrhundert nicht.

Der Rhein – im 18. und 19. Jahrhundert die wichtigste Reiseroute auf dem Weg in die neue Welt

Mannheim war bis 1777 die Hauptstadt der Kurpfalz, deren Territorien unter anderem auch die Oberämter Alzey, Bacharach, Kreuznach, Oppenheim, Simmern, Stromberg, Veldenz, Heidelberg, Ladenburg, Umstadt (bei Darmstadt) und Mosbach (Odenwald) umfasste. Kurz: Die Pfalz damals reichte weit über die heutige Pfalz hinaus. Sie war ein Staat mit einiger Bedeutung, hatte sogar die Kurwürde, also das Recht, den Kaiser des Heiligen Römischen Reiches Deutscher Nation mitzuwählen.

1778 wurde die Hauptstadt nach dem Aussterben der bairischen Wittelsbacher im Zuge einer Erbabwicklung von Mannheim nach München verlegt. Die Kurpfalz war im neu entstandenen Herzogtum Pfalz-Baiern aufgegangen. 1792 wurden die linksrheinischen Teile von französischen Revolutionstruppen besetzt und 1798 auch völkerrechtlich französisch, was sie bis 1814 blieben. Danach bekam Bayern die linksrheinischen Territorien zugeschlagen. Sie hießen nun „Rheinbaiern“ (später Rheinpfalz bzw. Pfalz genannt). Damit war die Landkarte komplett neu gezeichnet: Es gehörten Landstriche zur Pfalz, die niemals kurpfälzisch waren, z. B. Speyer. Auf der anderen Seite hatten viele rechtsrheinische Gebiete sowie linksrheinische Gebiete nördlich von Frankenthal und Grünstadt neue – hessische – Herren gefunden.

Wie überhaupt: Man kann sich des Eindrucks nicht erwehren, dass Landesherren ab dem Mittelalter bis ins 19. Jahrhundert hinein Territorien kauften, verkauften, verpfändeten oder verschenkten, als seien es Äcker in ihrem Besitz. Und was sich auf diesen Äckern befand – nämlich die Menschen – wurde entsprechend mit verschachert. Insoweit handelte der Adel seinerzeit ein wenig so wie Landwirte heute, wenn sie über ihr Eigentum verfügen.

Für die Pennsylvania-Deutschen macht das die Sache unübersichtlich. Wie alle Amerikaner lieben sie Familienforschung. Da kann es sein, dass Unterlagen in ihrem Besitz sie in die Irre führen. Etwa, wenn es heißt, ein Vorfahr sei 1830 aus Bayern eingewandert – nämlich aus Edenkoben. Oder ein Ahne sei 1745 aus der „Pfaltz“ gekommen, genauer gesagt, aus Sinsheim.

Der Begriff „Palatinate“ existiert im Englischen also, aber die Menschen verbinden meist keine spezielle Region mit ihm. Sprechen Pennsylvania-Deutsche von der Heimat ihrer Vorfahren, hört man meist: „Mei Voreldre sinn aus em alte Land kumme“. Oder „Mei Voreldre waare deitsch“. In einer englischen Unterhaltung fallen Begriffe wie „Rhine Valley“ und „South-Western Germany“. Mehr wissen sie nicht, weshalb sie auch nicht ahnen, dass sie heute mit Menschen links und rechts des Rheins viel mehr verbindet, als sie denken: eine gemeinsame Geschichte, eine ähnliche Mundart und eine vergleichbare Volkskultur.

Auswanderermuseum in Oberalben bei Kusel

Und deshalb sind sie in Pennsylvania auch immer ebenso erstaunt und erfreut, wenn sie jemandem begegnen, der sie quasi in ihrer Muttersprache anspricht. Oft können sie es überhaupt nicht glauben – vor allem die „Amish". „Was saagscht?", wird ungläubig gefragt, oder „Saag's widder!"

Nach zwei oder drei weiteren Sätzen ist dann meist klar, ob eine Unterhaltung in „deitsch" funktioniert. Und wenn, dann hat man als Deutscher mit (kur-)pfälzischen Wurzeln wirklich einen entscheidenden Vorteil. Man kann diese Menschen kennenlernen wie kaum jemand sonst. Jedenfalls, wenn man nicht hochdeutsch spricht.

Ein guter Bekannter, der 2001 im Alter von 87 Jahren verstorbene Carroll Bingaman aus Reading (PA) mit Vorfahren aus Edenkoben, war seit einem ersten Besuch in Deutschland als junger Mann ab den 1950er Jahren jedes Jahr immer wieder in die Pfalz gekommen. Er war unverheiratet, und irgendetwas zog ihn immer wieder in die Heimat seiner Vorfahren.

Als ich ihn kennenlernte, war er schon 80 Jahre alt und sagte jedes Mal beim Abschied von Deutschland: „Des war es letscht Mol, ass ich do waar. Neegscht Yaahr kumm ich nimmie." Und ein Jahr danach läutete das Telefon, und am anderen Ende sagte eine Stimme: „Ich bin widder do!"

Carroll erzählte mir einmal von seiner Lieblingsbeschäftigung. Er sagte, er sitze oft einen ganzen Nachmittag im Park am Mannheimer Wasserturm auf einer Bank und erzähle mit älteren Damen. Dann frage er immer: „Was meenscht du, wu ich herkumm?“ Und wenn die Antwort dann zum Beispiel war: „Ich weess net, Sie sinn net vun Mannem, awwer vielleicht vun Frankedahl, gell?“ – dann freute er sich wie ein kleines Kind. Er jedenfalls hatte seine Pfalz wiedergefunden.

SCHON GEWUSST?

Amerikaner lieben Genealogie
Eine der größten Gesellschaften für

FAMILIENFORSCHUNG

ist „Palatines to America“ (www.palam.org) mit über 1 000 Mitgliedern.

GERMANTOWN

Neubeginn in Amerika

„Deitscheschteddel" nannten die Deutschen in Pennsylvania das Straßendorf, das von 1683 ausgewanderten Krefelder Familien gegründet worden war. Die Rechte zur Anlage des Ortes hatte der Jurist Franz Daniel Pastorius (1651-1719) für die Frankfurter Land-Compagnie käuflich von William Penn (1644-1718) erworben.

Jeder sollte in Pennsylvanien – „Penns Waldland" – nach seiner Façon glücklich werden und seinem eigenen Glauben folgen können. Besonders für religiöse Minderheitengruppen wie die Mennoniten war dies eine Einladung, die auf offene Ohren stieß. 1677 war William Penn durch die Niederlande und Deutschland gereist und hatte am 23. Juni in „Krisheim" (Kriegsheim, heute ein Stadtteil von Monsheim) bei einem Zwischenstopp auf dem Weg von „Mentz" (Mainz) über Worms und Mannheim nach Heidelberg persönlich für seine Kolonie geworben. Die Nacht verbrachte er innerhalb der Mauern von Frankenthal.

Bereits 1685 kamen die ersten Pfälzer Mennoniten aus Kriegsheim in Philadelphia an. Germantown – so der englische Name – lag nur ein paar Meilen nördlich und war vom Hafen aus bequem zu erreichen. Über die Situation der ersten Deutschen schreibt Pastorius: „Den 24. Octobr. 1685 habe ich Franciscus Daniel Pastorius auf Gutbefinden unsers Gouverneurs noch eine neue Stadt Namens Germanton (sic!) oder Germanopolim zwo Stund Wegs von Philadelphia angelegt, allwo es ein gut schwarz tragbares Erdreich und viel frische gefundene

Brunnenquellen, viel Eichen-, Nuß und Castanien-Bäume, auch eine gute Weyde für das Vieh hat. Der Anfang bestunde nur in 12 Familien von 41 Köpfen, meistens hochteutschen Handwercks-Leuten und Webern, weil ich wahrgenommen, daß man des leinen Tuches nicht würde entbehren können. Die Haupt-Gasse dieser Stadt machte ich 60 Schuh breit und die Zwerch-Strassen 40, das Spatium oder Grundplatz zu einem jeglichen Hause und Garten ist so viel als 3 Morgen Ackers, für meine Wohnung doppelt so viel."

Im Jahr 1688 verfasste die Quäker-Gemeinde in Germantown in deutscher Sprache einen schriftlichen Protest gegen die Sklaverei – den ersten überhaupt. Bis zur endgültigen Abschaffung sollte es noch bis weit ins 19. Jahrhundert dauern.

Für die nachfolgenden hundert Jahre spielte Germantown beim Zuzug weiterer Deutscher nach Pennsylvania eine wichtige Rolle. Es war der Anlaufpunkt für alle, die sich aus Philadelphia kommend nach Westen auf den Weg machten. Gab es bereits Freunde oder Verwandte im Land, hatten sie oft im „Deitscheschteddel" schriftlich oder mündlich eine Nachricht hinterlassen, wo sie zu finden sind.

Die Schlacht um Germantown (1777)

Der Ladenburger Johann Christoph Sauer (1695-1757) ließ sich 1724 in Germantown nieder, bestellte nach einigen Jahren Tätigkeit als Schneider in Frankfurt am Main Fraktur-Lettern und gründete 1739 die erste Druckerei. Sauer produzierte Kalender, Bücher und die erste deutsche Zeitung in der neuen Welt: die „Germantauner Zeitung". 1743 druckte er die erste deutschsprachige Bibel. Mit seinem Unternehmen stand Sauer zeitweise in Konkurrenz zum Drucker, Verleger und Politiker Benjamin Franklin (1706-1790), einem der Gründerväter der Vereinigten Staaten.

Um 1750 herum besuchte der schwedische Reisende Pehr Kalm den Ort und notierte: „Sechs Meilen entfernt von Philadelphia liegt Germantown. Dieser Ort hat nur eine Straße, ist aber fast zwei englische Meilen lang. Er wird zum größeren Teil von Deutschen bewohnt, die aus ihrer Heimat nach Nordamerika kommen und sich niederlassen, weil sie hier Rechte genießen, die sie sonst nirgends besitzen. Die meisten Einwohner sind Handwerker, die fast alles in solcher Quantität und ausgezeichneter Qualität herstellen, dass diese Provinz in kurzer Zeit nur noch sehr wenig aus England brauchen wird." Einige Jahrzehnte und einen Unabhängigkeitskrieg später, in dem es auch eine „Schlacht von Germantown" (1777) gab, waren die Vereinigten Staaten 1783 mit dem „Frieden von Paris" ein von England unabhängiger Staat.

1854 erfolgte die Eingemeindung Germantowns. Der Ort gehörte fortan als „Suburb" zu Philadelphia und verlor im Zuge der Industrialisierung zunehmend seine dörfliche Struktur. Seine Rolle als Umschlagplatz für Informationen zwischen Siedlern und Neuankömmlingen hatte er zu diesem Zeitpunkt bereits weitgehend eingebüßt. Immer mehr Amerikaner mit nicht-deutscher Herkunft siedelten sich an, und spätestens seit den 1960er Jahren zählt das ehemalige „Deitscheschteddel" zu den armen und nicht immer ungefährlichen Bezirken Philadelphias.

In den 1940er Jahren hatte die „Stevens High School" in Germantown eine Schülerin, von der man später noch viel sehen, hören und lesen sollte: Grace Kelly (1929-1982). Die spätere Hollywood-Schauspielerin und Fürstin „Gracia Patricia" von Monaco war die Tochter eines irischstämmigen Bauunternehmers. Spannender jedoch ist die Verwandtschaft mütterlicherseits. Ihre Großmutter Margarethe Berg (1870-1952) wurde in Heppenheim an der Bergstraße im Haus „Am Großen Markt 8" geboren und wanderte 1890 in die Vereinigten Staaten aus. In jüngerer Zeit haben Ahnenforscher herausgefunden, dass auch der Heppenheimer Rennfahrer Sebastian Vettel mit Grace Kelly und damit Fürst Albert II. von Monaco verwandt ist. Die Welt ist eben doch ein Dorf.

SCHON GEWUSST?

Mehr als ein Dutzend **GERMANTOWNS** gibt es in den USA – von Pennsylvania über Ohio und Illinois und Wisconsin bis nach Tennessee.

Doch nur in **PHILADELPHIA** gibt es einen

„COLONIAL GERMANTOWN HISTORIC DISTRICT"

und damit einen Ort, dessen Bedeutung für die amerikanische Geschichte offiziell gewürdigt wird.

SCHWEIZER PFÄLZER

Einwanderer als Auswanderer

Genanalysen liegen unter Genealogen im Trend. In der Pfalz führen diese von verschiedenen Webseiten angebotenen Auswertungen bisweilen zum Ergebnis, dass in der DNA eines Probanden sowohl skandinavische als auch südeuropäische Spuren vorhanden sind. Klar: Germanen und Römer eben. Wer nicht in der DNA, sondern in seinen Stammbüchern sucht, findet etwas anderes: Schweizer.

Eine typische pennsylvanisch-deutsche Scheune in New Tripoli (PA)

Familienforscher öffnen mit ihrer Arbeit ein Fenster in die Vergangenheit. Aber meist ist dieses recht klein. Nach zehn bis zwölf Generationen ist, falls die Familie nicht adelig ist, meist Schluss. Aber immerhin: Damit kann man mit viel Arbeit und etwas Glück einen Stammbaum erstellen, dessen Wurzeln bis ins 17. Jahrhundert zurückreichen.

Das war eine Zeit, in der die Pfalz Einwanderungsland war. Verwüstet durch den 30jährigen Krieg und mehrere Erbfolgekriege in den Jahrzehnten danach, suchte der pfälzische Kurfürst dringend neue Bürger, um das Land wieder aufzubauen. Und sie kamen: Tiroler, französische Hugenotten und – neben weiteren Einwanderergruppen – viele Schweizer. Auf diese Familien kann man bei eigenen genealogischen Forschungen stoßen, und oft führen die Nachforschungen in den Kanton Bern. Von hier sind vor allem mennonitische Glaubensflüchtlinge in die Pfalz gekommen. Aus anderen Regionen der Schweiz kamen Menschen, die problematische klimatische Bedingungen aus ihrer Heimat vertrieben. Kurz, es ist ein bisschen wie heute: Es handelte sich um Glaubens- und Wirtschaftsflüchtlinge. In der Pfalz packten sie kräftig an, halfen bei der Verbesserung der landwirtschaftlichen Methoden und lebten – mehr oder weniger frei – ihren Glauben.

Als die Kurzpfalz 1685 auf die katholische Dynastie Pfalz-Neuburg überging, wurde es allmählich ungemütlicher. In diesem Jahr machten sich die ersten schweizerdeutschen Pfälzer auf den Weg nach Germantown in die neue Welt. Viele weitere sollten folgen, vor allem nach dem Hungerwinter 1708/1709, der viele Pfälzer den Rhein hinunter zu den Schiffen an der Nordseeküste trieb. Man kann davon ausgehen, dass viele dieser „Schweizer Pfälzer" zum Zeitpunkt der Auswanderung aus der Pfalz noch mehr oder weniger Schweizerdeutsch sprachen. Denn oft hatten sie außerhalb der Ortschaften Bauerngehöfte gebaut, die heute noch in der Pfalz an ihrer Endung „-hof" erkennbar sind, z.B. der Weierhof bei Kirchheimbolanden (heute Standort des Mennonitischen Forschungszentrums, das auch das Deutsch-Pennsylvanische Archiv beherbergt). In einer solchen Außenlage waren die Kommunikationsmöglichkeiten eher begrenzt. Und von Auswanderergemeinschaften wie den Deutschen in Amerika im 19. Jahrhundert oder den Italienern in Deutschland im 20. Jahrhundert wissen wir, dass ein kompletter Sprachwechsel bis zu drei Generationen dauern kann.

Unter Wissenschaftlern wird diskutiert, wie viele Spuren die Schweizer im kulturellen Erbe der Pfalz hinterlassen haben. Es ist überschaubar, sagt die eine Seite, die sich in der Mehrheit sieht. Es ist ganz, ganz viel, sagt eine Minderheit und belegt ihre Sicht mit vielen – auch guten – Argumenten. Für letztere Sicht macht sich mit vielen Detailbelegen vor allem der südpfälzische Volkskundler Helmut Seebach stark. Ich würde sagen: Wie so oft, liegt die Wahrheit wahrscheinlich irgendwo in der Mitte.

Gegen die These, dass – überspitzt gesprochen – alle Pfälzer im Grunde Schweizer waren, spricht meines Erachtens, dass sich in den kulturellen Mustern mehr Parallelen zwischen Pennsylvania und der Pfalz zeigen lassen als zwischen Pennsylvania und der Schweiz. Aber natürlich ist ein Schweizer Einfluss nachweisbar – in den Gebräuchen, im Hausbau, Ackerbau, Viehzucht, Speisen und etlichem mehr.

So heißt die pennslyvanisch-deutsche Scheune heute im Englischen „Swiss Barn". Wie im alemannischen Raum wird das Gebäude mit Vorlieben an einen Hang gebaut, so dass man von hinten einen direkten Zugang zur Tenne im ersten Obergeschoss hat und mit einem Wagen hineinfahren kann. Und auch in der Sprache der Pennsylvania-Deutschen wird der Einfluss der Schweizer sichtbar. Sprach man bei einem Säugling in alter pfälzischer Manier früher von einem „Bobbel", einem „Bobbche" oder einem „Bobbelche", ist heute die Version „Bobbeli" führend. Der sogenannte „-li"-Diminutiv, also die alemannische Verkleinerungsendung, hat sich fast vollständig durchgesetzt. Dies ist zurückzuführen auf den Einfluss der Mennoniten und Amish. Eigentlich handelt es sich bei ihnen um eine Gruppe von Menschen mit 40 bis 60 Familiennamen. Dazu gehören die Yoders (Jotter), Beilers, Craybills (Crayenbühl), Brackbills (Brechbühl), Lapps und andere mehr. Noch vor 100 Jahren stellten sie nur einen Bruchteil der pennsylvanisch-deutschen Sprechergemeinschaft – vielleicht ein bis zwei Prozent. Heute jedoch sind es vor allem die Vertreter dieser konservativen Religionsgemeinschaften, die am Dialekt festhalten, so dass ihr Anteil an der Gesamtheit der Sprecher aktuell bei über 90 Prozent liegen dürfte.

Dass unter den Pionieren in Pennsylvania im 18. Jahrhundert viele Menschen mit Schweizer Wurzeln waren, zeigt auch ein Blick auf die Landkarte. In Berks County gibt es Townships – das wäre bei uns vielleicht etwas wie eine Verbandsgemeinde – mit einem klar regionalen Bezug: „Bern" und „Upper Bern". Und mit „Luzerne" gibt es sogar ein County, also einen Landkreis, bei dem sich ein solcher Bezug herstellen lässt. Geht man weiter in die Tiefe, zeigt sich auch im Detail immer wieder der Einfluss von Schweizern.

Mich interessiert die eher akademische Frage, wie viel Schweiz im Pfälzischen steckt, allerdings nur zu einem gewissen Grad. Interessanter finde ich etwas anderes: Die Pfalz hat auch durch ihre verkehrsgünstige Lage mit dem Rhein als schiffbarem Fluss immer wieder Einwanderer angezogen – und in Krisenzeiten in größeren und kleineren Stößen wieder abgegeben – in Richtung Nordamerika, in Richtung Südamerika, aber auch in Richtung Ost- und Südosteuropa.

So lassen sich Gemeinsamkeiten in den Dialekten der Pfälzer, Pennsylvania-Deutschen, Ungarn-Deutschen, Rumänien-Deutschen, Jugoslawien-Deutschen, Russland-Deutschen und anderen finden.

Für mich ein Indiz, dass sich seit der Zeit der Germanen, Römer und Kelten eigentlich nichts verändert hat: Menschen wandern auf der Suche nach einem besseren Leben. Wenn es uns schlecht ginge, würden wir vermutlich ebenso handeln.

SCHON GEWUSST?

Ein Beleg für den Einfluss der Schweizer sind die pfälzischen

STRAUBEN,

ein heute bei uns fast vergessenes süßes Gebäck, bei dem der Teig durch einen Spritzbeutel oder Trichter unter kreisenden Bewegungen in eine Pfanne mit heißem Öl gegeben und dort gebacken wird. In der Schweiz als „Strübli“ bekannt, ist es in Pennsylvania unter dem Namen

„DRECHTERKUCHE“

(Trichterkuchen) bzw. „Funnel Cake“ sehr beliebt.

EPHRATA CLOISTER

Sinnsuche in der neuen Welt

Bei meiner allerersten Pennsylvania-Reise besuchte ich auch eine der touristischen Attraktionen im Lancaster County: „Ephrata Cloister“. Bei der geführten Tour durch das Kloster war ich der einzige Gast, und den Namen meines Guides habe ich nicht vergessen. Es war eine Studentin, die Heidi Oberholtzer hieß. Deutsch sprach sie kein Wort, aber sie war stolze Pennsylvania-Deutsche mit familiären Wurzeln in der Schweiz.

Kloster Ephrata im Lancaster County

Zwischen dem Kloster Ephrata und der Kurpfalz gibt es eine ganz intensive Verbindung. Alexander Mack (1679-1735) aus Schriesheim bei Heidelberg hatte Anfang des 18. Jahrhunderts mit Gleichgesinnten eine pietistisch-täuferische Bewegung gegründet, die die Erwachsenentaufe propagierte. 1708 waren acht Erwachsene im unterfränkischen Schwarzenau am Fluss Eder durch dreimaliges Untertauchen – Tunken – getauft worden. Deshalb hießen die „Schwarzenauer Brüder" bald „Tunker" (im Englischen „Dunkers"). Aus diesem Keim entwickelte sich die „Church of the Brethren", die in den USA heute über 100 000 Mitglieder hat.

Nach Pennsylvania kamen die ersten „Tunker" im Jahr 1719. Alexander Mack hatte zunächst eine Zwischenstation im niederländischen Friesland gemacht und stieß von dort mit rund 120 weiteren Personen 1729 nach der Überfahrt zu den Glaubensbrüdern in der neuen Welt. Ein wichtiges Mitglied der Tunker in Pennsylvania war Johann Christoph Sauer (1695-1757) aus Ladenburg, von dem schon die Rede war.

Bereits ein Jahr vor der Ankunft Macks in Philadelphia hatte sich eine Gruppe unter Leitung von Johann Conrad Beissel (1691-1768), der aus dem kurpfälzischen Eberbach stammte, von den Tunkern abgespalten. Fortan nannte sich diese Gemeinde „Siebentägner-Tunker" (Seventh Day Dunkers). Beissel waren das Sabbat-Feiern am Samstag und das Leben im Zölibat besondere Anliegen, und so gründete er 1732 am Cocalico Creek bei Lancaster ein Kloster. Dabei steht der Name „Ephrata" für „Bethlehem" und kommt so in der jüdischen Bibel vor. Als radikale Pietisten waren die Siebentägner von mystisch-spirituellen Ideen geprägt. Enge Verbindungen bestanden auch zu anderen Täuferbewegungen, vor allem den Mennoniten. In den Folgejahren wuchs das Kloster schnell, und es entstanden zahlreiche Wirtschaftsbetriebe wie Mühlen, Gerbereien, Bauernhöfe und eine Druckerei, in der 1748 die erste deutsche Ausgabe des Märtyrerspiegels gedruckt wurde – ein dickes Buch über die Leiden christlicher Märtyrer von der Antike bis ins 16. Jahrhundert.

Beissel selbst komponierte zahlreiche Stücke für den Klosterchor. Bereits 1747 entstand ein Gesangbuch. Zweiter Mann im Kloster war Johann Peter Müller (1709-1796), der aus dem kurpfälzischen Alsenborn stammte.

Ein Tag im Kloster war hart. Männer und Frauen lebten in getrennten Häusern – die allermeisten von ihnen zölibatär. Sie schliefen auf Holzbänken mit Holzklötzen statt Kissen und standen mitternächtlich für eine Christus-Andacht auf. Die Speisen waren – bis auf wenige Ausnahmen zu bestimmten Anlässen – vegetarisch. Mitte des 18. Jahrhunderts lebten etwa 80 zölibatäre Mönche und

Nonnen im Ephrata Kloster. Dazu kamen rund 200 verheiratete Paare und weitere Familien, die in den Wirtschaftsbetrieben arbeiteten.

Nach Beissels Tod 1768 wurde das Zölibat nach und nach aufgegeben, und der letzte zölibatär lebende Mönch starb 1813.

Schon ein Jahr später schlossen sich die „Siebentägner Tunker" den „Siebenten-Tags-Baptisten" an, und dadurch kamen auch neue Bewohner ins Kloster. Der letzte Mensch, der als kleines Kind noch in Klostergebäuden gelebt hat, starb erst im Jahr 2008.

Grab des Eberbachers Johann Beissel in Ephrata

Bereits 1941 jedoch hatte der Staat Pennsylvania das Gelände samt aller Gebäude gekauft. Seit 1967 zählt es zu den „National Historic Landmarks" und ist damit ein „Historic District" von herausragender Bedeutung. Ein Besuch des Klosters lohnt sich allemal.

Die Gegend rund um Ephrata weist heute die höchste Dichte an noch bekannten deutschen Orts- und Straßennamen auf. Prof. C. Richard Beam hat viele in seinem „Comprehensive Pennsylvania German Dictionary" notiert. Leider gibt es nur ein Dutzend offizielle Straßenschilder. Zu diesen gehören „Katzebuckel Road", „Pasching Road", „Barigschtrooss", „Schteebruch Weg" und ein paar andere mehr.

SCHON GEWUSST?

Seit 1976, als die Vereinigten Staaten von Amerika 200 Jahre alt wurden, gibt es eine

STÄDTEPARTNERSCHAFT

zwischen Ephrata und Eberbach. Insgesamt existieren vielleicht

EIN DUTZEND FREUNDSCHAFTEN

zwischen Orten in Pennsylvania und Gemeinden in Rheinland-Pfalz, Baden Württemberg, Hessen und dem Saarland. Das jüngste Projekt ist die Städtepartnerschaft zwischen Kutztown und Altrip, die im Jahr 2021 offiziell besiegelt wurde.

CONRAD WEISER

Der mit den Indianern spricht

Bei Amerikanern ist es vergleichsweise normal, im Laufe eines Lebens gleichzeitig oder nacheinander ganz unterschiedlichen Tätigkeiten zum Gelderwerb nachzugehen. Scheitern ist erlaubt, weil es danach in einem ganz anderen beruflichen Feld wieder aufwärts gehen kann.

In Deutschland dagegen hat man in der Regel nur einen Beruf. Und wird man arbeitslos, sucht man in diesem Beruf meist einen neuen Job – aber möglichst nicht zu weit entfernt vom jetzigen Wohnort. Warum erzähle ich das? Weil es den alten Antagonismus zwischen Amerikanern und Deutschen zeigt: Wo der Amerikaner Freiheit sucht, sucht der Deutsche Sicherheit.

Ein Mann mit vielen Talenten war Conrad Weiser (1696-1760). Der Württemberger mit familiären Wurzeln in Großaspach war im Laufe seines Lebens Bauer, Gerber, Soldat, Priester, Richter – und vor allem Diplomat. Doch der Reihe nach: Conrad Weisers Vater hatte als Witwer mit seinen Kindern wie tausende andere 1709 die Heimat den Rhein hinunter Richtung London verlassen, um in die amerikanischen Kolonien zu gelangen. Er gehörte zu den Glücklichen, die in die neue Welt verschifft wurden.

In Camps in der Nähe des Hudson River sollten die Pfälzer für die Britische Navy tätig sein – doch das Projekt misslang schnell. Die meisten Familien zogen nach Pennsylvania. Conrad Weisers Vater gelang schon 1712 der Umzug ins

Mohawk Valley (NY). Die dort lebenden Mohawk (Mohikaner) gehörten zum mächtigen Stammesverband der Irokesen. Conrad nahm 1712 als 15-jähriger die Einladung des örtlichen Häuptlings an, für einige Monate beim Stamm zu leben – und lernte die Sprache der Indianer. Dieses Wissen sollte den weiteren Lebensweg des jungen Mannes maßgeblich bestimmen.

1731 freundete sich Weiser mit dem Häuptling Shikellamy vom irokesischen Teilstamm der Oneida an, die westlich der Mohawk-Indianer lebten. Für Verhandlungen mit Vertretern der britischen Kolonie reisten die beiden Männer gemeinsam nach Philadelphia, wo Conrad Weiser einen großen Eindruck hinterlassen haben muss. Jedenfalls wurde er in der Folgezeit immer wieder als Übersetzer bei Gesprächen mit den Indianern eingesetzt. 1736 begleitete Weiser die Erstellung eines Vertrages, in welchem Shikellamy Land an die Kolonie Pennsylvania verkaufte. Diese Vereinbarung war das, was man heute einen „Game Changer“ nennen würde. Hatte der Gründer der Kolonie, William Penn, noch immer versucht, sich gegenüber den verschiedenen Indianerstämmen neutral zu verhalten, änderte dieser Landkauf alles. Denn Teile des Territoriums wurden auch von den weiter östlich siedelnden „Lenni Lennapi“ (auch „Delawaren“ genannt) beansprucht.

Typisches Blockhaus der ersten Siedlergeneration im 18. Jahrhundert

Als 1754 dann der „French and Indian War“ ausbrach, der bis 1763 dauern und das Ende der französischen Ansprüche in Nordamerika besiegeln sollte, schlugen sich die Lenni Lennapi auf die französische Seite, während die Mohawk und andere

Stämme der Irokesen Verbündete der Briten waren. Dies ist die Bühne für Fenimore Coopers Roman „The Last of the Mohicans" – ein Buch, dessen Handlung im Jahr 1757 spielt und bei uns als „Der letzte Mohikaner" bekannt geworden ist.

Conrad Weiser bewegte sich zeit seines Lebens in vielen Welten. Zwischen 1734 und 1741 hielt er sich, obwohl bereits verheiratet und Vater von vier Kindern, oft im Kloster Ephrata in Lancaster County auf. Ab 1740 war er mit einigen seiner Kinder permanent dort und wurde zum Priester erhoben. Seine Frau hingegen verließ nach einigen Monaten das Kloster, um mit einigen weiteren Kindern auf der Familienfarm in Heidelberg Township, Lancaster County, zu wohnen.

1745 heiratete Tochter Maria den aus Einbek in Niedersachsen stammenden Heinrich Melchior Muhlenberg, der zum Begründer der lutheranischen Kirche in Pennsylvania avancierte.

Im Jahr 1748 half Conrad Weiser schließlich, die Gegend um das heutige Reading (PA) besser zu erschließen. Er zeichnete einen ersten Plan der zukünftigen Stadt und erwarb ein Grundstück mit Haus – das heutige „Conrad Weiser Homestead" in Womelsdorf. 1748 wurde er einer von drei „Commissioners" der neuen Stadt Reading, und 1752, als der Distrikt Berks County gegründet wurde, erhielt er das Amt des Friedensrichters. Acht Jahre später starb er im Alter von 63 Jahren.

Nur drei Meilen entfernt von Conrad Weisers Wohnhaus befindet sich heute die Conrad Weiser High School in Robesonia (PA), an der meine gute Bekannte Ashley Snyder Deutschlehrerin ist. Ich erfahre hier immer wieder neu, was Freiheit für Amerikaner bedeutet. Es wird zum Beispiel vor Ort entschieden, welche Schulfächer im Angebot bleiben. Eine übergeordnete Strategie, die alle Schuldistrikte und Schulen bindet, gibt es offensichtlich nicht. Und so geraten in den High Schools im Pennsylvania Dutch Country seit einigen Jahren die Deutsch-Programme unter Druck, weil die chinesische Regierung den Schulen in den USA zu wirtschaftlich günstigen Bedingungen Lehrkräfte zur Verfügung stellt. Das ist für die Bildungseinrichtungen, die vor allem über lokale Budgets finanziert werden, attraktiv.

Es kostet Mühe, bei politisch Verantwortlichen immer wieder auf die Bedeutung der deutschen Sprache für die Verbindung zwischen den Nachfahren deutscher Auswanderer in den USA und den Nachfahren der damals in Deutschland verbliebenen Verwandten hinzuweisen. Wann immer ich kann, besuche ich Ashley in ihren Deutsch-Klassen in Robesonia. Einmal war ich während einer Fußballweltmeisterschaft da, und einige der Schüler trugen Trikots der deutschen Nationalmannschaft. Das hat mich dann doch erstaunt, aber es zeigt, dass es noch immer eine emotionale Beziehung zwischen „uns" und „ihnen", zwischen alter und neuer Welt gibt.

SCHON GEWUSST?

Bekannter als der Württemberger Conrad Weiser ist in der Pfalz heute der aus Edenkoben stammende

TRAPPER JOHANN ADAM HARTMANN

(1748-1836), der 1764 als 16-jähriger in Philadelphia ankam. Er orientierte sich aber nicht nach Pennsylvania, sondern in Richtung New York State. Da er in der Nähe von James Fenimore Cooper (1789-1851) lebte, gilt er als dessen Vorbild für den

„LEDERSTRUMPF".

Der Schriftsteller kam sogar in die Pfalz und verbrachte einige Zeit in der Region um Edenkoben.

Conestoga Wagon

Schwerlastverkehr im weiten Land

Immer wenn ich meinen amerikanischen Mentor und Freund Prof. C. Richard Beam und seine Frau Dorothy in Millersville besuchte, lud er mich in das nahe gelegene „Conestoga Wagon Restaurant" im Ort Conestoga in Lancaster County ein. Mir war lange nicht klar, dass hier amerikanische Geschichte geschrieben wurde.

Ein Conestoga Wagon als Museumsstück

Pfälzische Auswanderer – in diesem Fall mennonitische Siedler mit Wurzeln in der Schweiz, deren Familien einige Jahrzehnte in der Kurpfalz gelebt hatten – entwickelten hier 1717 ein besonders robustes Fuhrwerk. Es war eine wirklich ausgeklügelte Konstruktion, die auf Grundlage deutscher Vorbilder entstand. Da die Kutsche von Beginn an für den Güterverkehr gedacht war, hatte sie einen vorne und hinten hochgezogenen Wagenboden. Ziel war, das Verrutschen von Ladung beim Befahren gebirgiger Regionen zu verhindern. Der Radstand war extrem hoch, um kleinere Bäche und Flüsse problemlos durchfahren zu können, und der Wagenboden zusätzlich gegen Nässe abgedichtet. Auch auf dem Weg liegende Felsen konnten dem Fuhrwerk nichts anhaben. Als erstes Fuhrwerk in der neuen Welt hatte der Karren eine Bremse, die auf die Hinterräder wirkte. Die Ladekapazität betrug sagenhafte fünf Tonnen. Der hölzerne Wagenkasten war hellblau, Räder und Laufwerk rot und das Verdeck aus Segeltuch oder weißer Leinwand. Meist zogen sechs Pferde das Gefährt, das bald „Conestoga Wagon" genannt wurde. Aber es gab auch Ochsenfuhrwerke.

Drei große Routen existierten im 18. Jahrhundert: Die erste ging über die Appalachen nach Pittsburgh, wo die Ladung auf Schiffe umgeladen und zu den „Banks of the Ohio", den Ufern des Ohio Flusses, verschifft wurde. Die zweite Route ging von Pennsylvania über Frederick in Maryland nach Baltimore. Frederick ist die Partnerstadt von Schifferstadt, und es gibt hier ein vom ersten Einwanderer erbautes „Haus Schifferstadt" zu sehen. Eine dritte Route erstreckte sich im 19. Jahrhundert bis nach Viriginia und North Carolina.

Die Conestoga Wagons wurden im 19. Jahrhundert zum leichteren und wendigeren „Prairie Schooner" weiterentwickelt, jenem Planwagen, welcher die Besiedlung des Wilden Westens erst möglich machte. Sein schwerer Vorgänger kam spätestens mit dem Bau der Eisenbahn in Pennsylvania und den Nachbarstaaten ab den 1840er Jahren aus der Mode. Originale stehen heute im „National Museum of American History" in Washington und im „Pennsylvania State Museum" in Harrisburg, der Hauptstadt des Bundesstaates Pennsylvania.

Louis Miller (1795-1882), einer der ersten Volkspoeten und Karikaturisten in Pennsylvania mit Eltern aus Schwäbisch Gmünd (Vater) und Heidelberg (Mutter), dichtete ein Fuhrmannslied, das mit folgenden Versen beginnt: „Naach Baltimore geht unser Fuhr / Mit dem bedeckte Waage; / Der Turnpike zeigt uns die Geschpur, / Die Geil sinn guud beschlaage." Dick Beam, der als Opernfan bei längeren Autofahrten auch gerne einmal laut Mozarts „Arie des Papageno" intonierte, stimmte Millers Lied auf der kurzen Fahrt von Millersville nach Conestoga manchmal an. Und seine Frau Dorothy, ehemalige Konzertpianistin und als Jüngere der beiden in der Regel die „Fuhrfraa", sah aufmerksam auf die Straße und lächelte.

SCHON GEWUSST?

Mit der Erschließung des Westens machten Geschichten von mutigen Cowboys die Runde. Der Büffeljäger William Frederick Cody (1846-1917) – genannt

„BUFFALO BILL",

machte den „Wilden Westen" mit „Buffalo Bill's Wild West Show" berühmt. Mit diesem Zirkus war er einer der Begründer des „American Show Business" und ging weltweit auf Tour.

1906 kam er nach Deutschland und gastierte unter anderem auch in Trier und Mainz.

Regina Leininger

Von Indianern geraubt

Im 18. Jahrhundert hatten die europäischen Großmächte Nordamerika unter sich aufgeteilt. Die Kolonien der Briten lagen an der Ostküste. Die Spanier beanspruchten den Westen des Kontinents. Und dazwischen lag „Nouvelle France" – Neufrankreich. Als es zum Krieg zwischen Briten und Franzosen kam, hatten die Siedler zu leiden.

Zu meinen sehr frühen Bekannten in Pennsylvania zählten Francis D. Kline (1937-2013) und seine Frau Marianne Kline in Robesonia. Beide hatte ich bei einem Besuch des „Dolpehocken Saenger Chor" in Reading kennengelernt. Auf meine Frage, von wo die Familie Klein einst ausgewandert ist, nannte mir Francis den Namen eines sehr kleinen Ortes bei Kusel: Ulmet. Da fiel ich fast vom Stuhl, weil auch eine Linie der Familie meiner Frau aus dem selben Dorf stammt und enge Verwandte noch immer dort leben. Einen gemeinsamen Vorfahren haben wir allerdings nicht identifizieren können, weil die Familie Klein erst einige Jahrzehnte nach dem 30jährigen Krieg zugezogen war und bereits 1709 nach Pennsylvanien auswanderte. Marianne hingegen ist in Chemnitz geboren und als sehr kleines Kind mit ihren Eltern nach Pennsylvania ausgewandert. Deutsch spricht sie nicht.

Francis war es, mit dem ich eines Tages in den 1990er Jahren auf dem Christ Lutheran Cemetery in Stouchsburg, nicht allzu weit entfernt von seinem Wohnort, vor dem Grab einer gewissen Regina Leininger stand. Und er erzählte mir die Geschichte dieser Familie, die sich vor vielen Jahren aus dem württembergischen Reutlingen kommend in Pennsylvania niedergelassen hatte. Regina war 1755 als Neunjährige im sogenannten „French and Indian War“ von mit Franzosen verbündeten Lenapee Indianern verschleppt worden, gemeinsam mit ihrer Schwester Barbara und einer Reihe weiterer Kinder. Bei diesem Überfall auf Bauernhöfe in der Nähe von Selinsgrove, der als „Penn's Creek Massacre“ in die Geschichte einging, wurden ihr Vater und ihre männlichen Geschwister getötet. Ihre Mutter und ein weiterer Bruder überlebten, weil sie zum Zeitpunkt des Angriffs nicht zu Hause waren.

Die Kinder aber wurden bei den Lenapee in die Obhut von Familien oder Frauen gegeben und mussten hart arbeiten. Die Sicht auf diesen Sachverhalt ist – je nach Perspektive – heute sehr unterschiedlich. Die amerikanische Geschichtsschreibung spricht vom Verkauf dieser Kinder und Sklaverei. Indianische Historiker betonen eher, dass die durch ständige Vertreibung ausgehungerten und ausgebluteten Stämme Menschen von außen aufnehmen mussten, um überhaupt überlebensfähig zu bleiben. Sie erfüllten in den indianischen Familien wichtige Funktionen von zuvor verstorbenen Stammesbrüdern und -schwestern. Unstrittig ist, dass das Leben hart und die Indianer bei ihren Bestrafungen alles andere als zimperlich vorgingen. Die grausamen Details übergehe ich hier. Davonlaufen war jedenfalls nicht ratsam.

Regina Leiningers Grab in Stouchsburg

Der „French and Indian War"(1756-1763) wird im Deutschen meist als „Siebenjähriger Krieg" bezeichnet und war im Grunde ein weltweiter Konflikt, in dem England gemeinsam mit Preußen gegen Frankreich, Russland, das Heilige Römische Reich Deutscher Nation und Österreich kämpfte. Er endete 1763 mit einer Niederlage Frankreichs und seiner Verbündeten. Die Franzosen verloren „Nouvelle France", Neufrankreich, und damit ihren Besitz auf nordamerikanischem Boden. In Europa stieg Preußen zur Großmacht auf, wodurch sich die Konkurrenz mit dem habsburgischen Österreich verschärfte. England war nach diesem Sieg endgültig Weltmacht geworden.

Traditionelle Indianerhütte im östlichen Amerika

Regina Leininger kümmerten diese Weltereignisse wenig. Sie war zwischenzeitlich von ihrer Schwester Barbara getrennt worden, betreute aber ein jüngeres Mädchen. Am 31. Dezember 1764 mussten im Zuge des Friedensschlusses alle Indianerstämme die geraubten Kinder herausgeben. Die Übergabe fand im Fort Pitt statt, das der Stadt Pittsburgh (PA) ihren Namen gab. Hier standen nun mehrere Dutzend Jugendliche in indianischer Kleidung. Sprach man sie an, antworteten sie in der Sprache ihrer Stämme. Reginas Mutter konnte jedenfalls ihre Tochter nicht erkennen. Aus dem damals neunjährigen Mädchen war eine achtzehnjährige junge Frau geworden. Der für die Übergabe zuständige General riet ihr, etwas zu tun, woran sich das Mädchen erinnern könnte. Die Frau überlegte einen Moment und begann, eine religiöse Hymne von Johann Sebastian Bach zu singen: „Allein, und doch nicht ganz alleine / Bin ich in meiner Einsamkeit. / Denn wenn ich ganz verlassen scheine, / Vetreibt mir Jesus selbst die Zeit, / Ich bin bei ihm und er bei mir, / So kommt mir gar nichts einsam für."

Es war dieses Lied, das die Familie Leininger viele Jahre zuvor jeden Abend am Essenstisch nach der Mahlzeit gemeinsam gesungen hatte. Es dauerte eine kleine Weile, da trat aus der Reihe der Kinder eine Person hervor und begann, das Lied in Deutsch mitzusingen: Regina Leininger. Barbara Leininger, Reginas Schwester, blieb verschollen. Gemeinsam mit dem von ihr betreuten jüngeren Mädchen und ihrer Mutter trat sie den Heimweg an. Heinrich Melchior Muhlenberg, lutheranischer Pastor und prominenter Förderer der lutheranischen Kirche in Pennsylvania, schenkte ihr eine neue Bibel. Regina lebte ihr Leben, blieb aber unverheiratet.

Die Geschichte könnte hier zu Ende sein, ist sie aber nicht. Denn der Umstand, dass allein die Kenntnis religiöser Texte sie nach der Gefangenschaft zu ihren Liebsten zurückgebracht hat, ist einfach zu amerikanisch, um vergessen zu werden. Schnell wurde die Story im religiös geprägten Pennsylvania bekannt und über die Generationen zur Legende. Und Anfang des 21. Jahrhunderts finanzierten Evangelikale eine Hollywood-Produktion mit dem Titel „Alone yet not alone", in der die Geschichte mit aufwändigen filmischen Mitteln erzählt wird. Die Botschaft ist klar: „Lebe gottesfürchtig, und Gott der Herr wird dich dereinst aus deiner Trübnis befreien."

So wurde Regina Leininger ein zweites Mal gekapert, und es ist nicht davon auszugehen, dass die Evangelikalen sie jemals wieder frei lassen werden.

SCHON GEWUSST?

Fast hätte es der Titelsong „Alone Yet not Alone" der Verfilmung 2014 zu einem **OSCAR** gebracht.

Bereits als einer von fünf möglichen Gewinnern nominiert, wurde er kurzerhand vor der Preisverleihung von der Liste gestrichen. Es kam heraus, dass der Komponist insgesamt 70 von 240 stimmberechtigten Mitgliedern der Jury eine E-Mail geschrieben hatte, um für sein Lied zu werben. Die konservative Rechte witterte das, was sie immer wittert: Verschwörung – in diesem Fall eine des liberalen Hollywood gegen das Christentum.

VALLEY FORGE

George Washingtons Boot Camp

Wenige Jahre nach dem „French and Indian War“ stellten sich die amerikanischen Kolonisten auf die Hinterfüße und begehrten gegen England auf. 1776 verfassten die Gründerväter der amerikanischen Nation eine Unabhängigkeitserklärung, die direkt zum Krieg mit dem englischen Mutterland führte. In der Anfangsphase dieses Konflikts sah es für die amerikanischen Revolutionäre nicht gut aus.

Im Winter 1777/78 lag General George Washington (1732-1799) mit seiner rund 17 000 Mann starken amerikanischen Kontinentalarmee im Winterquartier in Valley Forge (Montgomery County, PA). Einsatzfähig waren aber nur 5 000 Soldaten. Die Versorgung war schwierig und konnte nur mit Hilfe von Häuptling Shenandoah vom Stamm der Oneida einigermaßen aufrecht gehalten werden. Die Indianer schafften Vorräte aus ihrem Winterlager über mehrere hundert Kilometer zu Fuß herbei. Dennoch starben bis Februar 1778 rund 2 500 Soldaten an Krankheiten, Unterernährung und Kälte.

Die Niederlage gegen die Engländer war also nah. Aber in Situationen der größten Not werden gerade in Amerika auch Helden geboren. In diesem Fall war dies zunächst der preußische General Baron Wilhelm von Steuben (1730-1794), der schon im siebenjährigen Krieg in Europa hatte Kampferfahrungen sammeln können. Steuben hatte 1777 auf Vermittlung des mit Amerika verbündeten Frankreichs den amerikanischen Botschafter in Paris kennengelernt: Benjamin Franklin (1706-1790). Der Staatsmann, Drucker, Verleger,

Schriftsteller, Naturwissenschaftler und Erfinder wurde hier schon erwähnt. Zu diesem Zeitpunkt musste Baron von Steuben in seiner Heimat eine Anklage wegen „Sodomie“ fürchten, wie seinerzeit homosexuelle Handlungen genannt wurden. Benjamin Franklin empfahl Steuben, nach Amerika zu gehen, um der Kontinentalarmee im Unabhängigkeitskrieg zu helfen. Die Einladung kam wohl zum rechten Zeitpunkt, und so campierte Steuben noch im gleichen Jahr gemeinsam mit Washington in Valley Forge.

In seiner neuen Funktion als Generalmajor baute er die Truppen taktisch und operativ auf, sorgte für preußische Disziplin und avancierte zum Generalstabschef von George Washington. Sein Verdienst war es, in dieser Funktion untereinander zerstrittene und im Kämpfen unerfahrene Gruppen von Freischärlern in eine wirklich schlagkräftige Armee zu verwandeln. Der Drill sollte sich später auszahlen.

Eine Statue Baron von Steubens in Valley Forge

Aufmerksam beobachtet hat dies sicher eine junge Frau, die ebenfalls in Valley Forge war: Maria Hays geb. Ludwig (1744-1832). Marias Vater Hans Georg Ludwig war 1750 aus dem kurpfälzischen Zuzenhausen (bei Sinsheim) kommend mit der Familie in Philadelphia angelandet und dort 1769 verstorben. Im Hause Ludwig wurde mit Sicherheit deutsch gesprochen.

Im Winter 1777/78 etwa 33 Jahre alt, war sie ihrem kämpfenden Ehemann William Hays ins Soldatenlager gefolgt. Dies war soweit nicht ungewöhnlich. Hunderte von Frauen unterstützten ihre Männer, indem sie kochten, wuschen und in Schlachten auch Hilfs- und Kurierdienste übernahmen. Ihre Bewährungsprobe hatte Maria im Juni 1778 in der Schlacht von Monmouth. Ihre Aufgabe war es, Wasserkrüge (engl. „pitcher") zu den Soldaten in den vordersten Reihen zu bringen. Bei der Rückkehr zur Kanone, an der ihr Mann stand, stellte sie fest, dass dieser verwundet im Gras lag. Ohne Zögern nahm sie seinen Platz ein, half die Kanone zu befüllen und abzufeuern. In diesem Moment war aus Maria Hays geborene Ludwig „Molly Pitcher" geworden – eine amerikanische Legende, die heute weithin in Amerika bekannt ist. Für ihre Tapferkeit erhielt sie nach Kriegsende 1783 als erste Frau einen militärischen Rang und auch eine Pension. „Sergeant Molly" starb 1832 im Alter von 88 Jahren. Begraben ist sie in Pennsylvania auf dem Friedhof von Carlisle. Auf ihrem Grabstein ist sie lebensgroß als Statue abgebildet.

Für Baron von Steuben wurde ebenfalls so manche Statue angefertigt. Sein Vermächtnis wird in New York aber auch jedes Jahr mit der sogenannten „Steuben Parade" gewürdigt. Es ist heute das wahrscheinlich größte deutsch-amerikanische Fest in den Vereinigten Staaten.

SCHON GEWUSST?

Die „GERMAN-AMERICAN STEUBEN PARADE"

ist ein traditionsreicher Umzug, der jedes Jahr am dritten Samstag im September auf der Fifth Avenue in New York City stattfindet. Er wurde 1957 von deutschstämmigen Amerikanern gegründet. Jährlich nehmen zahlreiche Gruppen aus Deutschland daran teil.

BARIG MARIE

Die Einsiedlerin von Berks County

Östlich des Oley Valley, etwa auf halber Strecke in Richtung Boyertown, findet sich im Pike Township mitten im Wald die „Mountain Mary Road". Hier lebte von 1777 bis 1819 Anna Maria Jung (1749-1819) als Einsiedlerin und Heilerin. Die Geschichte ihres Lebens ist außergewöhnlich.

Maria war mit zwei Schwestern und ihren Eltern kurz vor dem Unabhängigkeitskrieg aus Feuerbach bei Stuttgart über Philadelphia ins Land gekommen und nach Germantown gezogen, um sich niederzulassen. Der Vater starb bald danach.

Im Jahr 1777 wurde Germantown zum Kriegsschauplatz. Wie in vielen anderen Schlachten, kämpfte George Washington unter anderem mit vielen deutschsprachigen Siedlern gegen Engländer, in deren Diensten hessische Söldnerheere standen. Deutsche kämpften also gegen Deutsche rund um das „Deitscheschteddel". Die Engländer trugen in dieser Schlacht, obwohl zahlenmäßig unterlegen, den Sieg davon.

Die vier Frauen hatten den Ort rechtzeitig verlassen und siedelten sich im Pike Township in Berks County an, wo sie mit Hilfe von Nachbarn im Wald ein kleines Blockhaus, einen Stall und ein bis heute erhaltenes „Spring House" (Haus über einer Quelle) errichteten. Im Folgenden begannen sie, Viehzucht zu betreiben sowie Butter und Käse herzustellen. Daneben bauten sie Getreide, Gemüse und medizinische Kräuter an. Dann starb auch die Mutter.

Dass Frauen tief im Wald in Einsamkeit lebten, muss auf die Zeitgenossen einen großen Eindruck gemacht haben. Bereits im US Census von 1790, der alle zehn Jahre durchgeführten Volkszählung, ist Maria Jung als „Mary the Abbess“ gelistet – als Äbtissin eines Haushalts, in dem zwei weitere erwachsene Frauen lebten. Als die beiden Schwestern heirateten und ins nahe gelegene Oley Tal zogen, blieb Maria Jung allein zurück. Sie lebte dort insgesamt mehr als 40 Jahre.

Mountain Mary‘s Milchhaus ...

Von nah und fern besuchten die Menschen sie, um Hilfe zu erfragen. Sie hatte offensichtlich ein immenses Wissen über die Verwendung von Heilkräutern und erwarb sich einen Ruf als Ratgeberin und „Heilerin“. Mit großer Sicherheit führte sie auch Rituale aus, wie sie in „Braucherei“-Büchern beschrieben wurden. Sie heilte also nicht nur mit Kräutern und Salben, sondern auch mit Worten unter Nutzung biblischer Sprüche. In dieser Zeit verbreitete sich ihr Name im Land: „Barig Marieche“ – „Mountain Mary“. Manchmal ging sie auf den Markt in Philadelphia, um ihre Produkte anzubieten und zu kaufen, was sie selbst benötigte.

... und Backofen

Im November 1819 besuchte sie ihre langjährige Freundin Susan Keim aus Reading. (Der Landauer Johannes Keim hatte Jahrzehnte zuvor das erste Haus im Oley Valley gebaut, und Susan gehörte zur Familie.) Sie fand Maria schwer krank in ihrem Bett vor, ausgezehrt von Kälte und Hunger. Susan blieb bei ihr bis zu ihrem Tod, der bald darauf eintrat. Der Boyertowner Pfarrer Conrad Miller beerdigte sie im Wald nicht weit entfernt von dem Platz, an dem sie so lange gelebt hatte. Zwei Jahre später errichteten Bürger eine Steinmauer um die Stätte, die heute als „Mountain Mary's Grave“ in Google Maps verzeichnet ist. Der Ort liegt allerdings auf Privateigentum.

Der Ixheimer Journalist Ludwig August Wollenweber (1807-1888), der als einer der Agitatoren beim Hambacher Fest 1832 Deutschland verlassen musste, nach Philadelphia ging und sich letztlich in Reading niederließ, druckte in seinem 1869 erschienenen Buch „Gemälde aus dem pennsylvanischen Volksleben" die Verse eines nicht näher genannten Freundes über Maria Jung. Das Gedicht beginnt wie folgt:

„Hier unter diesem Steine / Sanft ruhen die Gebeine, / Der frommen Maria: / Ihr Herz und ganzes Leben / War ihrem Gott ergeben, / Was man an ihrem Wandel sah (...)."

Heute kann man „Mountain Mary" manchmal ganz unvermittelt begegnen. Amerikaner lieben „Reenactments", also die Nachstellung geschichtlicher Ereignisse in Kostümen. Auf mehreren Folk Festivals, zum Beispiel dem „Pennsylvanisch-Deitsch Zammelaaf" in Lebanon, hat man Maria Jung in Kleidung des ausgehenden 18. Jahrhunderts, mit Haube auf dem Kopf, einen mit Kräutern gefüllten Korb in der Hand und einer Pfeife im Mund schon herumlaufen sehen. Wer einmal ein Folk Fest in Pennsylvanisch Deitschland besucht, sollte also die Augen offenhalten.

SCHON GEWUSST?

Den Begriff

„DEUTSCHLÄNDER"

in der Bedeutung „aus Deutschland gebürtig" gibt es in vielen Auswanderergesellschaften, zum Beispiel auch bei den Deutschen in Rumänien und in Namibia.

HUNSRICK, BARIGSCHTROOSS & CO

Deutsche Orts- und Straßennamen

„Fuhrfraa, sei so guud un bring mich in die Brunneschtrooss im Millerschtettel.“ Bei Prof. C. Richard Beam (1925-2018) wurde manchmal auch das „deitsch“, was niemals „deitsch“ war – hier eben seine Heimatadresse. So oder ähnlich haben es auch die ersten pfälzischen Siedler mit indianischen oder englischen Bezeichnungen für Orte, Berge, Täler oder Flüsse gemacht.

In manchen Gegenden muss das Leben der Siedler besonders hart gewesen sein

Dabei übertrugen die Menschen ihnen bekannte alte Namen einfach auf neue Orte. So gibt es eine „Barigstross“ (Bergstraße) und einen „Katzebuckel“ (wie der Katzenbuckel in Michelstadt) bei Ephrata im Lancaster County, eine „Wassergass“ bei Hellertown und ein „Haasedaal“ bei Fogelsville in Lehigh County, sogar einen Berggipfel mit Namen „Hunsrick“ (Hunsrück) weiter im Westen bei Meyersdale an der Südgrenze Pennsylvanias. In anderen Fällen erfanden die Menschen passende Bezeichnungen: „Bisskatzedaal“ (Tal mit hohem Stinktieraufkommen), „Schnokedaal“ (bei Reading), „Schlangebarig“ (bei Douglasville) und „Eilebarig“ (bei Rothsville), „Holzhackerstettel“ (für Boyertown) und so weiter und so weiter.

Auffällig ist, dass viele Orte nach den ursprünglichen Siedlern benannt sind, die den ersten Bauernhof gebaut hatten: „Kutztown“, „Bowers“ (Bauer), „Mohrsville“, „Shoemakersville“ etc. Im Deutschen erscheint die zweite Silbe immer als „-schtettel“ wie im Jiddischen, z. B. „Schumacherschtettel“. Die Endung „-dorf“ gibt es nur im Ort „Womelsdorf“. Auch dieser geht allerdings auf seinen Gründer zurück: Johann Womelsdorf. Besonders interessant finde ich, dass eine arme Gegend bei den Townships Lynn und Albany in Berks County „Allemaengel“ – also „Mangel an allem“ – genannt wird, und dass es auch ein Tal mit Namen „Yummerdall“ (Jammertal) gibt. Bei Brunnersville im Lancaster County kann man einen „Dritschbarig“ finden. Ob hier Elbedritsche gejagt wurden? An diesen Beispielen wird deutlich: Die Siedler waren und sind kreativ.

Natürlich geht das Wissen um diese alten Bezeichnungen allmählich verloren und wird nur in Büchern – z. B. dem zwölfbändigen „Pennsylvania German Dictionary“ von C. Richard Beam – dokumentiert. Auch wurden manchmal deutsche Ortsnamen zum Teil bewusst getilgt. Das nach dem Gründer Friedrich Stump benannte „Stumptown“ wurde nach dessen Beteiligung an einem Indianermassaker kurzerhand in Fredericksburg umbenannt. Allerdings nennt meine Bekannte Alice Spayd, die dort lebt, den Ort im Dialekt noch immer „Schtumbe“. Im 20. Jahrhundert kam es in Folge der beiden Weltkriege zu weiteren Namensänderungen. So wurde „Friedensburg“ im Berks County zu Oley. Die „Friedensburg Road“ führt aber noch immer durch den Ort.

In einigen Fällen jedoch schafften es die Ortsnamen in die offiziellen Straßenkarten und damit auch in Google Maps. Bekannt ist zum Beispiel die Geschichte vom „Hossesack Daal“ (Hosensack Valley). Deutsche, die hier im 18. Jahrhundert vorbeikamen, sagten über den Ort: „Hier ist es so dunkel wie in einem Hosensack“. Die Bezeichnung war offenbar so plausibel, dass sie beibehalten wurde. Heute gibt es im Lower Milford Township in Lehigh County einen Ort „Hosensack“ mit einem zugehörigen Bach, dem „Hosensack Creek“.

Hier zeigt sich auch der Preis, den deutsche Ortsbezeichnungen im englischen Umfeld zu zahlen hatten: Sie wurden um klärende Ergänzungen erweitert, die auch einsprachigen Amerikanern Orientierung boten. Das war besonders wichtig für die Fahrer von Krankenwagen und Feuerwehren und wurde vor einigen Jahrzehnten Pflicht. Und so heißt das „Haasedaal“ heute „Haasedaal Road“, das „Yummerdall“ „Yummerdall Road““ und die „Barigschtrooss“ „Barigschtross Road“.

Ein interessanter Umgang mit deutschen Ortsnamen ist mir aus Holmes County in Ohio bekannt. John Schmid, pennsylvanisch-deutscher Countrysänger und manchmal auch als „Pennsylvania Dutch Johnny Cash“ bezeichnet, erzählte mir einmal bei einem Besuch die folgende Geschichte: Der Sitz des Landkreises mit etwa 45 000 Einwohnern ist in der Stadt Berlin. Nach dem 2. Weltkrieg hätten nicht-deutschstämmige Amerikaner gefragt, warum die Stadt nicht wie viele andere umbenannt worden sei. Die Pennsylvania-Deutschen in Ohio hätten geantwortet: „Oh, sell hemmer geduh. Eb em grooss Grieg waar der Name vum Schtettel Berliiiiiiin – un nau heesse mer's Bearlin.“ Holmes County ist übrigens der Hotspot der Pennsylvania-Deutschen in den USA. Etwa 50 % der Erwachsenen im Landkreis und 70 % der Kinder sprechen Mundart. Das ist auf den hohen Anteil der Amish und Mennoniten an der Gesamtbevölkerung zurückzuführen und hat zwei Effekte: Zum einen findet man im gesamten Landkreis an einem Sonntag nicht ein einziges Restaurant, das offen hat und Bier ausschenkt – zum anderen werden hier mit Sicherheit auch in Zukunft weitere, neue deutsche Bezeichnungen für Orte entstehen.

Schteebruch Weg

SCHON GEWUSST?

In Pennsylvania gibt es ein

OST-BERLIN.

Und das kam so: 1764 kaufte der aus Preußen stammende Johann Frankenberger im Adams County (PA) 200 Hektar Land und legte

85 GRUNDSTÜCKE

an. Er nannte die Stadt „Berlin“ nach seiner Heimatstadt in Deutschland. Als die Stadt 1827 ein eigenes Postamt bekam, wurde der Name in „East Berlin“ geändert, um die Stadt von dem zweiten Ort dieses Namens, Berlin im Somerset County, zu unterscheiden.

SUSANNA COX

Die arme Sünderin

Es gibt Menschen, denen das Schicksal einfach nicht gewogen ist. Zu ihnen gehörte auch Susanna Cox (1785-1809). Aus ärmlichen Verhältnissen stammend und ungebildet, führte sie ihr Weg auf eine Bauerei im Oley Valley und von dort in einen frühen Tod.

Ein neues Trauer-Lied,

Enthaltend die Geschichte der

Susanna Cox,

Die in Reading wegen Ermordung ihres Kindes hingerichtet wurde.

Ach merket auf, ihr Menschen all'
Nun wird es euch gesagt,
Von einem sehr betrübten Fall,
Von einer armen Magd.

Sie hat in Oley lang gedient,
Wohl bei dem Herren Gehr!
Ihr Name war Susanna Cox,
Wie ich ihn hab' gehört.

Sie hatte gar kein Unterricht,

Im achtzehnhundert neunten Jahr,
Den vierzehnten Februar,
Des Morgens früh um halb fünf Uhr,
Sie's Kind zur Welt gebar.

Da diese arme Sünderin
Verblendet war so fest,
Hat sie ihr neugebor'nes Kind
Zur Ewigkeit versetzt.

So bald es aber war entdeckt,

Die Todtenwarrant wurd' geschickt,
Ihr vorgelesen gleich;
Da hat sie brünstig Gott gebitt',
Um Gnad' im Himmelreich.

Sie ward in ihrem Bußestand,
Besucht von Geistlichkeit;
Und sie hat ernstlich Buß gethan,
Und ihre Sünd' bereut.

Sie wurd' aus der Gefangenschaft,

Flugblatt aus dem 19. Jahrhundert mit der Geschichte der armen Susanna Cox

Reading gehört zu den Orten, die ich – übrigens genau wie das noch größere Allentown – gerne meide. Es ist eine mittelgroße, typisch amerikanische Stadt mit allen Vor- und eben auch Nachteilen. 1743, als der Ort von zwei Söhnen William Penns gemeinsam mit dem württembergischen Pionier Conrad Weiser (1696-1760) „ausgelegt", also gegründet wurde, siedelten sich auf dem ehemaligen Land der Lenni Lenape Indianer neben Engländern auch viele Deutsche an.

Im Jahr 1809, als die junge deutschstämmige Susanna Gax (Cox) in Reading vor 20 000 Menschen gehängt wurde, hatte der Ort rund 3 000 Einwohner. Es sollte eine der letzten öffentlichen Hinrichtungen in Pennsylvania sein. Was hatte das arme Mädchen verbrochen?

Beim Kutztown Folk Festival wird Susanna Cox täglich immer wieder gehängt

Östlich von Reading liegt das Oley Valley, eine der ältesten Siedlungen von Pfälzern in Pennsylvania und heute im „National Register of Historic Places" geführt. Das erste Haus im Tal hatte im 18. Jahrhundert ein Johannes Keim mit seiner Frau Berta DeTurck gebaut, deren Familien aus Landau (nach einigen abweichenden Quellen auch Speyer) und Frankenthal stammten. Im Jahr 1809 lebte im Oley Valley auch ein gewisser Jacob Geehr mit seiner Frau und dem 24-jährigen Hausmädchen Susanna Gax (1785-1809). Sie stammte aus einem ärmlichen Elternhaus mit instabilen Verhältnissen und war schon im Alter von 13 Jahren auf die Geehr Bauerei gekommen. Lesen und schreiben konnte sie ebenso wenig wie Englisch. Sie sprach ausschließlich „Pennsylvania-Deutsch".

Im Februar 1809 geschah es, dass sie in einem Nebengebäude ein Kind zur Welt brachte. Jacob Geehr fand den kleinen Jungen, auf der Suche nach Werkzeug, dort tot und steif gefroren einen Tag später eingewickelt in Lumpen vor. In der Befragung durch die Familienmitglieder gab Susanna zu, das Kind geboren zu haben. Es solle sich aber um eine Totgeburt gehandelt haben. Man schickte jemanden nach Reading, um einen Arzt und den Sheriff zu holen. Nach eingehender Untersuchung des kleinen Körpers wurde festgestellt, dass der Junge zunächst gelebt hatte und stranguliert worden war.

Susanna Gax wurde im Polizeigebäude in Reading inhaftiert und wartete auf ihren Prozess, der im April stattfand. Da sie kein Englisch sprach, konnte sie dem Prozess weder folgen noch sich selbst verteidigen. Am Ende stand die Todesstrafe, die jedoch nicht sofort vollstreckt wurde. Ganze zwei Monate blieb sie noch in Haft und wurde während dieser Zeit geistlich intensiv betreut. Die Familie des Sheriffs, die im Gebäude lebte, ließ sie sogar bisweilen mit ihnen am Tisch essen. Susanna Gax‘ Verhalten während dieser Zeit wurde als zurückhaltend und kindlich beschrieben. Offensichtlich erregte das strenge Urteil unter den Einwohnern von Reading und Menschen in der Umgebung viel Mitgefühl. Als die Hinrichtung im Juni 1809 anstand, bewegte sich der Zug mit Susanne Gax in einer Prozession über die Penn Street zum Galgenplatz. Dort sprach sie mit Geistlichen noch ein letztes Gebet und wurde danach vom Leben zum Tode befördert. Es war offensichtlich ihre innere Ruhe, die großen Eindruck auf die Umstehenden machte.

Die beiden Tageszeitungen von Reading, der englische „Advertiser“ und der deutchsprachige „Adler“ (der heutige „Reading Eagle“), berichteten über das Ereignis. Es dauerte nicht lange, da machten erste einseitige Drucke – so genannte „Broadsides“ – mit der in Reimen gefassten Geschichte der Susanna Gax in deutscher und englischer Sprache die Runde. Die Flugblätter wurden in vielen Editionen über viele Jahre gedruckt und begründeten die Legende von der unglücklichen Susanna. Der Platz, an dem damals der Galgen stand, liegt heute mitten in einem öffentlichen Park in Reading in der Nähe der Hauptstraße, der Penn Street. Das Nebengebäude der Geehr Bauerei im Oley Valley, in dem Geburt und Mord stattfanden, steht noch immer. Das Erstaunlichste an dem gesamten Fall ist aber: Der Vater des Kindes wurde im Rahmen des Prozesses weder gesucht noch festgestellt.

„The Hanging of Susanna Cox” ist heute Teil des Programms beim Folk Festival in Kutztown. Jeden Tag pünktlich um zwei Uhr am Nachmittag wird die arme junge Frau (in Gestalt einer Puppe) gehängt. Die Veranstalter haben dafür vor Jahren nach historischen Plänen eigens einen Galgen aufgebaut.

Schon gewusst?

In Pennsylvania warten derzeit rund

150 zum Tode Verurteilte

auf ihre Hinrichtung. Der Staat hat jedoch seit 1999 keine Exekutionen mehr durchgeführt.

PENNSYLVANIA-DEUTSCH

Eine amerikanische Sprache

Wie beschreibt man jemandem, der in Südwestdeutschland lebt – vielleicht sogar in der Pfalz – das Pennsylvania-Deutsche? Es klingt, als sei der Sprecher irgendwo 100 Kilometer vom eigenen Heimatort aufgewachsen, aber schon vor 50 Jahren in die Vereinigten Staaten ausgewandert – also vertraut und fremd zugleich.

Amish Kutsche auf einer Landstraße - ein in Lancaster County vertrautes Bild

Die ersten Pfälzer waren wohl die Mennoniten aus Kriegsheim, die sich 1685 im kurz zuvor gegründeten Germantown niederließen. Mehrere 10 000 weitere folgten in den Jahrzehnten danach, so dass bei Ausbruch des Unabhängigkeitskrieges 1776 um die 110 000 der insgesamt 225 000 Einwohner Pennsylvanias deutschsprachig waren. Sie lebten beieinander und bildeten eine Sprachinsel etwa in Größe der deutschsprachigen Schweiz. Sprachen die Auswanderer zunächst noch ihre Heimatdialekte, kam es mit der zweiten und dritten Generation schon zu einem Sprachausgleich.

Bereits zur Zeit, als sich die Vereinigten Staaten vom englischen Mutterland loslösten, fiel deutschsprachigen Reisenden auf, dass die Sprache der Deutschen in Pennsylvania Besonderheiten aufwies.

Das zeigte sich zunächst in zwei Phänomenen, die in der Sprachwissenschaft „Adlexifizierung" und „Relexifizierung" genannt werden. Eine „Adlexifizierung" ist die Hinzufügung eines neuen Wortes aus einer fremden Sprache, weil es in der eigenen Muttersprache nicht vorhanden ist. Ein gutes Beispiel ist das Wort „Kaundi" (von engl. „County") für einen Verwaltungsdistrikt – bei uns heute vielleicht mit einem Landkreis vergleichbar. Neue Tiere und Pflanzen in der neuen Welt, neue Verwaltungsabläufe und ähnliches – es gab viele Gründe, englische Lehnwörter dem mundartlichen Wortschatz hinzuzufügen. Kniffliger wird es schon bei „Relexifizierungen". Hier wird ein altes mundartliches Wort durch ein englisches Lehnwort ersetzt, z. B. bei „dschumbe" (von „to jump) oder „yuuse" (von „to use"). Die älteren Formen „schpringe" und „brauche" verschwinden ganz oder werden in der Bedeutung deutlich eingeschränkt. Im ersten Fall kennt man noch „yunger Schpringer" in der Bedeutung „Jugendlicher" oder „rumschpringe" für die Zeit, in der Old Order Amish als Jugendliche sich ausprobieren und prüfen, ob sie mit der Taufe der Gemeinschaft beitreten möchten. Im zweiten Fall bedeutet „brauche" heute im Wesentlichen „mit geistlichen Kräften heilen". Das zugehörige Substantiv heißt „Braucherei". Also: Neue Worte kommen hinzu und schränken die Gebrauchsoptionen älterer Begriffe ein.

Ein drittes linguistisches Phänomen ist die teilweise oder vollständige Übersetzung eines englischen Begriffs ins Deutsche. Hier unterscheidet man Lehnübersetzung, Lehnübertragung und Lehnbedeutung. Die Lehnübersetzung transferiert zwei Bestandteile eines Wortes komplett, zum Beispiel wird aus „boyfriend" im Pennsylvania-Deutschen „Buwefreind". Bei der Lehnübertragung ist die Übersetzung eines von zwei Wortbestandteilen etwas freier. So wird aus „everybody" in der Mundart „alliebber" oder „alle-ebber". Das Wort „every" ist hier übersetzt worden, aber für das englische „body" steht jetzt „ebber", was „jemand" bedeutet. Der Begriff wird auch in Teilen der Pfalz noch heute so verwendet. Mein Lieblingswort ist für diesen Bereich jedoch „Waddefresser“ (Wörterfresser), das sich in Anlehnung an „word processor“ (Computer) gebildet hat.

Eine „Lehnbedeutung“ existiert, wenn ein mundartlicher Begriff unter Einwirkung eines englischen Wortes seine Bedeutung ändert. Ein schönes Beispiel ist „aahalte“, das heute im Pennsylvania-Deutschen nicht mehr „stoppen“ bedeutet, sondern in Anlehnung an „to hold on“ genau das Gegenteil, nämlich „weitermachen“. Das Wort „uffmache“ (aufmachen) bedeutet in Anlehnung an „to make up“ heute „erfinden“.

Die kurioseste Entwicklung ist, wenn die Pennsylvania-Deutschen englische oder teil-englische Begriffe entwickeln, die es im Englischen gar nicht gibt. Hier ist das bekannteste Beispiel die „Guckbox“ für „Fernseher“.

All diese Entwicklungen, die mit dem Einfluss des Englischen auf das Pennsylvania-Deutsche zu tun haben, entfernen die Sprache mit der Zeit immer weiter von den Ausgangsdialekten, wie sie heute noch in der Heimat der einstigen Auswanderer gesprochen werden.

Ein weiteres Phänomen, das nichts mit dem Einfluss des Englischen zu tun hat, soll ebenfalls erwähnt werden. Die Auswanderer kamen unter anderem aus den Regionen Pfalz, Elsass und der Schweiz. Sie brachten eine Reihe von verschiedenen Wörtern für dieselbe Sache mit: „Eemer“ (Eimer) und „Kiwwel“ (Kübel) zum Beispiel. In der Regel hat sich mit der Zeit ein Begriff durchgesetzt, die anderen gingen mehr oder weniger verloren. Das Pennsylvania-Deutsche ist relativ synonymarm.

Es konnte aber auch sein, dass ein nicht mehr gebrauchter Begriff sich eine neue Heimat sucht. Im Fall von „Fleddermaus“ und „Schpeckmaus“ (beides in der Bedeutung von engl. „bat“) setzte sich mit der Zeit die „Schpeckmaus“ durch. „Fleddermaus“ verlor seinen Sinn, ging aber nicht verloren, sondern suchte und fand eine neue Bedeutung. Heute bedeutet „Fleddermaus“ im Pennsylvania-Deutschen „Schmetterling“ (engl. „butterfly“).

Insgesamt ist es so, dass es inzwischen eigentlich zwei Varianten des Pennsylvania-Deutschen gibt. Mein Bekannter Sam Stoltzfus aus Lancaster County ist als Amish Mitglied der so genannten „Plain Sects“ und hat einmal gesagt: „Mer muss allfatt schtarick schwetze.“ Das bedeutet: Schnell reden. Und so machen es die Amish, zum Teil auch die Mennoniten: Sie haben ein ungeheures Tempo beim „schwetze“, verschlucken hier und da Endungen, haben einen starken amerikanischen Akzent und verwenden eine Vielzahl von englischen Begriffen. Aber: Sie reden miteinander Mundart und wechseln nicht ins Englische. Ganz anders die „weltlichen“ Pennsylvania-Deutschen, also vor allem die Lutheraner und Mitglieder der United Church of Christ (UCC), die man früher „Reformierte“ nannte: Diese Gruppe spricht eine Mundart, die für Deutsche – und vor allem Pfälzer – viel besser zu verstehen ist. Es gibt sogar Sprecher, deren „l“ und „r“ deutsch klingt, nicht englisch. Aber sobald ihnen in einem Gespräch ein Dialektwort nicht sofort einfällt, wechseln sie ins Englische, machen also einen Code-Switch. Und beim Englischen bleiben sie dann meist. Mit folgendem Ergebnis: Das „Plain Pennsylvania German“ der Amish und Mennoniten lebt weiter, amerikanisiert sich aber stark. Das „Non-Plain Pennsylvania German“ der weltlichen Gruppen stirbt aus, aber es stirbt in Schönheit. Will heißen: Bis zum „Sprachtod“ sind die dialektalen Elemente und Strukturen noch deutlich näher an den deutschen Ausgangsmundarten geblieben, so dass die Mundart für uns verständlicher ist. Aber mit den letzten Sprechern der jetzt älteren Generation stirbt diese Variante aus, während sich die Sprecherzahlen des „Plain Pennsylvania German“ alle 20 Jahre verdoppeln. In wenigen Jahrzehnten könnte es eine Million Mundartsprecher geben. „Ya. Sell iss der Weg, ass es iss.“, würde Sam Stoltzfus sagen. Und vielleicht ergänzen: „Wann der Hah (Herr) will.“

SCHON GEWUSST?

Das Pennsylvania-Deutsche kennt wie alle Dialekte keine

ORTHOGRAPHIE,

und so kann man sich allenfalls auf eine Schreibkonvention einigen.

In Pennsylvania geschah dies bei einer

KONFERENZ 1938 im Städtchen Hershey,

das unter anderem die Schokoladenfabrik eines aus der Schweiz stammenden Auswanderers beheimatet (Hershey's).

GETTYSBURG

Triumph und Trauma

Gettysburg ist Kopfkino. Während wir Deutsche durch die Felder rund um die Stadt fahren und wenig bis nichts Besonderes sehen, läuft bei Amerikanern ein ganzer Film ab. Sie sehen eines der wichtigsten Ereignisse amerikanischer Geschichte und kennen jeden Hügel, hinter denen sich in einer der wichtigsten Schlachten des Amerikanischen Bürgerkrieges 1863 Nord- und Südstaatler verschanzten.

Amerikaner stellen in ihrer Freizeit die Schlacht von Gettysburg nach

Zu meinen wirklich guten Freunden in Pennsylvania zählen seit Ende der 1990er Jahre Alice und Bill Spayd in Fredericksburg. Alice ist Pennsylvania-Deutsch-Lehrerin und Leiterin des „Schwadore Schalle“ Kinderchors, der in Mundart singt. Bill begrüßt mich, wenn ich für ein paar Tage zu Besuch bin, üblicherweise mit: „Mikkel, en Yingling?“ Das ist eine Begrüßung, die ich immer genieße.

Die Bierbrauerei Yuengling wurde 1829 in Pottsville (PA) gegründet und ist heute die älteste Brauerei in den Vereinigten Staaten. Das Bier ist recht gut, und ich habe es all die Jahre gerne getrunken, bis ich erfuhr, dass der derzeitige Eigentümer, Richard Yuengling Jr., ein großer Unterstützer von Donald Trump ist. Seitdem bestelle ich in Gaststätten kein Yuengling mehr.

Alice Spayds Vater Edward Behney (1914-2012) lebte viele Jahre im Haus nebenan, und wir haben ihn bei meinen Aufenthalten oft besucht. Als ich ihn kennenlernte, war er wohl schon 86 Jahre alt. Sprach man mit ihm, wirkte er oft zunächst müde und ein wenig uninteressiert, aber sobald man von Englisch ins Pennsylvania-Deutsche wechselte, begannen seine Augen zu leuchten, und er wurde von Minute zu Minute wacher. Dann erzählte er Geschichten aus seiner Jugend, rutschte aufgeregt in seinem Sessel hin und her und begann während seiner Erzählungen mitunter laut zu lachen und zu fluchen, wenn er über dies oder jenes erzählte. Kurzum: Er hatte große Freude an den Besuchen.

Eine Geschichte, die ich nicht vergessen habe, handelt von Gettysburg – jener Stadt, in welcher 1863 in einer dreitägigen Schlacht das Kriegsglück im Amerikanischen Bürgerkrieg vom Süden in den Norden wechselte. Edward Behney besuchte als junger Mann von 24 Jahren im Jahr 1938 ein Fest in Gettysburg, das zum 75. Jahrestag der Schlacht von Gettysburg ausgerichtet wurde. Es gab eine Parade durch die „Main Street“, an welcher auf einem offenen Wagen auch Veteranen teilnahmen – aus dem ehemaligen Süden und dem ehemaligen Norden. Die alten Herren, alle über 90 Jahre alt, saßen beieinander und gerieten mitten in der Parade in Streit. Ed Behney erzählte, einige seien während der Fahrt auf dem Wagen aufgestanden und hätten andere mit ihren Gehstöcken geschlagen. Am Ende mussten Polizisten die Streithähne auseinanderbringen. 75 Jahre haben also nicht gereicht, Frieden zu schließen. Warum?

Bis vor ein paar Jahren hätte ich hier geschrieben, dass für uns Deutsche das patriotische Gefühlsleben der Amerikaner nur schwer nachzuvollziehen ist. Aber mittlerweile haben wir auch in Deutschland gelernt, dass schon eine Trennung von nur 40 Jahren zu völlig unterschiedlichen Lebensentwürfen, Denkmustern und Zukunftseinschätzungen führen kann. Ost und West sind auch über 30 Jahre nach der Deutschen Wiedervereinigung noch immer kein einig

Volk. Im Jahr 2020 jährte sich das Ende des Zweiten Weltkrieges zum 75. Mal, und es gibt noch immer genug Menschen, die den 8. Mai 1945 nicht als „Tag der Befreiung“, sondern als „Tag der Niederlage“ begreifen.

Die Amerikaner hatten 1783 den Unabhängigkeitskrieg gegen die Briten zwar gewonnen, aber nun gab es im neu entstandenen Gebilde Einzelstaaten mit sehr unterschiedlichen Kulturen. In den Südstaaten wuchs der Wohlstand auf Kosten vieler tausend Sklaven aus Afrika. Dagegen hatte die Quäkergemeinde in Germantown in Pennsylvania schon im Jahr 1688 schriftlich protestiert. Und so lebte man in Nord und Süd über viele Generationen hinweg in völlig unterschiedlichen Welten, bis es 1861 schließlich zum Krieg kam. In den ersten beiden Jahren sahen die Schlachten unterschiedliche Sieger, aber in Gettysburg scheiterte 1863 endgültig der Versuch des Südens, mit seinen Truppen in den Norden einzudringen. Der Schlachtverlauf war ebenfalls episch: Der erste Tag ging an die Südstaaten, der zweite Tag endete unentschieden, aber am dritten Tag setzten sich die Truppen der Nordstaaten siegreich durch. Hollywood hätte kein besseres Drehbuch schreiben können. Auf Seiten des Nordens kämpften in diesem vierjährigen Krieg auch über 200 000 in Deutschland geborene Neubürger, darunter etliche 1848er, die nach der gescheiterten Revolution in der alten Heimat nach Amerika ausgewandert waren. Sie wurden zum Teil in rein deutschsprachigen Regimentern eingesetzt, die von deutschen Offizieren befehligt wurden. Da zudem etliche tausend Pennsylvania-Deutsche in den Reihen der Nordstaaten kämpften, ist davon auszugehen, dass insgesamt 10-15 % der insgesamt 2,8 Millionen Soldaten des Nordens deutschsprachig waren. Also kämpften in diesem Konflikt – wie schon im Unabhängigkeitskrieg Pfälzer und Hessen – wieder Deutsche gegen Deutsche, denn auch auf Seiten des Südens gab es kämpfende deutsche Siedler.

Im Jahr 1906 berichtete William U. Helfrich, der lange Jahre Pfarrer in Fogelsville (PA) war, in seinem Buch „Lebensbild aus dem pennsylvanisch-deutschen Predigerstand“ über seinen Besuch auf dem Schlachtfeld von Gettysburg: „Das Cemetery (Friedhof) war zerschossen, Monumente, Grabsteine und die eiserne Fenz (Zaun) um dasselbe, alles lag in Trümmern durcheinander. Die Soldaten in der Nähe der Stadt waren beerdigt; drunten am Round Top lagen noch viele Rebellen, die in Verwesung übergingen. Überall, wo die Rebellen-Companies sich ergaben, stunden noch die Gewehre in Pyramiden bei Tausenden aufgestellt. Die gefallenen Pferde lagen noch alle unbegraben, (...) wie der Körper anfängt aufzudunsen, hebt sich das oben liegende hintere Bein und steht in die Höhe; so bekommen alle dieselbe Gestalt und, die vielen Beine in die Höhe stehend, geben dem Schlachtfeld eine wunderliche Ansicht.“

Der Bürgerkrieg war für die Amerikaner in vielerlei Hinsicht ein traumatisches Ereignis, und Gettysburg ist noch immer eines seiner Symbole. Wenn wir als Deutsche Gettysburg besuchen, sehen wir eine wunderschöne Kleinstadt mit schönen viktorianischen Häuserfronten. Im Jahr 1994 habe ich einmal gemeinsam mit Amerikanern eine geführte Bustour zu den Schlachtfeldern rund um Gettysburg unternommen. Genau genommen fuhren wir knapp drei Stunden durch Maisfelder, während der Tourguide die Geschichte der dreitägigen Schlacht erzählte. Hier und da stand einmal ein Denkmal, auf dem ein oder anderen Berg vielleicht mal eine dort platzierte Kanone. Alles in allem war der Nachmittag nicht besonders interessant, weil es nichts zu sehen gab. Als ich mich aber im Bus umsah, entdeckte ich bei manchen Tour-Teilnehmern feuchte Augen und sogar Tränen, die über die Wangen kullerten. Hier wurde mir klar, dass das kleine Gettysburg für Amerikaner eine ganz besondere Bedeutung hat.

Wenn man heute auf amerikanischen Highways entlangfährt, sieht man auf Autos noch immer die auffällige Kriegsflagge des Südens mit Sternen in einem blauen Kreuz auf rotem Grund. In über dreißig Jahren, die ich Pennsylvania bereise, habe ich einen solchen Bumper Sticker (Aufkleber) aber noch nicht ein einziges Mal auf dem Wagen eines Pennsylvania-Deutschen gesehen. Ich hoffe, das ist kein Zufall.

SCHON GEWUSST?

Etwa **1 MILLION BESUCHER** zählen die Schlachtfelder rund um Gettysburg jährlich.

Es ist tröstlich, dass andere, friedlichere Sehenswürdigkeiten deutlich mehr Zuspruch erfahren. Den Central Park in New York zum Beispiel erwandern jedes Jahr 40 Millionen Menschen.

„Drauss iss net deheem"

Über Land und Stadt

Im 19. Jahrhundert änderte sich in Amerika vieles: Die zunehmend organisierte Besiedlung des Westens lockte die Jungen, ihre Heimat zu verlassen. Und mancher suchte auch sein Glück in den aufstrebenden Großstädten überall im Land. Während Engländer, Schotten und Iren gerne dem Ruf nach dem nächsten Glück folgten, blieben die Deutschen meist auf ihrer Bauerei.

Bei meiner Großmutter Ella Borger (geb. Bauer, 1906-1998) in Ebertsheim war das immer so: Die Nachbarn öffneten sich selbst die Hoftür, gingen durch den nicht abgeschlossenen Windfang ins Haus, traten durch eine weitere unverschlossene Tür in den Flur und klopften an die verglaste Tür der Küche. „Als erei", war dann gewöhnlich die Antwort von drinnen, aber in diesem Moment standen die Gäste meist eh schon in der Stube.

Im Prinzip ist das in Pennsylvania heute ebenso, zumindest in Bauernhäusern. Das hat mich erstaunt, denn man liest ja doch viel vom „gefährlichen Amerika". Für das ländliche Pennsylvania gilt das nicht. Nur hört man dort statt einem „Als erei" eben ein „Kumm rei", und das „r" ist vielleicht ein wenig englisch gerollt. Man spricht ja von „Nachbarschaften" („neighborhoods") in Amerika. Und auf dem Land gibt es Nachbarschaften, in denen man sich sehr sicher fühlt.

Für die Städte gilt das nicht uneingeschränkt. Egal, ob Lancaster (Lengeschter), Reading (Reddin) oder Allentown (Allenschteddel). Man sollte in manchen Stadtvierteln Vorsicht walten lassen. Nicht unbedingt in jede dunkle Gasse einbiegen, und ja, auch am Abend nicht unterwegs sein, jedenfalls nicht allein. Es passiert doch immer wieder, dass Menschen in einen Streit zwischen Gangs geraten oder vielleicht jemandem begegnen, der dringend Geld für Drogen braucht. Leider ist jeder, der dies möchte, in irgendeiner Weise bewaffnet. Lancaster im Lancaster County ist mit 60 000 Einwohnern die kleinste der drei genannten Städte, und bestimmt die schönste. Die Innenstadt ist insgesamt sehr sicher, jedenfalls am Tag. Sehenswert ist hier vor allem der „Central Market", der allerdings nur am Dienstag und am Freitag geöffnet ist. Auch das Demuth Museum für lokale Geschichte kann man empfehlen, und wer sich für Religion interessiert, sollte bei der „Lancaster Mennonite Historical Society" vorbeischauen. Östlich der Stadt erstreckt sich – schon wieder auf dem Land – zwischen der Route 30 und der Route 340 das Amish Country, und in Strasburg lockt Eisenbahnfreunde die historische „Strasburg Rail Road".

Reading im Berks County hat rund 90 000 Einwohner und nennt sich „The Pretzel City", weil Brezeln das wichtigste lokale Produkt sind. Ursprünglich eine deutsche Stadt, sind heute rund 60 % der Einwohner Hispanics. Wirkliche Sehenswürdigkeiten gibt es nicht. Allenfalls die 1908 gebaute japanische Pagode auf einem Berg am Stadtrand ist einen kurzen Besuch wert. Mir haben hier einmal David und Dale Schwoyer, zwei enge Freunde, diesen besonderen Platz gezeigt, von dem man eine schöne Aussicht auf die Stadt und die Umgebung hat.

Mundartgespräche werden oft auf der Veranda geführt – hier mit Dave Adams und seiner Frau beim Folk Festival

Allentown hat 120 000 Einwohner und ebenfalls keine nennenswerten Sehenswürdigkeiten. Einen Stopp einlegen sollte man in Bethlehem, einer Stadt in der unmittelbaren Nachbarschaft von Allentown, die 80 000 Einwohner hat. Hier gibt es den Bezirk „Historic Moravian Bethlehem" mit vielen alten Gebäuden der Herrnhuter Siedlung aus dem 18. Jahrhundert. Im Dezember wird dort ein „Christkindelmarkt" nach deutschem Vorbild veranstaltet.

Philadelphia mit seinen 1,6 Millionen Einwohnern ist dagegen ganz unbedingt ein lohnendes Ziel für einen Tagesausflug. Von Lancaster aus dauert eine Fahrt dorthin nur gut 90 Minuten, und es gibt einiges zu sehen. Da ist zum Beispiel mit „Elfreth's Alley" die älteste noch bewohnte Straße Amerikas mit Stadthäusern aus der Zeit um 1750. Das „Liberty Bell Center" beheimatet die Glocke, die geläutet wurde, als 1776 die Unabhängigkeitserklärung verlesen wurde. Hier muss man Menschenmassen und Patriotismus einkalkulieren. Germantown, das etwa 10 Meilen nördlich des Stadtzentrums liegt, kann ebenfalls einen Abstecher lohnen (aber bitte nicht am Abend). Noch im Innenstadtbereich liegt das Gebäude der „German Society of Pennsylvania". 1764 gegründet, um Einwanderern aus Deutschland erste Hilfestellung in der neuen Welt zu gewähren, ist der Verein heute vor allem ein Kulturzentrum. Es kann ein Vorteil sein, vor einer Reise einmal das aktuelle Programm zu checken.

Und dann ist da natürlich noch New York mit seinen über acht Millionen Einwohnern. Auch hier bietet sich ein Tagesausflug an – morgens rein, abends raus. Wenn man seine Unterkunft in der Nähe von Kutztown im Berks County hat, schafft man die rund 100 Meilen über die Interstate I-78 in gut zwei Stunden. Man sollte sich aber morgens früh auf den Weg machen. Mein spezieller Tipp ist die Anreise über Staten Island. Von hier fährt eine kostenlose Personenfähre im Dauerbetrieb direkt zur Südspitze von Manhatten, vorbei an der Freiheitsstatue und Ellis Island, dem Einwanderungszentrum, auf der vermutlich auch schon mein Urgroßvater (und späterer Deutschland-Rückkehrer) Jakob Bauer aus Ebertsheim um 1895 seine Einwanderungsformalitäten erledigen musste. Man nähert sich der Stadt auf diese Weise, wie es Millionen Menschen in den letzten 300 Jahren getan haben. Mich berührt das immer wieder. Aus deutscher Sicht ist neben dem Besuch von Ellis Island ein Abstecher zum „Tenement Museum" in der Lower East Side empfehlenswert. Man taucht hier in die Wohnungen einfacher Einwanderer in deren Familienleben ein, unter anderem in das von Johann und Caroline Schneider, die hier zwischen 1864 und 1886 einen „Lager Beer Saloon" betrieben und direkt nebenan lebten.

Mein Urgroßvater wohnte mit zwei Brüdern übrigens in White Plains, knapp 40 Meilen oder eine Autostunde nördlich von New York. Doch er und ein weiterer

Bruder gingen nach etwa zwei Jahren zurück in die Pfalz. Soweit ich weiß, rief ihre Mutter sie zurück. Ein Bruder, Johann Bauer, blieb und gründete ein Hotel. Meine Großmutter lud er ein, doch nach New York zu kommen und ihm im Geschäft zu helfen. Sie ging nicht – mein Glück. Johann Bauers Sohn hieß schon John und dessen Sohn Charles. Erst nach 1933 riss der Kontakt endgültig ab.

Schon im 18. Jahrhundert mussten Pennsylvania-Deutsche aus beruflichen Gründen immer einmal wieder in die großen Städte New York, Philadelphia und Baltimore. So sehr sie die Ausflüge in die große Welt genossen – es gibt darüber Berichte und sogar Gedichte -, so sehr freuten sie sich immer, wenn sie wieder zu Hause im ländlichen Pennsylvania waren. „Drauss iss net deheem" lautet auch ein Gedicht von Charles C. Ziegler (1854-1930). Darin heißt es: „Ich bin gedraewelt iest un west, / Bin zimmlich iwwerall gewesst, / Hab Heiser gfunne, schee begweem, / Kee Hatze (Herze) awwer wie deheem. / Drauss iss net deheem."

Im ländlichen Pennsylvania ist es nicht nur sicherer als in der Stadt. Man hat im Sommer auch die Chance, zwei besondere Naturphänomene zu beobachten. Zum einen gibt es dort, wo es in der Nacht ausreichend dunkel ist, Millionen von Glühwürmchen, sogenannte „Feierkeffer" („lightning bugs"). Ich persönlich kenne das nur noch aus meiner Kindheit, aber das waren dann nur einzelne Tiere, die man als Kind natürlich fangen wollte. Und zum anderen gibt es, weil Pennsylvania auf der Erdhalbkugel deutlich südlicher liegt als Mitteleuropa, in den Sommermonaten auch Kolibris, die in der Mundart „Schnarrvoggel" („humming bird") oder in der Verkleinerung „Schnarrveggeli" heißen. Es ist schon ein besonderes Erlebnis, an einem warmen Sommerabend auf der Veranda („porch") eines Hauses zu sitzen und die Pflanzen zu beobachten, die ihre Blüten in der Dunkelheit öffnen und einen starken Geruch verströmen. Dann kommen Dutzende von Tierchen, die wir Deutsche vielleicht erst für dicke Hummeln halten würden, und ziehen mit ihren langen Schnäbeln den Nektar aus dem Blütenkelch. Viele Haushalte haben Futterstellen für die „Schnarrveggel" aufgehängt, und so stehen im ländlichen Pennsylvania die Chancen nicht schlecht, sie einmal zu sehen.

„Seimaage un Shoofy Pie"

Essen und Trinken im Pennsylvania Dutch Country

Stellen wir uns vor, wir wären Bauern im Pennsylvania des 19. Jahrhunderts und damit in erster Linie Selbstversorger. Wie würden wir mit Lebensmitteln umgehen, und was würden wir kochen?

Das Kumm Esse Diner in Myerstown gibt es seit einer Weile leider nicht mehr.

Beginnen wir mit dem Schlachten. Schlachttag war immer ein Festtag, und auch wir würden sicher versuchen, alles zu verwenden, was das Schlachtvieh hergibt - neben Fleisch natürlich auch sämtliche Innereien. Dann die Ernte: Natürlich würden wir viel Obst und Gemüse durch Einmachen haltbar machen, um Vorräte für den Winter zu haben. Und was das Kochen am offenen Feuerherd in der Küche betrifft, würden wir sicher Gerichte kochen, die sich möglichst unkompliziert mit ein oder maximal zwei Töpfen bereiten lassen. Das scheinen mir die drei wesentlichen Aspekte der bäuerlichen pennsylvanisch-deutschen Küche zu sein: Möglichst alles verwenden, möglichst viel haltbar machen und in der Küche möglichst wenig Ressourcen – Zeit und Geschirr – verschwenden. Wir müssen uns in Erinnerung rufen, dass Menschen, die um den Tisch herum saßen, noch vor zweihundert Jahren meist nicht aus eigenen Tellern, sondern mit ihrem eigenen Löffel ihr Essen aus einem großen Topf in der Mitte aßen (womit sich auch der Spruch „den Löffel abgeben“ erklärt). Natürlich hat sich auch die Küche in Pennsylvania ab dem 19. Jahrhundert mit Zunahme des bäuerlichen Wohlstands verändert. Aber die Ursprünge sind doch klar erkennbar. Ein paar Beispiele ...

„Schnitz un Gnepp“ verbindet Süßes und Salziges in einem Gericht – ein ganz typisches Konzept der pennsylvanisch-deutschen Küche, wie Prof. William „Bill“ Woys Weaver in seinem Buch „Pennsylvania Dutch Country Cooking“ (1993) schreibt. Bills Kochkünste habe ich das ein oder andere Mal genießen dürfen, und die Tage und die Gespräche mit ihm und seinem Partner Prof. Don Yoder (1921-2015) sind mir in guter Erinnerung. Die Kombination von „süß“ und „salzig“ lässt sich in Europa mindestens bis ins Mittelalter zurückverfolgen. Bei „Schnitz und Gnepp“ haben wir einen Eintopf aus getrockneten Äpfeln, Schinken, geräuchertem Speck und Knödeln. Wenn ich bei meiner Großmutter in der Pfalz „Schnitz un Gnepp“ bekam, waren das „Grumbeergnepp mit Beereschnitze“ (Kartoffelklöße mit Birnenschnitzen). Also auch hier können wir erneut sehen, dass Bezeichnungen mit den Auswanderern nach Pennsylvania gekommen sind, die Bedeutung heute aber eine andere ist als in der Pfalz. Interessant finde ich Bills Hinweis, dass in früheren Zeiten Salziges und Süßes in einem Topf gemeinsam bereitet und in einem Gang verzehrt wurde. Das erinnert mich an die gute alte „Pälzer Grumbeersupp“, die bei uns zu Hause in der Regel mit „Quetschekuche“ auf den Tisch kam. Beides wurde gleichzeitig verzehrt – erst einen Löffel Suppe, dann einen Biss in den oft ofenfrischen Kuchen, der einfach in der Hand gehalten wurde. Auch beim „Seimaage“ (Saumagen) gilt: Alles rein in den leeren Magen, den man vom Schlachten aufgehoben hat und der gleichzeitig das Behältnis ist, in dem die Zutaten garen: Fleisch, Kartoffeln, Gemüse. In Pennsylvania kommt oft noch geräucherter

Speck dazu. Die Saumagen aus dem „Neuhäusel“ (Bockenheim) und dem „Deitsch Eck“ (Lenhartsville, PA) schmecken ähnlich, aber nicht gleich.

„Kuddelfleck“ sind in Pennsylvania berühmt, sollen aber eigentlich aus der Region rund um Eifel und Hunsrück stammen. Auch dahinter steht das Konzept, beim Schlachten alle Teile des Tieres zu verarbeiten. Das hochdeutsche Wort für „Kuddeln“ ist „Kaldauen“, aber auch dieses Wort musste ich erst einmal nachschlagen. Es handelt sich um den Vormagen des Rinds. Der Pansen ist der Hauptteil der Kaldauen. Üblicherweise werden die Kuddeln durch Einlegen in Essig haltbar gemacht, weswegen man in Pennsylvania auch von „gepickelt Kuddelfleck“ spricht.

In Lenhartsville im Deitsch Eck kann man weiter die pennsylvanisch-deutsche Küche testen

Auch Gemüse und Obst wird „gekaennt“, wie man im Pennsylvania-Deutschen sagt, also unter Hinzunahme von Zucker oder Essig eingemacht. Auf dem Tisch steht dann „geschnibbelt Obscht“ oder auch „gepickelt Gemies“ wie „Buhne“, „Geeleriewe“ oder ähnliches. Bei uns in der Pfalz wird aus Pflaumen oder Zwetschgen „Latwersch“ durch langes Kochen hergestellt. In Pennsylvania verwendet man für den „Latwarick“ Äpfel – das Aussehen und der Geschmack sind ähnlich.

„Melassichriwwelkuche“ ist im Prinzip ein „Pälzer Krimmelkuche“, bei dem ganz viel Melasse – ein Abfallprodukt der Zuckerrohrproduktion – verarbeitet wurde. Das Innere des Kuchens („pie“) ist schwarz wie Lackritz (und schmeckt auch ein wenig so). Einige Stellen sind auch nach dem Backen noch feucht, was „wet bottom“ genannt wird. Der englische Begriff „Shoofly“ soll das Abwehren von Fliegen lautmalerisch darstellen: „Shoo, shoo, fly“. Er ist eben süß und anziehend – finde jedenfalls ich und wünsche mir einen Shoofly Pie jedes Jahr zum Geburtstag.

Zum Essen gibt es auch heute traditionell „glaar Schpringwasser“, also Quellwasser. Im Restaurant bestellt man dazu in der Regel einen Softdrink und/oder Kaffee. Alkohol wird selten getrunken. Etwas Besonderes ist in Pennsylvania das „Root Beer“. Dieses seit dem 18. Jahrhundert in der neuen Welt bekannte Getränk wurde ursprünglich aus der Wurzelrinde des Sassafrasbaumes hergestellt. Heute wird in der Regel Sassafras-Aroma verwendet. Das Getränk schmeckt extrem süß und ein wenig wie süßer Hustensaft. Zur Weltausstellung 1876 in den USA wurde „Root Beer“ von einem Mitglied der Alkohol-Abstinenz-Bewegung in den Markt eingeführt und sollte ursprünglich „Root Tea“ heißen. Weil seine Hauptzielgruppe aber die Bergleute Pennsylvanias waren, die zum Alkoholverzicht bekehrt werden sollten, nannte man das Getränk schließlich „Root Beer“. Wer in Pennsylvania ist, sollte einmal traditionell „pennsylvanisch-deitsch“ essen gehen und auch ein Root Beer probieren. „Guten Appetit“ sagt man bei Tisch übrigens nicht. Im privaten Umfeld heißt es – meist nach dem in Amerika obligatorischen Tischgebet – „Helf dich selwert!“ oder schlicht „Schlag nei!“.

SCHON GEWUSST?

In Mundart einkaufen kann man mit ein bisschen Glück bei der

METZGEREI

„Dietrich's Meats & Country Store“ in Lenhartsville bei Kutztown. Senior-Chefin Verna Dietrich und ihre Familie sprechen noch pennsylvanisch-deitsch.

VON MONTAG BIS SONNTAG

Die Woche in Pennsylvania

In früheren Zeiten kannte das Leben einen festen Rhythmus.
Er machte das Leben planbar und damit einfacher.
Manche Menschen orientieren sich noch heute an alten Regeln.

Montag war Waschtag in Pennsylvania

„Muundaag iss Weschdaag. Noht hawwich kenn Zeit!“ Die Stimme am Telefon war freundlich, aber bestimmt. Ich war Mitte der 1990er Jahre in Pennsylvania und wollte mich kurzfristig bei einer Mundartsprecherin anmelden, deren Besuch mir wegen ihrer ausgezeichneten Sprachkenntnisse nahegelegt worden war. Die ältere Dame war vielleicht Jahrgang 1920 und lebte im Lancaster County. „Kannscht du am Sunndaag Naachmiddag kumme? Dann kannscht bsuche.“ Wir verabredeten uns, und ich lernte, dass „bsuche“ einen Besuch bedeutet, der in der Regel zwischen Mahlzeiten oder nach dem Abendessen stattfindet – also nicht zum Essen.

Bilder der Künstlerin Gladys M. Lutz (1910-2007)

Ich besuchte die Dame, und wir unterhielten uns in der „Mudderschprooch“. Das mit „Muundaag iss Weschdaag“ wollte ich dann genauer wissen, weil ich Ähnliches auch noch von meinen Großeltern her kannte. Sie sagte, dass sie noch im alten Wochenrhythmus lebe, wie er früher auf der „Bauerei“ üblich war – auch wenn das heute nur noch eingeschränkt Sinn mache. „So bin ich's halt gwehnt“, war ihr Kommentar.

Und sie erzählte mir, was sie wusste. Bei den Bäuerinnen lief die Woche früher wie folgt ab: Montag war „Weschdaag“. Dienstag war „Biggeldaag“. Mittwoch war „Naehdaag“. Donnerstag war „Marickdaag“ (Markttag), Freitag war „Backdaag“, Samstag war „Butzdaag“. Sonntag war „Karichedaag“ (Kirchentag). Klar.

Da man früher manche Arbeiten mit anderen gemeinsam verrichtete – waschen am Fluss zum Beispiel, nähen oder auch backen – war es klug, der Woche einen bestimmten Ablauf zu geben. Dann war klar, welche Tätigkeiten auch in anderen Häusern auf dem Tagesplan standen.

Der bäuerliche Alltag einer Woche reihte sich nahtlos ein in den Ablauf des Kalenderjahres mit seinen Kirchenfesten und den für die Bauern wichtigen Mondkalender, der entschied, wann die Aussaat einer bestimmten Frucht zu erfolgen hatte. Es gab nur eine Zeit, an der dieser Rhythmus unterbrochen wurde: „Zwischen den Jahren". Bis zur Kalenderreform durch Papst Gregor VIII. begann das Jahr am 6. Januar und endete mit Weihnachten am 24. Dezember – die Zeit dazwischen wurde als „Zwischenjahrszeit" bezeichnet. Die Ursprünge liegen weit in der Vergangenheit in der Abweichung von Mondjahr und Sonnenjahr begründet.

Hier verlangte die Tradition Nichtstun. Es durfte keine Wäsche gewaschen, nicht gebügelt, nicht genäht, nicht eingekauft, nicht gebacken und schon gar nicht geputzt werden. In der Zeit zwischen Weihnachten und dem sechsten Januar hatte Ruhe zu herrschen. Draußen zog das „wilde/wütende Heer" – auch „wilde Jagd" genannt – über den winterlichen Nachthimmel, angekündigt von stürmischem Brausen. Wer sich im Freien aufhielt, lief Gefahr, von Wotan und seinen Gefährten mitgerissen zu werden. Das galt vor allem für Kinder. Und so schickte man sich und feierte Weihnachten, wie es sich gehört: Ruhig.

SCHON GEWUSST?

Amerika schläft ja bekanntlich nie, und auch im Pennsylvania Dutch Country gibt es große Einkaufszentren, die rund um die Uhr geöffnet haben. Ganz anders bei den Amish und Mennoniten. In den Einfahrten stehen Schilder mit der Aufschrift

„NO SUNDAY SALES".

MONDKALENDER UND SONNENJAHR

Die Strukturierung der Zeit

Unsere indoeuropäischen Vorfahren orientierten sich in ihrer Zeit als Nomaden aller Wahrscheinlichkeit nach am Mondkalender, dessen Jahr 354,37 Tage währt. Die Mondphasen waren leicht zu beobachten und für Viehhalter ausreichend genau. Nach Karl May sagte noch Winnetou, der Häuptling der Apachen, im 19. Jahrhundert zu Old Shatterhand: „Es ist viele Monde her, dass mein Bruder uns besuchte."

Alles dreht sich bei den Pennsylvania-Deutschen um eine gute Ernte

Als einige der Nomadenstämme vor etwa 10 000 Jahren allmählich zur Sesshaftigkeit übergingen und Bauern wurden, war der Mondkalender jedoch nicht mehr präzise genug. Das jeweilige Datum der Tag-Nacht-Gleiche sowie Winter- und Sommersonnwende gewannen an Bedeutung. Die Menschen stellten fest, dass die Sonne binnen eines Jahres am Himmel entlangwandert und auf ihrem Weg bestimmte Sternenkonstellationen passiert. In Wahrheit bewegt sich natürlich nicht die Sonne, sondern die Position der Erde, so dass immer andere Sterne in Sonnennähe rücken. Den Sternenkonstellationen gaben die Menschen Namen: die Tierkreiszeichen, im Englischen „zodiac signs" genannt. Die Bauern nutzten fortan dieses doppelte „Koordinatensystem" aus Mondkalender und Sonnenjahr, um ihr eigenes Bauernjahr zu strukturieren.

Jeder von uns kennt das aus eigener Erfahrung: Etwas zu strukturieren bedeutet Kontrollgewinn. Und das ist allemal besser, als sich ständig nur den Launen der Natur ausgesetzt zu fühlen. Das wäre dann ein Zustand dauernden Kontrollverlusts. Also orientierten sich die Bauern der vorchristlichen Zeit an Mond und Sonne – und sie machten über Generationen hinweg positive wie negative Erfahrungen, die sie wiederum an die jeweils nächste Generation weitergaben. Nachdem Johannes Gutenberg im 15. Jahrhundert den Mainzern und der Welt den Buchdruck gebracht hatte, wurden in den Jahrhunderten danach nicht nur tausende Bibeln gedruckt, sondern auch abertausende von „Kalendern". Hier konnte nun jeder Auf- und Untergang der Sonne präzise nachlesen, ebenso die Verteilung der Mondphasen im Jahr, Sonnen- und Mondfinsternisse und einiges mehr. Das Erfahrungswissen der Bauern fand Orientierung.

In Pennsylvania heißt es: „Wann die Obschtbeem recht bliehe im zunemmende Muhnd, daref mer blendi Frichde expeckte. Wann die Blieht awwer ins Abnemmende kummt, noh falle die Frichte glei ab." Über Äpfel kann man lesen: „Im Schpootyahr soll mer die Ebbel wegduh, wann der Muhnd dunkel iss, so um Neimuhnd rum – dass sie net faule."

Über das Säen heißt es: „Wammer recht viel scheene Blumme ziehe will, sott mer sie in de Zwilling blanse." „Grumbiere soll mer in der Woog blanse, noh schlubbe sie net so dief in der Grund un warre schee grooss un rund. Wammer sie awwer im Grebs blanzt, dann graeddle sie dief nunner, waare wartzich, voll Zacke, un schmacke schlecht." „Gummere daref mer net in de Zwilling blanze, schunscht duhn sie nix ass bliehe der ganze Summer un henge net aa."

Wichtig waren die Daten auch für die Weiterverarbeitung der Ernte: „Seider (Apfelsaft), wu Essich gewwe soll, sott mer im Leeb abzabbe, dass er recht schtarick watt." „Es Winderfleesch awwer sott mer net im Leeb uffhenge, schunscht watt's lewendich wie'n Leeb – es grickt Waerem (Würmer)." Es gibt viele hundert solche eigentümliche Bauernregeln, vielleicht sogar noch mehr. Alles Unsinn? – Nennen wir es Erfahrungswissen, und in manchem Spruch steckt vielleicht ein Funke Wahrheit. Jedenfalls waren die Kalender seit dem 18. Jahrhundert auch bei den Pennsylvania-Deutschen ein Muss in jedem Bauernhaushalt. „Der Hochdeutsch-Amerikanische Kalender“ war so eine Publikation, aber es gab auch viele andere. Heute sind die Jahrbücher natürlich in englischer Sprache gedruckt und heißen „Farmer's Almanac“. Im Jahr 1885 wurde in Allentown (PA) das Büchlein „Unser Pennsylvanisch-Deutscher Kalenner fer 1885“ als Mundart-Publikation in der Druckerei Trexler & Härtzel gedruckt, die auch in Allentown die Zeitung „Welt-Bote“ herausgab. Verantwortlich zeichnete redaktionell Henry A. Schuler, der „Kalennermann“. Er schreibt im Vorwort: „Der Kalenner bringt euch fer fünf Sent die ganz Berechning vun sellem gelernte Schmid bei Neumannstaun in Lebanon Caunty, dem pennsylvanisch-deutsche Kalenner-Rechler, Mister Lorenz J. Ibach, der unserm Herrgott in sei Weltregiering gucke derf un fer en ganz Johr vornaus schun alles uff's Düppelche weess, wie die Sunn zu laafe hot, was der Mond fer Käpers (Streiche) macht un wu die Sterne am Himmel jede Owed steh müsse; ja sogar die Finsternisse bschreibt er uff's Hoor, un's Wetter trefft er schier immer.“

In Amerika ist der Glaube an Sonne und Mond auch im 21. Jahrhundert ungebrochen, und so gibt es neben den noch immer populären Bauernkalendern auch die Website „The Old Farmer's Almanac“ unter der Domain „www.almanac.com“. Hier wird jede Menge vermeintliches Wissen rund um Gärtnerei und Gesundheit feilgeboten. Und die Nutzer greifen gerne zu.

So wenig die Amish und Mennoniten in ihren kulturellen Mustern den Nachfahren ausgewanderter Pfälzer ähneln – in diesem Punkt sind sich alle einig: Die Kalender sind wichtig. Und so produziert die Druckerei von Ben Räber in Baltic (Ohio) seit vielen Jahren den „Neuen Amerikanischen Calender für das Jahr unseres Heilands Jesus Christ“ in einem altertümlichen Hochdeutsch und gleichzeitig eine englische Version unter dem Titel „The New American Almanac – For the Year of our Lord“. Die Auflagen wachsen parallel zur Bevölkerungsentwicklung der Amish und Mennoniten. Glaube und Aberglaube liegen – wie so oft – nah beieinander.

SCHON GEWUSST?

Amish und Mennoniten halten nichts von der Umstellung der Uhren auf

SOMMERZEIT.

Das führt zu kuriosen Situationen, wenn man Verbredungen treffen möchte. Dann heißt es zum Beispiel bei der Festlegung eines Treffens um drei Uhr am Nachmittag immer:

„EIER ZEIT ODDER UNSER ZEIT",

oder aber „schnelli Zeit“ (Sommerzeit) odder „langsami Zeit“ (Zeit der Amish und Mennoniten).

VON FLINTEN, SCHNAPS UND SAUERKRAUT

Über Neujahrsbräuche

Schon als ich Peter Fritsch (1945-2015) zum ersten Mal in seiner zum Haus umgebauten „Scheier" in der Centennial Road im „Langschwamm" (Longswamp) in Alburtis besuchte, erzählte er mir vom Brauch, in der Silvesternacht das neue Jahr anzuschießen.

Alles dreht sich bei den Pennsylvania-Deutschen um eine gute Ernte

Winter in Pennsylvania können eisig sein – pennsylvanisch-deutsche Bauerei im Lehigh County

Sein Vater, John Peter Fritsch, sei die ganze Nacht mit Freunden in der Nachbarschaft umhergezogen, um einen Neujahrsspruch aufzusagen, einige Schüsse aus mitgenommenen Flinten abzugeben und mit ihren Instrumenten „pennsylvanisch-deitsche“ und englische Lieder in den Stuben zu spielen. Lachend erzählte Peter, die Musiker hätten in jedem Haus einen Schnaps auf das neue Jahr getrunken. Oft seien sie deshalb nicht allzu weit gekommen. Als John Fritsch starb, übernahmen Peter und einige Familienangehörigen diese Aufgabe. Der Spruch, den sie in allen Häusern aufsagten, ging ungefähr so:

„Mir winsche eich en glickseeliches Neues Yaahr / En Bretzel wie en Scheierdoor, / En Brotwascht wie en Offerohr, / Dezu en groosser eckicher Disch, / Uff yederm End en gebrotner Fisch; / Un in der Mitt en Boddel Wei, / Des soll unser Neiyaahrswinsch sei. / Des soll eich awwer net verdriesse, / Wann mir eich des Neiyaahr aaschiesse, / Wann macht es eich kenn Verdruss, / So sott ihr heere unser Schuss. / Nau duhne mir die Hahne dricke, / Des Pulverfeier sott ihr erblicke, / Mit dem Winsche iss es nau aus, / Gnalle muss es vor eierm Haus!“ Als Peter Fritsch im Jahr 2015 – viel zu früh – starb, machten seine Freunde Mike und Linda Hertzog weiter. So geht die Tradition zumindest in „Langschwamm Taunschipp“ in den nächsten Jahren nicht verloren.

Während der Neujahrsnacht gibt es bei traditionsbewussten Pennsylvania-Deutschen Schweinebraten und Sauerkraut zu essen. Mein Freund Doug Madenford erklärte es in der Filmdokumentation „Hiwwe wie Driwwe – Pfälzisch in Amerika“ so: „Wann die Sau fresst, geht sie mit die Naas naach vanne. Un sell iss wichtich. Mer kenne kenn Hinkel esse, weil en Hinkel scharrt im Bodde un geht beim Fresse allfatt zerick.“ Weil also das Schwein beim Fressen vorwärts geht und das ein schönes Sinnbild für das neu anbrechende Jahr ist, muss es in der Neujahrsnacht dran glauben. Dumm gelaufen.

Der Volksglaube kennt in Bezug auf den 1. Januar den Spruch: „Wammer uff der erscht Daag vum Yaahr schafft, muss mer darich's ganz Yaahr hatt schaffe.“ Also, man bleibt besser am Ofen. Zu dieser Zeit liegt in Pennsylvania ohnehin oft Schnee. Aber auch hier rät eine Bauernregel zur Gelassenheit: „Kenn Schneeheife, kenn Hoiheife (Heuhaufen).“ Und so sitzt man in der Stube und erzählt sich Geschichten. Zum Beispiel die, dass Menschen, die am 1. Januar geboren wurden, „Gschpucker“ – also Geister – sehen können. Na danke.

SCHON GEWUSST?

Schon die **GERMANEN** schnitten Mistelzweige zur Wintersonnwende am 21. Dezember.

Nordische Krieger, die im Wald unter einer Mistel zusammenstießen, schlossen für den Moment einen Waffenstillstand. Die Römer beschenkten sich beim Fest zu Ehren des Gottes Saturn („Saturnalien“) am 17. Dezember mit einem Mistelzweig als

ZEICHEN DER FREUNDSCHAFT.

Und seit dem 18. Jahrhundert wird auch in Pennsylvania rund um die Jahreswende unter einem Mistelzweig geküsst.

Schatten oder kein Schatten?

Wie eine Grundsau Karriere machte

„Grundsau, Grundsau iwwer alles, iwwer alles in die Welt.“ Als Deutscher weiß man – ehrlich gesagt – nicht, was man davon halten soll, wenn 200 Amerikaner bei einer Groundhog Lodge Versammlung am 2. Februar dieses Lied singen. Es ist die augenzwinkernde Ehrung eines Murmeltiers, aber auch eine ehrlich gemeinte Hommage an das Land, aus dem ihre Vorväter einst nach Pennsylvania ausgewandert sind.

Grundsau Lodsch Versammlung im Pennsylvania Dutch Country

Die Grundsau hat eigentlich keinen besonders guten Leumund in den USA. In Deutschland kennen wir Wühlmäuse und Maulwürfe. Groundhogs im Garten zu haben, ist mindestens ein Dutzend Mal so schlimm. Man könnte versuchen, sie wieder zu vertreiben. Man kann aber auch umziehen. Und doch haben die Murmeltiere seit 1899, als die erste Grundsau Lodge Versammlung im Städtchen Punxsutawney in Zentral-Pennsylvania stattfand, eine erstaunliche Karriere gemacht – und zwar als Wetterpropheten.

„Immer am zwett Hanning (Horning = Februar) gehne die Buwe naus zu en Grundsau, ziehge sie aus em Loch un froge sie, eb sie ihr Schadde sehnt odder net", erklärt Don Breininger aus New Tripoli, heute einer der bekanntesten pennsylvanisch-deutschen Festredner. „Sehnt sie ihrn Schadde, bleibt der Winder noch sex Woche. Sehnt sie ihrn Schadde net, kummt's Friehyaahr ball."

Auch hier ist man leicht wieder geneigt, etwas abschätzig auf die entfernten Verwandten zu schauen. Aber bitte nicht zu voreilig sein. Ich erinnere mich noch genau daran, dass meine Großmutter, die Jahrgang 1906 war, ab und an etwas von einem Dachs und dem Frühjahr erzählte. Und wirklich sagt eine alte Bauernregel: „Sieht der Dachs an Lichtmess seinen Schatten, bleibt er noch sechs Wochen in seinem Bau." Heißt übersetzt: Ein Hoch Anfang Februar ist recht ortsstabil, so dass es Tiefs mit Feuchtigkeit und milderen Temperaturen schwer haben, sich durchzusetzen. Diese Bauernregel entstand aus jahrhundertelanger Beobachtung des Wetters in Deutschland.

Die Bauernregel wanderte mit den Pfälzern nach Pennsylvania. Dort allerdings gab es keine Erfahrungen mit dem Wetter und keinen Dachs. Also nahm man, was man fand – das Groundhog – und ließ sich fortan immer am 2. Februar das Wetter prognostizieren. Da die meteorologischen Verhältnisse in den USA ganz anders sind, machte das jedoch keinen Sinn. Macht aber nix.

Nach dem Start im Jahr 1899, bei dem die Grundsau englisch sprach, gründeten Pennsylvania-Deutsche 1933 „Groundhog Lodge No. 1" im Pennsylvania Dutch Country. Das Datum lässt aufhorchen. In Deutschland hatte Adolf Hitler gerade die Macht übernommen, und die Deutschstämmigen in Pennsylvania hatten durchaus Angst, dass sie wieder Repressalien ausgesetzt sein könnten wie nach dem Eintritt der USA in den 1. Weltkrieg im Jahr 1917. Hier sahen sie eine Gelegenheit, ihr eigenes kulturelles Erbe zu pflegen und sich gleichzeitig als gute Amerikaner zu präsentieren. Bei einem Groundhog Lodge Meeting werden patriotische Lieder gesungen wie „Amerika – mei Land, ich sing vun dir" oder auch „Oh, pennsylvanisch Land, wie schee". Es wird gebetet und die amerikanische Flagge geehrt. Und wer immer an einem solchen Abend auch nur ein englisches Wort sprach, musste einen Dollar in eine spezielle

Kasse stecken. Da kam an einem Abend ein ordentlicher Betrag zusammen, der für einen guten Zweck gespendet wurde. In den Jahren danach gründeten sich 16 weitere Groundhog Lodges, die allesamt nur Männer als Gäste zulassen. Irgendwann gründete sich deshalb auch noch eine gesonderte „Weibsleit Lodge“. Bis zu 10 000 Gäste jährlich kamen vor einigen Jahren noch zu den Veranstaltungen. Jetzt jedoch ist das Publikum stark gealtert, und der Zuspruch sinkt so deutlich, dass man sich Sorgen machen muss, ob eine Grundsau Lodge noch das 100. Jubiläum im Jahr 2033 erlebt.

Höhepunkt der Veranstaltung ist neben dem Wetterbericht die Festrede, die immer öfter mein Freund Don Breininger halten muss, weil andere Redner verstorben sind. Don ist Jahrgang 1939, und er kennt die lustigsten Geschichten. Da man unter Männern ist, dürfen sie bisweilen auch etwas unter die Gürtellinie gehen. Aber solche Späße wählt er nicht aus. Wenn er spricht, bleibt es bei zarten Andeutungen. Das lieben die „Grundsau Brieder“. „Die Buwe gleiche gschpassiche Schtoris heere,“ meint Don. „Awwer heidesdaags browiere sie nimmi deitsch schwetze der ganz Owet. Sie nemme 20 Daaler, duhne sell in die Bax un schwetze noht yuscht noch englisch.“ Das sei nicht richtig, meint Don. Aber: „Was kammer duh? Wie gewehnlich: Nix.“

Keenich Grundsau – der größte aller Wetterpropheten

SCHON GEWUSST?

Im Februar 2020 veranstaltete die Gemeinde Bockenheim an der Weinstraße aus Anlass ihres 1250. Geburtstages erstmals in Deutschland eine echte pennsylvanisch-deutsche

„GRUNDSAU LODSCH VERSAMMLING".

„Haaptmann" von „Grundsau Lodsch Nummer Neinzeh im alte Land" ist Herbert Tiefel.

„Bleib fatt vum Feld"

Die Wahrheit über den Butzemann

Es ist etliche Jahre her, dass ich auf der Website eines Bekannten, Robert Lusch aus Bristol (PA), das Bild einer Vogelscheuche sah, unter der im Text die Bezeichnung „Butzemann" geschrieben stand. Robert interessiert sich sehr für die vorchristlichen Aspekte der „pennsylvanisch-deitschen" Kultur. Er nennt diesen heidnischen Ansatz „Urglaawe".

Ein Butzemann in im Pennsylvania Dutch Country

Mit Gleichgesinnten hat sich Robert in der sogenannten „Distelfink Sippschaft" zusammengeschlossen. Es ist eine weitere kleine religiöse Splittergruppe innerhalb der Gesellschaft in Pennsylvania. Also: Butzemann. Wie so oft, schossen in meinem Kopf auch bei diesem Begriff wieder viele Gedanken durcheinander.

Ein Blick ins Pfälzische Wörterbuch macht klar, dass das Wort in Bedeutung „Kinderschreckgestalt" auch in der Pfalz bekannt war bzw. ist. Doch wie passt sie mit dem „Bi-Ba-Butzemann" zusammen, den heute noch jedes Kind kennt? Das gleichnamige Lied war erstmals im Jahr 1808 in der Liedersammlung „Des Knaben Wunderhorn" veröffentlicht worden. Jakob Grimm (1785-1863) hatte es den Herausgebern zugeschickt, allerdings nannte er die Hauptperson „Botzemann".

In „Boz" bzw. „bozen" stecken zwei alte Wortbedeutungen: Zum einen „schlagen" (von mittelhochdeutsch „bôzen), zum anderen „auffällig kleiden", „verkleiden". In letzter Bedeutung haben sich im Pfälzischen zum Beispiel „Rummelebooze" (ausgehölte Rüben zu Allerheiligen) und im Pennsylvania-Deutschen der „Grischtdaag Putz" (Weihnachtsdekoration mit Christbaum und Krippe) erhalten.

Es spricht viel dafür, dass man wirklich weit in die vorchristliche Zeit zurückgehen muss, um das Rätsel vom „Butzemann" zu lösen – also bis zu 10 000 Jahre. In dieser Zeit vollzog sich ausgehend von Gesellschaften in Mesopotamien eine Revolution: Aus Nomaden wurden sesshafte Bauern. Vor etwa 7 000 Jahren übernahmen auch Menschen in Mitteleuropa diese neue Lebensweise. Ab diesem Moment gab es zwei wichtige, aber getrennte Arbeitsbereiche: das Feld und das Haus. Beide wollten geschützt sein. Hier halfen Rituale.

Auf dem Acker betete man eine „Vegetationsgottheit" an, die männlich oder weiblich sein konnte. Viele verschiedene Namen sind heute noch bekannt: „Kornmann", „Mittagsfrau", „Roggenmuhme" oder eben „Butzemann", um hier nur einige zu nennen.

In Pennsylvania wurde der Butzemann an „Maria Lichtmess" (Grundsaudaag) am 2. Februar unter Hinzunahme eigens dafür aufgehobener Reste der Vorjahresernte gebaut und im Feld aufgestellt. Die Gottheit nahm dann Besitz von der Figur, beseelte sie. Früh im Jahr bat man den Butzemann mit Opfergaben um ein gutes Wachstum, und nach der Ernte bedankte man sich. Oft ließ man die reifen Garben in einem Eck des Feldes stehen, um der Gottheit einen Rückzugsort über den Winter zu lassen. Manchmal wurden Garben auch zu kleinen Menschenfiguren geflochten, die ebenfalls auf dem Feld verblieben – quasi als Opfergabe für die Naturgottheit. Der Butzemann selbst musste in Pennsylvania bis zum 31. Oktober verbrannt werden, weil in der Nacht zum 1. November die „Wilde Jagd" begann – jener für Menschen gefährliche Zug germanischer Gottheiten und Dämonen über den nächtlichen Himmel. Einige Ähren nahm man mit ins Haus, um im kommenden Jahr am 2. Februar einen neuen Butzemann aufstellen zu können.

Was wir im Feld als Vogelscheuche erkennen, erhält in diesem Gesamtkontext nun eine völlig neue Bedeutung. In vorchristlicher Zeit war diese Figur eher die Personifikation einer solchen Vegetationsgottheit, die als Götzenbild zu Beginn der Pflanz- und Wachstumszeit im Acker platziert wurde. Dass sie, auffällig gekleidet, auch Furcht einflößte, mag durchaus gewollt gewesen sein. Die Ernte war schließlich das wichtigste Gut der Bauersfamilie, und es machte Sinn, Kinder wie Fremde mit allen erdenklichen Mitteln vom Feld fernzuhalten. Dass man sich irgendwann zusätzlich Schauergeschichten ausdachte und abends am Feuer erzählte, um diesen Zweck zu verfolgen, ist naheliegend. Der „Butzemann" steht im Feld – und wenn die Kinder ihm zu nahekommen, dann holt er sie.

Reste der Vegetationsgottheit könnten sich sogar im modernen Kinderlied erhalten haben: „Er rüttelt sich und schüttelt sich und wirft sein Säcklein hinter sich." Wer mag hier nicht im „Rütteln" und „Schütteln" an das Wetter und beim „Säcklein" an die Ernte denken?

Der Text vom „Butzemann"-Lied lässt sich übrigens zurückverfolgen bis in die Zeit des 30jährigen Krieges. Hier ist in alten Schriften jedoch bisweilen nicht vom „Säcklein" die Rede, sondern vom „Senslein". Damit gerät wiederum der „Schnitter Tod" ins Blickfeld, der über das Feld geht und es mit seiner Sense beackert. Vom Butzemann zu ihm ist es nur ein kleiner gedanklicher Sprung, denn eine schlechte Ernte bedeutete oft auch den Hungertod der Bauersfamilie. Wenn Sie also demnächst bei einem Spaziergang einmal wieder eine Vogelscheuche sehen, halten Sie bitte Abstand. Auch wenn Sie kein Vogel sind ...

Dass der „Butzemann" spätestens zum 31. Oktober verbrannt sein muss, weist indirekt auf zwei weitere bekannte Bräuche in der Nacht vor Allerheiligen hin: Das Aufstellen von Rübengeistern („Rummelebooze") vor allem in der West- und der Saarpfalz und Kinderumzüge bei Halloween (in Pennsylvania, vielerorts sonst und mittlerweile auch in der Pfalz). Bei „Booze" und „Butz" handelt es sich um dasselbe Wort. Die Rüben sind in der Pfalz die allerletzte Ernte des Jahres. Danach ist wirklich Schluss. Die Rüben werden ausgehöhlt, erhalten mit Hilfe eines Messers ein gruseliges Gesicht und werden zum 31. Oktober abends ins Fenster gestellt. Wie andere Schutzsymbole – zum Beispiel der Drudenfuß – signalisieren sie dem Bösen: „Ich kenne dich. Du kannst mir und diesem Haus nichts anhaben." Und wenn die „Wilde Jagd" mit Wotan und allen toten Seelen vorbeirauscht und unvorsichtige Menschen Gefahr laufen, mitgerissen zu werden, bleibt das Haus dank des „Rummelebooze“ sicher. Vor allem im keltischen Raum konnte es aber offensichtlich vorkommen, dass die „Wild Jagd“ versuchte, ins Haus einzudringen. Hier halfen dann kleine Opfergaben, um die toten Seelen zum Weiterziehen zu bewegen. „Süßes, sonst gibt's Saures“ heißt es heute zu Halloween meist, aber manchmal hört man auch: „Wir sind die Rübengeister, es schickt uns unser Meister.“ Damit ist dann vermutlich wieder Wotan gemeint. Und wir haben einmal mehr gelernt: Alles hängt meist mit allem zusammen.

SCHON GEWUSST?

Auch das Wort

„MUMPITZ“

hängt mit dem „Butzemann“ zusammen. Es entstand über die Bildungen „Mombotz“ und „Mummelputz“.

Der Bestandteil „mum“ soll von „vermummen“ stammen, „pitz“ eine Weiterentwicklung von „putz“ sein – das eben auch „verkleiden“ bedeutet. Ab dem 17. Jahrhundert ist der Begriff in der Bedeutung „Vogelscheuche“ belegt. Später stand er für „erschreckende Gerüchte“ oder „schwindelhaftes Gerede“.

FASNACHTS FOR SALE

Fasnachtsbräuche bei den Pennsylvania-Deutschen

Wer als Deutscher im Februar nach Pennsylvania reist, besucht vielleicht eine der örtlichen „Groundhog Day“-Veranstaltungen. Und möglicherweise sieht er sie dann schon, die Aushänge in Fensterscheiben von Supermärkten oder die Werbeschilder am rechten Straßenrand: „Fasnachts – pick up here“ oder „Fasnachts for sale“.

„Fasnachts“ sind im Englisch der Pennsylvania-Deutschen die pfälzischen „Kreppel“, gemeinhin heute „Berliner“ genannt. Das Wort „fasnacht“ bereichert also als Lehnwort den englischen Wortschatz im Osten der USA. Weitere Bezeichnungen im Pennsylvania-Deutschen sind „Pannekuche“ oder „Fettkuche“. Dass es hier mehrere Begriffe im eigentlich an Synonymen armen Dialekt in Pennsylvania gibt, unterstreicht die Bedeutung, die das Wort für die Menschen offensichtlich hatte.

Das in Fett gebackene Teilchen sieht, wenn man es im Laden kauft, auch wirklich meist aus wie unsere Berliner. Dann gibt es noch die amerikanische Variante mit einem Loch in der Mitte – wie bei einem Donut.

Mein amerikanischer Freund Doug Madenford kann bei so viel Unverstand nur mit dem Kopf schütteln. Wenn er „fasnachts“ backt, dann so, wie er es von seinen Vorfahren gelernt hat. Und das bedeutet, dass der Teig nicht zu kleinen Krapfen gerollt, sondern mit einem Messer zunächst auf einem Brett geschnitten wird. Im Ergebnis erhält man auf diese Weise viereckige Teilchen, die einen

Schlitz in der Mitte erhalten und anschließend in Fett gebacken werden. So haben es die alten Pfälzer früher auch gemacht. In der Westpfalz haben die Kreppel mit Schlitzen einen besonderen Namen: „Leederscher“ (Leiterchen).

Vom einstigen Fasnachtsbrauchtum hat sich „hiwwe“ wie „driwwe“ wenig erhalten. In Ebertsheim, der Heimat meiner Eltern, gingen an Fasnachtsdienstag Kinder von Haustür zu Haustür, um Kreppel und andere Süßigkeiten zu erbitten. Sie sangen: „Fassenacht, die Pann kracht, die Kichelcher sinn geback. Eraus mit, eraus mit, ich schteck se in mein Sack. Iss en beeser Mann im Haus, holt der glei de Bese raus. Iss en guudi Fraa im Haus, gebt sie uns die Kichelcher naus. Fassenacht, die Pann kracht.“ Die Kinder wussten, dass am letzten Tag vor der Fastenzeit Fett und alle tierischen Produkte wie Eier verarbeitet werden mussten. Ein solcher Heischebrauch in der Fasnachtszeit ist mir in Pennsylvania nicht begegnet.

Pennsylvanisch-deutsche Fasnachts

Aber immerhin die Sache mit der „alt Fasnacht“ hat es nach Pennsylvania geschafft. Prof. Earl Haag, Jahrgang 1929 und Sohn Mannheim-Käfertaler Auswanderer, schreibt in seiner langjährigen Zeitungskolumne „Es Nein Uhr Schtick“ im „Schuylkill Haven Call“: „In deel Gegende henn die Kinner als der letscht Schuler aus der Schul die Fasnacht gheesse, awwer sell waar net so schlimm. Nee, es hett gewiss schlimmer sei kenne. Mer hett an sellem Daag der letscht aus em Bett sei kenne, un sell waar en Sinn (Sünde) un en Schand!

Der aerscht, wu uffgschtanne iss, waar der Hauslumbe, odder die Gluck, odder der Gansert, odder der Schpiellumbe Suckler, awwer sell waar beschtimmt net so schlimm. Nee, mer hett der letscht sei kenne, wu uffgschtanne iss. Dann waar mer DIE FAAS(E)NACHT (odder graad die Faas) – un sell, wie gsaat, war en Schand. Wann mer die Faas waar, waar mer der ganz Daag ausgschpott warre, un mer hot viel Arewet zu duh ghatt. Mer hot die Bedder mache misse, die Esch nausbringe un es Hols neibringe misse, un die Arewet in der Scheier duh misse."

Wo die Sitte herkommt? Vielleicht aus dem Wissen, dass vor der Fastenzeit bestimmte wichtige Dinge im Haushalt zu erledigen waren. Die Zeit lief davon, vor allem am Fasnachtsdienstag. Die Fleißigen standen freiwillig früh auf, die eher Faulen kamen spät aus dem Bett und bekamen zur Strafe alles aufgebrummt, was andere noch nicht gemacht hatten, noch nicht hatten machen wollen.

Zurück zum Begriff „fasnacht", der als Lehnwort seinen Weg ins Englische gefunden hat. Es ist ja noch einigermaßen nachvollziehbar, dass eine fremdländische Speise samt der Bezeichnung in einem Land übernommen wird. In Deutschland sagen wir schließlich auch „Döner" und „Spaghetti". Das erinnert mich an sprachliche Ausdrücke, die noch interessanter sind – zum Beispiel die Bezeichnung „to nix something", die auf das pfälzische „nix" zurückgeht. Aus einem Adverb im Dialekt wurde im Englischen ein Verb, das „etwas über den Haufen werfen" oder „etwas verbieten" bedeutet. Ich bin schier umgefallen, als ich in einer amerikanischen Zeitung der 1960er Jahre las: „President Nixon nixed the plan by deciding to visit the court himself". Also: President Nixon hat seinen eigentlichen Plan über den Haufen geworfen, indem er entschied, selbst bei Gericht zu erscheinen. Sehr schön ist auch der bei Amish geläufige englische Ausdruck „It really makes down", was uns übersetzt als „es macht ordentlich runner" sehr bekannt vorkommt. Wörter wandern: Von der Pfalz nach Pennsylvania, dort von der Mundart ins Englische. Und während wir da stehen und noch ein wenig über den Weltenlauf sinnieren, ruft uns vielleicht von hinten jemand zu: „Was schtehscht dann so faul datt rum? Bischt du die Faasnacht heit?"

SCHON GEWUSST?

Auch Till Eulenspiegel hat es im 18. Jahrhundert nach Pennsylvania geschafft. Als

„EILESCHPIGGEL"

bekannt, ranken sich um die Figur Geschichten, in denen Till mit seiner vermeintlichen Einfalt gemeinhin als klüger angesehene Personen bloß stellt.

Grumbieredaag

Die Segnung von Garten und Feld

Mein Bekannter Robert Lusch weist stets darauf hin, dass in bäuerlichen Ritualen der Jahreskreis eine besondere Rolle spielte: Frühling, Sommer, Herbst und Winter - Werden, Vergehen und wieder Werden. Er erzählt, dass bei den Bauern in Pennsylvania mit dem „Grumbieredaag“ am 17. März bestimmte Rituale verbunden waren.

Ein Garten im Landis Valley Museum (Lancaster County)

Der 17. März ist überall in der Welt als „St. Patrick's Day" bekannt, den die Iren mit Musik und Guiness feiern. Weniger bekannt ist, dass dieser Tag auch „St. Gertrud" gewidmet ist, benannt nach Gertrud von Nivelles, die an diesem Tag im Jahr 659 im Alter von 33 Jahren starb. Die Frau war Äbtissin des Augustinerinnen-Klosters Nivelles in Belgien und wird von Katholiken als Heilige verehrt. Genealogen betonen, dass sie als Tochter von Pippin dem Älteren mit Karl dem Großen verwandt war, der ein paar Generationen später im Jahr 800 in Aachen die Kaiserwürde erhielt.

... und eine pennsylvanisch-deutsche Scheune mit Werbung

Das alles ist nun für die überwiegend protestantischen Pennsylvania-Deutschen nicht sonderlich interessant. Bedeutsam ist aber, dass die heilige Gertrud bei Mäuse- und Rattenplagen angerufen wird und Schutzpatronin der Gärtner und – jetzt kommt's – Katzen ist.

Dies bedeutet, dass in der Figur der Gertrud eine Verbindung zur germanischen Götterwelt bestehen könnte: Die heidnische Göttin Frouwa (auch „Frigg" genannt) lässt ihren Streitwagen von zwei Katzen ziehen. Sie gilt als Göttin der Fruchtbarkeit und des Frühlings, des Glücks und der Liebe.

Der pennsylvanisch-deutsche Bauernkalender will es, dass am 17. März die Kartoffeln – „Grumbiere" – in die Erde kommen: am „Grumbieredaag", der nach der Schutzpatronin der Gärtner auch „Trudisdaag" genannt wird.

An diesem Tag wurde Kartoffelbrot, das im vorangegangenen Jahr nach der Ernte gebacken und aufbewahrt worden war, auf den Acker gestreut. Die Krumen waren Gaben für Kobolde und Heinzelmänner, die mit der Annahme des Opfers für Fruchtbarkeit sorgten. Robert berichtet von folgendem Fruchtbarkeitsritual in Pennsylvania:

Man nehme Kartoffeln, Frühlingszwiebeln und – falls vorhanden – Kohlsamen. Dazu kommt das Brot, genannt „Datsch“, vorzugsweise gebacken auf einem Holzofen. Ebenfalls braucht man mindestens drei Bohnen, Opfergaben für den „Butzemann“, Süßigkeiten für Friggs Katzen und etwas Fisch.

Zu Beginn des Rituals trifft man sich mit anderen an der Hintertür des Wohnhauses. Der Zweck der Zusammenkunft wird laut benannt und eine Einladung an Frouwa (Frigg) ausgesprochen, der Zeremonie als Gast beizuwohnen. Anschließend wird folgender Spruch laut aufgesagt:

„Ebbes Griene, Ebbes Schwatze,
Ebbes Weisse fer ihre Katze,
Backt mer Datsch am Frouwasdaag.
Schtraeh die Grimmle, wu Sie mag,
Vum Eck zum Eck am Gaarderanft,
So wachse die Greider uff es Land.“

Danach schreitet die Gruppe der Anwesenden alle Ecken des Gartens im Uhrzeigersinn ab. In der ersten Ecke lässt man ein paar große Brotkrumen fallen. Dabei spricht man den folgenden Segen:

„Es fiehrt die Frouwa die Kieh zum Graut,
Die Biene zum Fluck un die Geil zum Zuck.“

Der Spruch wird in jeder Ecke wiederholt und jeweils ein paar Frühlingszwiebeln oder Kohlsamen vergraben. In der letzten Ecke werden die Bohnen in die Erde gesteckt. Auch sie sind eine Opfergabe an das Land und die dort lebenden Kobolde und Heinzelmänner. Wieder am Ausgangspunkt angekommen, wird ein Dank an Frouwa ausgesprochen. Zum Abschluss erhalten Frouwas Katzen ihre Gaben: Süßigkeiten und Fisch. Dann wird das Ritual geschlossen.

Im Anschluss bewegt sich die Gruppe auf das Feld, um dem dort am 2. Februar des Jahres aufgestellten „Butzemann“ ebenfalls Opfer darzubringen. Die Fürbitte um Fruchtbarkeit gilt hier nicht dem Garten, sondern dem Feld. Ist alles erledigt, können die „Grumbiere“, die Kartoffeln, in die Erde kommen.

Robert vollzieht archaische Riten wie dieses mit einer Gruppe Gleichgesinnter noch immer. Uns mag das skurril erscheinen. Und doch erhalten wir hier vermutlich den kleinen Einblick in eine Welt, in der die Menschen an mehr glaubten als an einen christlichen Gott, und Rituale pflegten, die zum Teil viele tausend Jahre alt waren. Erst die Aufklärung drängte – jedenfalls bei uns in Europa – Glauben und Aberglauben zurück.

SCHON GEWUSST?

Der traditionelle

BAUERNGARTEN

in Pennsylvania ist in Sektionen geteilt. Ist er quadratisch angelegt, besteht er meist auch aus vier quadratischen Beeten, die durch Wege voneinander getrennt sind. Der Gartenbereich ist umzäumt. Entlang des Zauninneren wachsen oft Blumen, während in den Beeten Gemüse und Kräuter angepflanzt werden.

VOM HEILIGEN FETT UND KARFREITAGSEIERN

Bräuche in Fastenzeit und zu Ostern

Das Ei als Fruchtbarkeits- und Frühlingssymbol war schon den Germanen bekannt. Die Römer verehrten den sehr reproduktionsfreudigen Hasen. In christlicher Zeit dann sah man im Ei ein Symbol der Auferstehung. In diesem Sinne hat es auch für die Pennsylvania-Deutschen eine besondere Bedeutung.

Die älteste Darstellung eines Osterhasen mit Eiern in Nordamerika stammt - natürlich - aus Pennsylvania und wird einem Kurpfälzer zugeschrieben: dem aus Hoffenheim bei Sinsheim stammenden Johann Konrad Gilbert (1734-1812), der 1757 auswanderte und sich in Berks County niederließ. Die Abbildung, die um 1790 herum entstand, befindet sich heute im Museum in Winterthur (Delaware).

Einsichten zur Beziehung von Fasnacht, Fastenzeit und Ostern in der Pfalz verdanke ich dem südpfälzischen Volkskundler Helmut Seebach. Er weist darauf hin, dass Eier als „flüssiges Fleisch" gelten und in diesem Sinn ebenso vom Fastengebot betroffen sind wie alle anderen Produkte von warmblütigen Tieren. Auf dem Bauernhof entsteht durch das auferlegte Fasten aber ein Problem, denn die Hühner im Stall legen täglich einfach weiter. Man half sich in der Vergangenheit damit, die Eier durch Kochen für den späteren Verzehr haltbar zu machen. Oft wurden auch jährliche Zinsen an den Lehnherrn an Gründonnerstag in Form gekochter Eier entrichtet. Warum setzte sich aber der Hase als

Eierbringer unter mehreren tierischen Alternativen durch? Bereits 1682 heißt es in einem Buch von Georg Franck von Franckenau („De Ovis Paschilibus“) über Ostereier: „... im Elsaß und den angrenzenden Gegenden nennt man diese Eier Haseneier auf Grund der Fabel, mit der man Einfältigen im Geiste und Kindern weismacht, der Osterhase lege solche Eier und verstecke sie in den Gärten im Grase (...).“ Helmut Seebach hat recherchiert, dass der Hase als Narr im Mittelalter ein verbreitetes Motiv war, nicht zuletzt durch seine Ähnlichkeit mit dem „langohrigen“ Hofnarren Til Eulenspiegel.

Die Reformation hatte möglicherweise auch einen Anteil an der Erfindung des Osterhasen - ähnlich wie beim Christkind, das den Heiligen Nikolaus ersetzen sollte. Im südwestlichen Teil des deutschen Sprachraums war Strasburg im Elsass das Zentrum, von wo aus sich neue kulturelle Muster in angrenzende Regionen – unter anderem die Kurpfalz – verbreiteten. Der neu entstandenen Kirche ging es vielleicht darum, aus der katholischen Fastenzeit einen protestantischen Brauch zu machen und zu diesem Zweck ältere Vorstellungen von Fruchtbarkeit und Frühlingsbeginn zu nutzen. Da kam der Hase unter Umständen gerade zur rechten Zeit über den Acker gehoppelt.

Erste Darstellung eines Osterhasen in Amerika

Mein Freund Patrick Donmoyer hat einmal recherchiert, dass 95 % der Pennsylvania-Deutschen Protestanten waren, vor allem Lutheraner und Reformierte aus Südwestdeutschland. Obwohl sie nicht katholisch waren, war die „Faschtzeit“ zwischen Aschermittwoch und Karfreitag auch für sie eine besondere Zeit der Einkehr.

Das Fett, mit dem die „Fettkuche“ („Faasnachts“) gebacken wurden, verwendete man am Aschermittwoch, um die Gartengeräte einzuschmieren, die mit dem Boden in Berührung kommen: Pflüge, Spaten, Heugabeln und Sensen. Das „heiliche Fett“ sollte Segen spenden und Ungeziefer aus der Erde vertreiben. Im Herbst wiederum wurden vor der Ernte Räder und Achsen eingerieben. Auch dies sollte Glück bringen. Dabei achtete man darauf, dass zumindest ein Teil des heiligen Fettes bis zum nächsten Fasnachtsdienstag aufbewahrt wurde. Am Aschermittwoch segneten Pfarrer die Gläubigen mit einem Aschekreuz auf der Stirn. Zu Hause dann segneten die Gläubigen ihr Vieh, indem sie Asche über es streuten. Auch ging man an die Eckbegrenzungen des Grundstücks und verstreute etwas Asche jeweils dort. Dies sollte Schlangen und anderes Ungeziefer abwehren. „Schtrei die Esche vum Eschermittwoch die Grenz vum Gaarde rum“, war zumindest früher ein weit bekannter Arbeitsauftrag.

In der Karwoche reihen sich Palmsonntag, Gründonnerstag, Karfreitag und Ostersonntag aneinander. Palmsonntag erhielten die Gläubigen Palmblätter, die sie zu kleinen Kreuzen falteten. Diese „Palmsunndaggreize“ sollten mit nach Hause genommen werden und dort Segen spenden. Nach Ostern verbrannte man die Kreuze und hatte damit etwas neue Asche für den nächstjährigen Aschermittwoch. In diesem Brauchtum begegnet uns wieder das Muster, Dinge aus einem Jahr in das kommende Jahr zu überführen, damit der Kreislauf des Lebens nicht unterbrochen wird.

Am „griene Dunnerschdaag“ erinnerte man sich an Jesus‘ letzte Mahlzeit und aß bei dieser Gelegenheit Grünes aus dem Garten: Salat, Kräuter, Löwenzahn. Karfreitag war (und ist) vermutlich der wichtigste Feiertag in dieser Reihe. Am Morgen gingen die Kinder in den Hühnerstall, um jeweils ein Ei mitzubringen. Das wurde mit Hilfe von Zwiebelschalen und Essig gefärbt, um anschließend die Jahreszahl einzuritzen. Ein solches „Karfreidaags-Oi“ wurde mit in die Kirche genommen und dort vom Pfarrer gesegnet. Wieder zu Hause, versteckte man es im Speicher an einem sicheren Ort. So sollte das Haus für ein Jahr geschützt werden. Regnete es zufällig an Karfreitag, wurde das Wasser sorgfältig aufgefangen und in den folgenden Monaten bei Taufzeremonien genutzt.

Die eigentlichen Ostereier hatten mit dem besonderen Karfreitagsei nichts zu tun. Diese hatten sich ja in gekochter Form seit Aschermittwoch angesammelt. Jetzt wurden sie hervorgeholt, ebenfalls gefärbt und aufwändig verziert. Bei diesem bis heute verbreiteten „Oier-Gritzel" werden Herzen, Vögel, Blumen, Farmgebäude und sogar ganze Sprüche und Gebete mit einer spitzen Nadel ins gefärbte Ei hineingeritzt. Diese Ostereier waren an Ostersonntag Geschenke für Familienmitglieder oder Nachbarn.

Als gesichert kann gelten, dass ohne die nach Pennsylvania ausgewanderten Deutschen das Osterfest in den USA heute ganz anders aussähe. Und noch eines ist wahr: Die „Grundsau", das Murmeltier, mag am 2. Februar in der Mitte des Winters zwar verkünden, ob der Winter noch sechs Wochen bleibt oder das Frühjahr bald kommt. Der Volksmund weiß aber: „Es iss net Friehyaahr, bis all die Oschteroier gesse sinn!"

SCHON GEWUSST?

„EASTER ON THE FARM"

(Oschtre uff die Bauerei) ist eine Familienveranstaltung des „Pennsylvania German Cultural Heritage Center" in Kutztown (PA), bei der sich oft mehrere hundert Kinder bei einer großen Eierjagd („egg hunt") vergnügen.

„Latwarick Koche"

Anbandeln auf dem Bauernhof

Wenn man auf einer Menükarte in einem Restaurant in Pennsylvania den Mundartbegriff einer Speise liest, die man aus der Pfalz kennt, heißt das noch lange nicht, dass diese auch genauso schmecken muss. Manchmal verbergen sich hinter dem vordergründig gleichen Wort sogar völlig andere Zutaten und Rezepte.

Latwarick wird am Rande eines Volksfests gekocht

Das erste Mal auf „Latwarick“ gestoßen bin ich am 2. Februar 2000, als ich mit einigen Bekannten, darunter Don Breininger, Eugene Stine, Lee Haas und dem schwergewichtigen Sterling „Tiny“ Zimmerman bei minus 20 Grad Celsius und einer Schneedecke von etwa 40 Zentimetern irgendwo im Hinterland bei meiner ersten „Groundhog Lodge“-Versammlung war. Im Programmheft stand unter der Überschrift „Fuder Tzettle“ (Menü): „Heem Geroscht Welchhinkel“ (Truthahn), „Dunges“, „Gschnibbelt Obscht“, vieles andere mehr und eben „Schmear Kase un Latwarick“.

Als das Essen serviert wurde, erkannte ich im „Schmierkäs“ eine Art angemachten Quark, im „Latwarick“ jedoch keinesfalls den mir von meinen pfälzischen Großmüttern bekannten „Latwersch“. Dieser „Latwarick“ schmeckte zwar auch süß, war aber viel dunkler, beinahe schwarz. Ich fragte die mit mir am Tisch sitzenden „Mannsleit“, woraus dieser „Latwarick“ gemacht war, und erhielt zur Antwort“: „Mer yuuse Ebbel.“ Äpfel also, und so war klar, dass sich hinter dem pennsylvanisch-deutschen „Latwarick“ eher das verbirgt, was das Rheinland als Apfelkraut kennt. Im Englischen heißt das Produkt „apple butter“. Es schmeckt ähnlich, ist aber eben kein „Latwersch“, das in der Pfalz und den angrenzenden Regionen aus Zwetschgen gemacht wird.

Ich bemerkte, dass meine Frage nach „Latwarick“ bei meinen Tischnachbarn auf außerordentliches Interesse stieß. Es musste eine Geschichte geben, die tief in der Erinnerung gespeichert und offensichtlich positiv besetzt war. So fragte ich in einer Programmpause nach. Und ich erfuhr: „Weescht, Yahre zerick sinn die Nochbere all zamme kumme, wann's gheesse hot, es sett Latwarick gemacht sei. Du duhscht die Ebbel in en Kessel un der Kessel uff's Feier. Un die Ebbel misse alsfatt (immer weiter) geriehrt warre, so ass sie net verbrenne. Alle paar Minudde hot ebber (jemand) schunscht der Leffel grickt un hot sell Tschabb (Job) geduh. Deel Zeit hot's bis lang in die Nacht genumme, bis all sell Latwarick faddich (fertig) waar.“ Weiter kam ich an dem Abend nicht und legte das Thema zur Seite.

Viel später wurde ich dann im Gedicht „´S Latwarickkoche fer Alders“ von Thomas Jefferson Boyer Rhoads (1837-1919) fündig. Hier heißt es:

„Fer alders waar's als immer Ruul (Regel), bei kiehle Schpotyahrwoche
Enanner mitzuhelfe, um der Latwarick guud zu koche.
Die Weibsleit henn die Ebbel gschnitt, die Buwe´s Holz gedraage,
Der Seider (Apfelsaft) vun der Miehl gebrocht – do heert mer niemand glaage,
Die yunge Leit henn manche Nacht ihr guder Schloof gebroche,
Zur rechte Zeit uff Hand zu sei, der Latwarick helfe koche. “

Es ist ein langer Text, der das Procedere recht genau beschreibt. Einige Strophen später liest man:

„Was duhne dann die yunge Leit, die Nacht herumzubringe?
Yuscht geh mit mir naus in der Hof, datt sehnt mer annre Dinge."

Damit wird die Sache schon ein wenig klarer. Und das Gedicht endet mit der Beschreibung der Abreise am Morgen nach dem Latwarickkochen:

„Die Fann (Spaß) iss nau veriwwer – sehn, der Daag iss yo am Bleeche (Bleichen);
Sie eile naach der Heemet zu – will kenns kenn Schloof meh breche.
Doch wann der Owet widder kummt, dann geht's zu annre Bauere,
Wu aa am Latwarickkoche sinn – do brauch mer sie net dauere.
Sell iss yuscht Fann, sie duhne gaern debei viel Schloof verliere,
Un duhne oftmols uff'em schlei (listig) en wennich karessiere (flirten)."

Wer sich für kulinarische Spezialitäten interessiert, sollte im Kitchen Kettle in Intercourse vorbeischauen

Das Leben der Pennsylvania-Deutschen ist seit jeher geprägt von Ritualen, die ihre Wurzeln im Religiösen oder dem Verlauf des Bauernjahres haben. Beim „Latwarick machen" waren viele helfende Hände gefragt, so dass sich Familien – Nachbarn oder Verwandte – gegenseitig besuchten, damit die Arbeit möglichst schnell erledigt werden konnte. Für die Jugendlichen bot dies die seltene Gelegenheit, viele Stunden mit anderen Altersgenossen auf einer Bauerei zu verbringen. Offensichtlich gab es neben der Arbeit noch genügend Zeit, miteinander zu spielen und sich kennenzulernen. Das Wort „karessiere" für „Flirten" war im Pfälzischen früher ebenfalls verbreitet. Wiederum ein paar Jahre später erzählte mir ein anderer pennsylvanisch-deutscher Bekannter, die Erwachsenen hätten sich doch meist irgendwann ins Bett begeben und die Gruppe der älteren Jugendlichen die Nacht durch mit der Arbeit des „Kesselumrührens" allein gelassen. In diesen „sturmfreien" Stunden am Feuer wurde im Pennsylvania Dutch Country manche Ehe gestiftet. Auch bei vielen anderen hat sich diese Erinnerung an glückliche Kindheitstage im Kreis der Familie tief in die Seele eingebrannt.

SCHON GEWUSST?

„Latwerge" bezeichnete im Mittelalter ursprünglich eine eingedickte Saft-Honig-Zubereitung, die als Arznei eingesetzt wurde. In dieser Form findet sich ein Hinweis auf „Latwarje" auch in den schriftlichen Aufzeichnungen der

HILDEGARD VON BINGEN

(gestorben 1179).

SCHARFE BEOBACHTER

Wie man das Wetter liest

Für die Bauern in Pennsylvania ist neben dem Mondkalender und dem Sonnenjahr das Beobachten der Natur rund um die Bauerei das dritte wichtige Instrument für das Treffen von Entscheidungen: Ist morgen ein guter Tag zum Säen? – Muss die Ernte eingeholt werden, oder ist es besser, noch ein paar Tage zur warten? – Es gibt viele Bauernregeln, die den Menschen das Leben leichter machen sollten.

Wie die Ernte wird, lässt sich vorhersagen...

Einige dieser Sprüche hat mir Richard Druckenbrod (1929-2001) erzählt. Richard war reformierter Pfarrer (United Church of Christ), langjähriger Präsident der Pennsylvania German Society, Schreiber der Kolumne „Es Deitsch Schtick“ im „Morning Call“ (Allentown) – und hat 1991 vom Gouverneur Pennsylvanias sogar den „Award for the Revitalization of the Pennsylvania German Heritage” erhalten. Kurz: Er war bekannt wie ein bunter Hund und hatte im Laufe seines Lebens viele Wetterregeln bei seinen Gemeindemitgliedern – oft Bauern – gehört.

... wie der Winter wird, auch

Wie wird das Wetter morgen? „Wann die Sunn feierich rot scheint am Owet, watt's drucke.“ Oder: „Wann die Schwalme (Schwalben) nidder fliege, gebt's Rege.“ Eine dritte wäre: „Wann am Supper (Abendessen) alles uffgesse iss, gebt's schee Wedder.“ Wenn wir ganz tief in unseren eigenen Kindheitserinnerungen kramen, kommen uns diese drei Weisheiten vielleicht auch bekannt vor. Hier haben wir wieder den Fall, dass in unserer deutschen bzw. pfälzischen Kultur allenfalls noch Relikte eines früher reichen Schatzes an Redewendungen und Alltagsweisheiten erhalten sind, während sich bei den Nachfahren der überwiegend pfälzischen Auswanderer in Pennsylvania deutlich mehr erhalten hat.

Kommt das Frühjahr bald? Der bekannteste Spruch gilt natürlich dem Murmeltier: „Wann die Grundsau ihrn Schadde sehnt am Lichtmess Mariye (2.2.), dann schlubbt sie widder ins Loch un bleibt noch sex Woche drin. Wann Lichtmess Mariye awwer drieb iss, dann bleibt sie haus, un's Friehyahr kummt ball.“ Aber es gibt auch andere: „Newwel im Yenner (Januar) bringt Reife (Rauhreif) im Moi.“ „Griene Grischtdaag, weisse Oschdre!“

Wird der Sommer trocken oder nass? „Wann's reggert uff Karfreidaag, badde (= nutzen) die Rege nix seller ganz Summer.“

Wie wird das Bauernjahr? „Wann's Gras im Yenner (Januar) waxt, waxt's schlecht darich's ganz Yahr.“ „En druckner Matz, en nasser Abril un en kiehle Moi bringe viel Frucht un Hoi.“ „Matzbliet (Märzblüte) iss net guud, Abrillebliet iss halb guud, Moibliet iss ganz (= besonders) guud.“ „Wann's glatt Eis gebt im alte Yahr, gebt's viel Ebbel der neegscht Summer.“

Schlägt das Wetter um? „Wann die zahme Gens fliege, watt's windich.“ „Wann's Rindvieh schprecht un fecht (sich streitet), watt's schtaermich.“ „Wann die Kieh aarick (arg) blarre (plärren), gebt's Regge.“

Wie wir der kommende Monat? „Wie der letscht Freidaag im Munet, so iss es der ganz neegscht Munet.“

Un wie wird der Winter? „Wann's Ungraut hoch waxt im Summer, gebt's diefe Schnee im neegschte Winter.“ „Wann's Laab lang uff die Beem henke bleibt, gebt's en langer, hadder Winter.“ „Wenn's in der erscht Schnee reggert, dann reggert's gern in alli Schnee seller Winter.“ „Wann die Warrem (Würmer) net so dief im Boddem sinn, gebt's aa net so en kalter Winter.“

Bei den Wetterregeln erkennen wir wieder ein Motiv, das uns schon an verschiedenen Stellen begegnet ist. Es geht um Kontrollgewinn. Im Gegenwärtigen schon das Zukünftige erkennen zu können, schafft Sicherheit. Und in manchen Sprüchen steckt vermutlich auch Wahrheit, denn die Bauern haben über viele Generationen die Natur rund um ihre Höfe beobachtet und ihre Erkenntnisse immer weitergegeben. Von meinen vielen Gesprächen mit Richard in Allentown ist mir im Übrigen auch ein Spruch in Erinnerung geblieben, der sich mit dem plötzlichen Wetterwechsel im Innern des Bauernhauses befasst: „Wann en Mann gsoffe heem kummt, gebt's die meenscht Zeit Schtarem (Sturm)“. Ob ihm selbst das auch einmal widerfahren ist, hat er mir jedoch nicht erzählt.

SCHON GEWUSST?

Das Umweltministerium in Harrisburg beschäftigt sich intensiv mit den klimatischen Veränderungen und erwartet für die Zukunft mehr Hitzewellen, Überflutungen und damit auch grundlegende Veränderungen in den landwirtschaftlichen Strukturen und Prozessen. Das stellt durchaus ein kommunikatives Problem dar in einem Staat mit einer religiös orientierten Bevölkerung, die

KLIMAWANDEL

zu einem guten Teil als

„FAKE NEWS"

(Falschnachrichten) wahrnimmt.

WIE MAN DAS GLÜCK ZWINGT UND DAS SCHICKSAL BÄNDIGT

Aberglauben im Alltag

Hand aufs Herz: Wünschen Sie sich etwas, wenn Sie eine Sternschnuppe sehen? Wer hat schon vierblättrige Kleeblätter gesucht, Hufeisen aufgehängt und an Silvester Blei gegossen? Wir alle kennen das, und doch sind das nur die letzten uns bekannten Reste eines Systems aus Sprüchen, Geboten und Verboten, das sich bei unseren Vorfahren über viele Jahrhunderte entwickelt hat.

Geldstücke dürfen in Pennsylvania nicht vom Boden aufgehoben werden – das kann Unglück bringen

Auch in diesem Fall ist das in Pennsylvania anders. Deklinieren wir einmal beispielhaft das Leben einer jungen „pennsylvanisch-deitschen“ Frau durch. Der Vater dieser Frau will sicherstellen, dass seine Tochter einen Mann bekommt, und verwahrt deshalb im Hause eine Pfauenfeder („Pohahnefedder“). Das Mädchen möchte es aber genauer wissen, welcher der vier Jungen, die sie aus der Nachbarschaft kennt und nett findet, ihr Mann wird. Darum beschriftet sie am Abend vier Zwiebeln mit den Namen der Jungen und legt sie unter das Bett. Ist morgens eine der Zwiebeln gekeimt, wird sie den jungen Mann heiraten, dessen Name auf der Zwiebel steht. Jetzt könnte aber auch Folgendes eintreten: „Wammer middags zwischich elf un zwelfe esst – der, wu kummt, gebt ehm sei Mann.“ Hoffen wir einmal, dass es der Junge war, dessen Name auf der gekeimten Zwiebel stand. Auf dem Weg zur Hochzeit in die Kirche begegnet sie hoffentlich keiner schwarzen Katze, denn in diesem Fall kann sie sich das Ganze auch sparen, weil kein Segen auf der Verbindung liegt. Relevant ist auch das Wetter am Tage der Hochzeit: „Wie der Daag, ass mer heiert, so die Familie. Wann's reggert, hot mer en schtrubblichi Familie un die Fraa muss viel heile (heulen). Wann's schtaermt, fechte sie in die Familie viel. Wann's awwer schneet, watt die Familie reich.“

Bekommt die junge Frau ein Kind, gibt es besonders viele Umstände, die das Leben des Neugeborenen beeinflussen. Denn schon der Tag der Geburt ist für das zukünftige Schicksal des Säuglings bedeutsam: „Wer im Yenner gebore iss, kann Gschpucker sehne“, heißt es, oder „En Mittwochskind hot kenn guter Kopp fer lanne (lerne).“ Es gibt unzählige solcher Regeln. Entscheidend ist, dass das Kind nicht den Namen eines nahen Verwandten erhält, der vor kurzem gestorben ist. In diesem Fall wird es nicht alt. Die Mutter muss darauf achten, dass das Baby zuerst an der rechten Brust gesäugt wird, um sicherzustellen, dass es kein Linkshänder wird. Im Haus muss es nach der Geburt über die Treppe in den Speicher – also ganz nach oben – getragen werden. Wer dies versäumt, trägt Schuld, dass das Kind nicht in den Himmel kommt. Wichtig ist, dass die erste Windel des Säuglings verbrannt wird. Das bringt Glück. Bis das Kind ein Jahr alt ist, darf niemand ihm die Haare schneiden, sonst wird es nicht alt. Auch kitzeln ist extrem gefährlich, denn das führt dazu, dass es stottern wird. Bei der Taufe hat die junge Mutter darauf zu achten, dass nicht zu viele Blicke gleichzeitig auf dem Täufling ruhen, wenn der Pfarrer die Zeremonie vollzieht, denn das macht es Hexen nachher leicht, sich des Kindes zu bemächtigen. Besonders eingeprägt hat sich mir auch die Regel, die einer Hebamme eingefallen sein könnte: „En Kind waxt net, bis die Geburt bezahlt iss.“. Das allerschlimmste Schicksal jedoch erfährt das 13. Kind einer Familie: Es wird ein Spielmann, ein Musikant werden (nichts Gescheites also).

Eine große Rolle für die Zukunft wird auch Träumen zugesprochen. Träumt die junge Frau von Wasser, bedeutet das, dass es eine Beerdigung geben wird. Träumt sie von einer Beerdigung, wird es Regen geben. Träumt sie aber gleich von einem Toten, bedeutet das Glück. Alles klar?

Auf einem Bauernhof war es wichtig zu wissen, ob Besuch kommt. Wenn kein Telefon zur Hand ist, setzt die junge Frau auf andere eindeutige Anzeichen: „Wann mariyets en Schpinn gehich ehm kummt, kammer Bsuch ekschpeckte (erwarten).“ Das Gleiche gilt aber auch, wenn der Hahn zum Fenster hereinkräht oder der Hund sich in der Stube rollt.

Auch Glück und Unglück lassen sich leicht vorhersagen. „En Schpinn doot mache bringt schlecht Glick.“ Das habe ich sogar noch in der Pfalz gehört. Ebenso die Sprüche „Unner en Leeder darich laafe bringt schlecht Glick“ und „Wammer en vierbleddrich Kleeblatt find, bedeit des Glick.“ Will die Familie der jungen Frau sicher Glück haben, sollte sie ein Hufeisen über die Eingangstür nageln. Und um sicheres Unglück zu vermeiden, muss sie darauf verzichten, eine Geldmünze aufzuheben, die sie an einer Kreuzung findet. Zu diesem Detail empfehle ich das Kapitel über Braucherei, das die Hintergründe erklärt. Spiegel gelten als Übergang von dieser in eine vermeintlich andere Welt (ebenso wie Wasserflächen in Seen und Tümpeln). „Wammer nachts in der Schpiggel guckt, guckt der Deifel raus“, weiß ein Spruch. Aber auch: „Wammer en Schpiggel verbrecht, gebt's en Leicht (Begräbnis).“ Also weiß die junge Mutter, wie sie sich zu verhalten hat.

Einen nahen Tod kann die junge Ehefrau so nicht verhindern, so wenigstens erkennen. „Wann ehm die Leine (Handlinien) in der Hand zammelaafe, lebt mer net lang.“ Daran lässt sich kaum etwas ändern. Man kann aber einfach auch Pech haben. Wenn sie nämlich eine weiße Spinne sieht, stirbt sie unweigerlich in der nächsten Zeit. Einen guten Freund der Frau trifft es, wenn sie beim Backen vergisst, eine wichtige Zutat mit in den Teig zu mengen. Und auch wenn Eulen ganz nah an ihrem Haus ihr „uhuu“ machen, stirbt jemand aus dem engsten Kreis. Am schlimmsten ist jedoch, wenn der Tod einem dummen Zufall geschuldet ist. Geschrieben steht: „Wammer middags frisch Brot uff em Disch hot un die Uhr schlagt 12, wammer am Disch hockt, schtarebt eens aus der Familie.“ Es ist tragisch.

Und wäre das alles nicht schlimm genug, muss die Familie der Frau sich auch noch gegen Hexen wehren, die überall lauern. Zum Glück gibt es zur Abhilfe Drudenfüße – meist fünfzackige Sternsymbole –, die auch „Gensfuß“ oder „Groddefuß“ genannt werden. Im Pennsylvania-Deutschen spricht man heute meist von „Scheierschtann“ (Scheunenstern) oder im Englischen von „Hex Sign“ (auch hierzu gibt es ein eigenes Kapitel). „En Gensfuß uff die Schtalldeer mache, halt die Hexe drauss“, heißt es. Das sollte der Ehemann der jungen Frau unbedingt beherzigen, damit es den Tieren gut geht. Aber auch im Fall, dass zum Beispiel die Kühe bereits verhext sind, hilft der Gensfuß / Groddefuß / Scheierschtann als Therapie: „Wann die Kieh verhext sinn, naggelt mer'n Groddefuß an die Dier, no gehn die Hexe weg un es halt sie aa drauss.“ Was im Stall funktioniert, das weiß die junge Frau, funktioniert im Haus ebenso. Und deshalb malt sie dieses Symbol mit Kreide auf das Bett und über Türen und Fenster. So behütet, sollte sich das Leben meistern lassen.

SCHON GEWUSST?

Zu den auffälligen Kuriositäten in Amerika zählen sogenannte

„PRAYER REQUESTS“

– also die an Bekannte oder Fremde gerichtete Bitte, man möge doch in das eigene Gebet eine Fürbitte für einen Kranken (z.B. aus der Familie) einschließen. Diese „Requests“ werden gerne auch digital übermittelt, per E-Mail oder über entsprechende Webseiten. Dahinter steht die Vorstellung, dass ein Kranker um so schneller gesundet, je mehr Menschen für ihn beten.

DUNKLER GESELL

Der Belznickel und die alten Germanen

„Der Belznickel muss immer dreckich sei, dreckich un gaschtich (garstig)!“ Patrick Donmoyer, Belznickel in Kutztown und Umgebung, verwandelt sich für die Kinodokumentation „Hiwwe wie Driwwe – Pfälzisch in Amerika“ in den Kinderschreck: mit Hörnern, grünem Umhang, schwarzem Dreispitz-Hut, Bart und Fellen, Sack, Rute und Eisenketten.

Es gibt ihn also noch in Pennsylvania, während der Belznickel in der Pfalz und angrenzenden Gebieten nichts als eine vage Erinnerung ist. Der pennsylvanisch-deutsche Dichter Henry Harbaugh (1817-1867) schrieb in den 1860er Jahren: „O kennscht du den wieschte, gaschtiche Mann? / Hu! – derf m'r den Kerl e Mensch heesse? / Ja, dass er en Mensch iss, mag glaawe, wer kann, / Er guckt mir zu viel wie der Beese!“ Der Böse, also der Teufel höchstselbst.

Während in vielen Gegenden in Deutschland der Heilige Nikolaus mit seinem Gehilfen Knecht Ruprecht auftrat, vertritt der pfälzisch-pennsylvanische Belznickel beide Seiten – das Gute und das Böse – in einer Person. Die protestantischen Pfälzer haben auf diese Weise den heiligen Nikolaus aus dem Brauchtum verdrängt. Der Belznickel in Pennsylvania trägt Sack und Rute mit sich und besucht Kinder ein bis zwei Wochen vor „Grischtdaag“, um zu prüfen, ob sie in diesem Jahr auch brav waren. Im Wort „Belz(e)“ steckt nicht nur das Tierfell, sondern auch die Bedeutung „schlagen“ („pelzen“). Sein Auftritt ist laut und schaurig und, ja, macht den Kleineren auch etwas Angst. Süßigkeiten verteilt er nicht einfach, sondern schleudert sie im Raum herum, um gleichzeitig mit der Rute (oder auch einer Peitsche) herumzufuchteln. Sein Kommen und Gehen gleicht einem Gewitter, und immer rasseln die Eisenketten, die er mit sich führt. Den Anwesenden droht er, sie an sich zu ketten und auf Nimmerwiedersehen mitzunehmen.

Der Belznickel hat in Pennsylvania bis heute überlebt.

Es steckt also noch ganz schön viel „Knecht Ruprecht" in ihm. Dieser geht vermutlich auf die germanisch-keltische Sagengestalt der „Frau Perchta" zurück, die auch im Namen „Ruprecht" noch erkennbar ist. „Perchta" ist heute vor allem im oberdeutschen Raum bekannt, also im Süden Deutschlands und in den

Alpen. Hier gibt es im Winter „Perchtenläufe“, bei denen es sich um Maskenzüge handelt. Besser bekannt ist sie im mitteldeutschen – und damit auch pfälzischen Raum – unter dem Namen „Frau Holle“. „Perchta“ belohnt Fleiß und bestraft Faulheit. Sie rasselt bei ihrem Auftreten mit einer eisernen Kette. Vor allem zwischen der Wintersonnwende am 21. Dezember und dem 6. Januar, den sogenannten „Rauhnächten“, tritt sie in Erscheinung und reitet in dieser Zeit in der sogenannten „Wilden Jagd“ auch durch die Lüfte. Die Wilde Jagd, die verschiedentlich hier im Buch schon kurz erwähnt wurde, ist die deutsche Bezeichnung für eine in vielen Regionen Europas verbreitete Volkssage, die sich auf eine Gruppe von übernatürlichen Jägern bezieht, die über den Himmel jagen. Die Sichtung der Jagd konnte unterschiedliche Folgen haben. Sie galt als Vorbote für Katastrophen wie Kriege, Dürren oder Krankheiten, aber sie konnte auch auf den Tod desjenigen verweisen, der ihr Zeuge wurde. Auch gibt es Versionen, in denen Zeugen Teil der Jagd wurden oder die Seelen von Schlafenden mitgezogen wurden, um an der Jagd teilzunehmen. Im deutschen Sprachraum wird das Phänomen seit dem Mittelalter immer wieder beschrieben.

In dieser Zeit zwischen den Jahren steht das Geisterreich offen und die Seelen der Verstorbenen sowie die Geister haben Ausgang. Dämonen können Umzüge veranstalten oder mit der Wilden Jagd durch die Lande ziehen. Manche sehen in „Perchta“ die Gefährtin Wotans, andere eher eine noch ältere Gottheit – die „Erdmutter“ oder „Erdgöttin“. Ihr Name stammt aus dem Altdeutschen, wo „peraht“ „hell“ bedeutet. Das Wort hat sich bis heute erhalten, als „pretty“ im Englischen und „prächtig“ im Deutschen.

Ein wenig „Perchta“ steckt also im pfälzisch-pennsylvanischdeutschen Belznickel, der heute vor allem im Rahmen von Museumsveranstaltungen auftritt, zum Beispiel in Kutztown (Berks County) bei „Christmas on the Farm“ im „Pennsylvania German Cultural Heritage Center“ oder dem „Landis Valley Village & Farm Museum“ in Lancaster (Lancaster County). Üblicherweise finden diese Events im Dezember statt.

Ursprünglich hatten die pfälzischen Auswanderer auch ihr „Christkind“ mit nach Pennsylvanien genommen. Aber unter dem starken Einfluss des englischen „Santa Claus“ waren die Überlebenschancen des „Belznickel“ einfach besser. Das Christkind wurde in Pennsylvania im Laufe der nachfolgenden Generationen zunächst eine dem Santa Claus ähnliche Figur, die „Chris Kringle“ hieß. Dann verschwand es schließlich ganz. Jedenfalls fast: Mancherorts heißen die Geschenke noch immer „Grischtkindli“. Das Wort ist wie ein fernes Echo aus dem „alten Land“ in Europa, das die Vorfahren einst verlassen haben. Vor dem Belznickel jedoch sollte man sich in Pennsylvania weiter hüten.

SCHON GEWUSST?

WEIHNACHTSGESCHENKE

gibt es in Pennsylvania nicht am Abend des 24. Dezembers, sondern am darauffolgenden Morgen. Da der amerikanische Santa Claus erst in der Nacht zum 25. Dezember durch die Schornsteine in die Stuben klettert, gibt es die Geschenke auch entsprechend später.

VON DRUDENFÜẞEN UND REICHEN BAUERN

„Hex Signs“ in Pennsylvania

In Amerika ist alles etwas größer. Wer durch das Pennsylvania Dutch Country in Berks County fährt, entdeckt sie schnell: Mächtige rote und weiße Scheunen mit Sternsymbolen. Und die haben es in sich: „Yuscht fer schee“ oder „Just for nice“ antworten Einheimische, wenn man sie nach dem Zweck der bis zu zwei Meter Durchmesser großen Symbole fragt.

Hex Signs in Pennsylvania

Etwa Mitte des 19. Jahrhunderts hatten Bauern angefangen, ihre Scheunen mit einem Farbanstrich zu schützen und dabei zusätzlich auch mit Symbolen zu verzieren. Pentagramme, Hexagramme, Sonnenräder und viele andere Motive sind hier aufwändig auf Holz aufgetragen worden. Auf einer „Scheier" finden sich gerne einmal bis zu zehn Symbole, die je nach Region „Schtanne" (Sterne) oder „Blumme" (Blumen) heißen.

Etwa ein halbes Dutzend „Scheiermoler" gibt es heute, die neben vielen anderen Arbeiten vielleicht 10 bis 12 Scheunenanstriche pro Jahr anfertigen. Insgesamt stehen rund um Berks County noch mehrere hundert Scheunen mit Sternensymbolen, die erhalten werden wollen. Arbeit gibt es also genug.

Anfang der 1920er Jahre bereiste der Journalist Wallace Nutting, der kein Pennsylvania-Deutscher war, die ländliche Region und vermutete bei den Scheunensternen einen magischen Hintergrund. In seinem 1924 erschienenen Buch „Pennsylvania Beautiful" sprach er erstmals von „Hex Signs", und dieser Begriff setzte sich im Englischen allmählich durch.

Einer der heute aktiven Kunsthandwerker ist Eric Claypoole aus Lenhartsville. Sein Vater war bereits „Scheiermoler", und Eric erzählte mir, dass dieser seinen Kunden mit den Symbolen immer auch eine Geschichte verkaufte. Die Motive sollten – je nach Auswahl – Wohlstand, Gesundheit, Glück etc. fördern beziehungsweise Schutz vor Feuer oder schlechtem Geschick bieten. Die Kunden forderten regelrecht, das Produkt mit einem solchen Mehrwert auszustatten. „If it works for you, it works for you", habe Erics Vater immer gesagt. Der magische Aspekt als Marketing-Gag?

Die Symbole finden sich nicht nur auf Scheunen, sondern auch auf Möbeln, Haushaltsgeräten, Textilien, Büchern, auf Heiratszertifikaten und Taufscheinen des 18. Jahrhunderts. Wer nun von einer Reise nach Pennsylvania zurück nach Deutschland kommt, entdeckt bei Spaziergängen in Ortschaften entlang des Rheins plötzlich dieselben Symbole – vor allem in Balken von Fachwerkhäusern gemalt oder bei älteren Gebäuden – gerne auch Kirchen – in Sandstein gemeißelt. Sie finden sich in der Schweiz, im Elsass, der Pfalz sowie den ganzen Rhein abwärts. Die Größe ist hier allerdings in der Regel nur zehn bis fünfzehn Zentimeter im Durchmesser. Im Rheintal fallen mir spontan Zeichen in der Nähe von Mainz ein: Mehrere Symbole finden sich auf einem Fachwerkhaus aus dem 18. Jahrhundert in der Hauptstraße von Rommersheim (bei Wörrstadt). Hexagramme „zieren" Fenstersimse des Kirchturms in Ober-Olm aus dem 10. Jahrhundert – und auch in der Burg Klopp in Bingen finden sich Zeichen dieser Art. Hier werden überdacht im Burghof mehrere römische

1) Römischer Meilenstein aus dem 3. Jh. (Bingen) 2) Katholische Kirche aus dem 10. Jh. (Ober-Olm)
3) Fachwerkhaus aus dem 18. Jh. (Rommersheim bei Wörrstadt) 4) Gartentür aus dem 20. Jh. (Dirmstein)

Meilensteine aus dem 3. Jahrhundert aufbewahrt, die einst an der Straße zwischen Bingium (Bingen) und Trevorum (Trier) standen. Auf einem der Steine sind zwei Hexagramme eingemeißelt.

„Yuscht fer schee" trägt damit als Erklärung nicht mehr wirklich. Was aber sollte diese Sitte? Vielleicht müssen wir uns an den alten Goethe und seinen „Faust" erinnern, der Anfang des 19. Jahrhunderts entstanden ist. In einer Szene folgt ihm Mephisto in Gestalt eines Pudels in seine Stube. Er verwandelt sich dort, nimmt Menschengestalt an. Nach dem Gespräch möchte er den Ort verlassen, aber es stellt sich heraus, dass das nicht möglich ist: Ein Pentagramm in der Tür verhindert, dass er passieren kann. Mit anderen Worten: Das Symbol in der Schwelle bannt das Böse. Positiv gesprochen könnte man auch von Segenszeichen sprechen.

Die weitere Recherche zeigt, dass es sich bei Pentagrammen, Hexagrammen und vielen anderen universellen Symbolen um Motive handelt, deren Geschichte weit in die vorchristliche Zeit zurückreicht. Es gibt sie in Europa, im Vorderen Orient und in Indien. Es liegt nahe, dass der Ursprung irgendwo in der Mitte liegt. Und damit sind wir bei den Indoeuropäern, die bereits etwa 10 000 v. Chr. nördlich des Schwarzen Meeres in der Region der heutigen Ukraine und des Kaukasus siedelten. Mit der Ausbreitung ihrer Kultur nach Westen, Süden und Osten gelangten auch die Motive in diese neuen Siedlungsgebiete. Von Europa aus traten sie ihren Weg in die neue Welt an.

Ein Beleg hierfür findet sich direkt in Mainz: Bei Bauarbeiten am Ballplatz fand man vor Jahren einen römischen Weihealtar aus dem 2. bis 3. Jahrhundert nach Christus, der heute direkt vor Ort geschützt in einem Hausdurchgang ausgestellt ist. Am rechten oberen Eck findet man das Fragment eines eingekreisten sechsstrahligen Sternes, den man exakt so auch auf Scheunen in Pennsylvania findet. Die zugehörige Informationstafel gibt Auskunft, dass dieser Altar dem persischen Lichtgott Mithras geweiht war. Aufgabe von „Mithras" war es, über die kosmische Ordnung zu wachen – damit auch über den Wechsel von Tag und Nacht sowie die Jahreszeiten. Er schützte die Gläubigen und strafte die Ungläubigen. Sein Niedergang im Römischen Reich kam mit dem Aufstieg des Christentums, das 380 n. Chr. zur Staatsreligion avancierte. Mithras ist vermutlich identisch mit dem altindischen Gott „Mitra", wobei das Wort „mi-tra" „Vertrag, Eid" bedeutet und vor-indo-iranisch sein soll. „Mithras" kam also von Indien über Persien und Kleinasien (Türkei) mit den Römern nach Europa und schließlich ins Rheintal – mit Drudenfuß und weiteren Sternensymbolen im Gepäck.

Das 18. Jahrhundert war eine Zeit, in der man sich von rituellen Handlungen Schutz und Heilung versprach. In ganz Europa finden sich heute noch Spuren davon. In Pennsylvania wollten die Bauern mit Hilfe der Symbole auf Scheunen ihr wertvollstes Gut schützen: Ihre Ernte.

Und heute? Die alte Bedeutung ist sicherlich verblasst, aber die Scheunen werden noch gepflegt. Weil sie schöner aussehen – und vielleicht auch, um jedem zu zeigen: Mir geht es gut. Hier wohnt ein reicher Bauer. Ein einzelnes Motiv zu malen bzw. zu restaurieren, kostet mehrere hundert Dollar – und das alle zehn bis 15 Jahre. Bei einer Scheune kommen da während der Lebenszeit eines Bauers gerne einmal 25 000 Dollar zusammen.

Wir in Europa lehnen uns vielleicht ein wenig amüsiert zurück, wenn wir über die Geschichte der „Hex Signs" lesen. Doch auch bei uns sind Balthasar, Melchior und Caspar noch unterwegs, um Türrahmen mit Kreide zu bemalen und das Böse zumindest für ein weiteres Jahr zu bannen.

SCHON GEWUSST?

Die alte Route 22 zwischen Kuhnsville und Bethel im nördlichen Berks County hieß im Volksmund

„HEX HIGHWAY".

Heute ist die Straße Teil der Autobahn (I-78). Auf der Strecke kann man viele Scheunen mit Scheunensternen sehen. Sternensymbole findet man auch oft auf alten Grabsteinen aus dem 18. Jahrhundert. Deshalb lohnt es sich, auf dem Weg immer einmal einen Abstecher auf einen Friedhof zu machen.

HERZEN, TULPEN, DISTELFINKEN

Pennsylvanisch-deutsche Volkskunst

Früher in der Volksschule war „Schönschreiben“ eine wichtige Disziplin. Für mich gab es da vergleichsweise wenig zu gewinnen. Mit dem Füller kam ich nie wirklich gut zurecht. Einige Jahrhunderte zuvor war es allerdings noch schwieriger, mit Tinte Geschriebenes zu Papier zu bringen. Man verwendete einen Federkiel, und das wollte geübt sein.

Volkskünstlerin Rachel Yoder aus Boyertown

Stellen wir uns also vor unserem geistigen Auge ein sogenanntes „Eeschtubbiches Schulhaus“ (engl. „one room schoolhouse“) im 18. oder 19. Jahrhundert vor, in dem die Kinder der Pennsylvania-Deutschen lernten. Die „Buwe“ saßen auf der einen Seite, die „Meedlin“ auf der anderen; kleinere Kinder vielleicht eher vorne, größere eher hinten. Jedenfalls wurden alle gemeinsam in einem einzigen Saal unterrichtet. Wir können davon ausgehen, dass im Raum Ruhe herrschte, wenn sich der Schulmeister oder die Lehrerin nacheinander eine andere Klassenstufe nach vorne an die Tafel holte, um etwas zu vermitteln.

In der Zwischenzeit könnten die anderen, vor allem die Kleinen, mit Schwungübungen ihres Federkiels beschäftigt gewesen sein, während die Größeren bereits Buchstaben in deutscher Schrift übten oder vielleicht sogar kleine Bildchen auf Papier zauberten. Da wurden Menschen, Tiere und Häuser gezeichnet und ausgemalt – dann auch Dinge, die wundersam durch die Jahrzehnte immer wiederkehrten: Herzen, Tulpen sowie andere Blumen, Distelfinke, Einhörner, Nixen. Die Motive wurden nicht in Pennsylvania entwickelt, sondern sie entstammen der bäuerlichen Volkskultur der Vorfahren, die vor allem entlang des Rheins gelebt haben. Gemeinsam machen sie deutlich, in welcher mythologischen Lebenswelt sich die Menschen damals bewegten. Im Zentrum der Bilder steht oft ein Herz, aus dem eine Blume entspringt. Möglicherweise bedeutet dieses Motiv Saat und Ernte, im konkreten wie im übertragenen Sinne. Am oberen Bildrand bewegen sich Feuergeister (Engel), im unteren Bereich Wassergeister (Nixen). Beide sind in ihrer Bedeutung ambivalent, enthalten sowohl positive als auch negative Eigenschaften. Feuergeister sind dabei überwiegend hilfreich, Wassergeister eher schädlich. Dazwischen platziert finden sich die sichtbare Natur (Distelfinken) wie auch eine eigentlich unsichtbare (Einhorn). Letztlich erwartete man sich von den gemalten Motiven in den Bildern eine Art Unterstützung im Dasein. Das Zwitschern der Vögel spiegelte den Menschen beispielsweise, dass kein Unheil drohte. Blieben die Vögel stumm, wurde dies als schlechtes Zeichen gedeutet. Der Distelfink gilt im Volksglauben daneben als Symbol für Ausdauer, Fruchtbarkeit und Beharrlichkeit – Eigenschaften, die die Pennsylvania-Deutschen für sich in Anspruch nehmen. Außerdem ist er wegen seiner Vorliebe zu Disteln (Dornen) ein christliches Symbol für die Passion und den Opfertod Jesu Christi.

Besonders interessant ist jedoch das Einhorn, weil es möglicherweise einen Hinweis auf eine andere Art der Hilfestellung gibt: die Volksmedizin. Schon vor vielen tausend Jahren fanden Menschen Fossilien, darunter Stoßzähne von Mammuts. Man konnte sich die Herkunft nicht erklären und wies sie letztlich einem mutmaßlich sehr seltenen Tier zu, das ein Horn am Kopf trug. Diese

Stoßzähne wurden, weil überaus rar, pulverisiert und fanden im medizinischen Bereich Anwendung. Sie halfen gegen alles, z. B. auch gegen die Pest oder eine abnehmende Manneskraft. Ein Relikt aus dieser Zeit ist auch heute noch, dass viele Apotheken den Begriff „Einhorn“ im Namen tragen.

Die Schülerinnen und Schüler erstellten jedenfalls schöne „ex libris“-Zeichnungen, um z. B. Gesangbücher mit ihrem Namen zu versehen und zu verzieren. Und einige von ihnen zogen später als Erwachsene über Land, um offizielle Dokumente von wichtigen Ereignissen anzufertigen: Geschrieben in deutscher Schrift, verziert mit den Motiven der Pennsylvania-Deutschen. Diese Kunst wird heute im Englischen „Fraktur“ genannt. Es entstanden vor allem Geburts- und Taufscheine sowie Heiratsurkunden. Nicht jeder konnte schreiben. So nutzte man die Hilfe professioneller Schreiber, um wichtige Lebensereignisse auf Papier festzuhalten.

Die große Zeit der Fraktur-Kunst in Pennsylvania war vielleicht zwischen 1730 und 1830. Um 1730 hatten sich in den deutschsprachigen Gegenden Schulen so weit etabliert, dass überwiegend ein geregelter Unterricht stattfinden konnte. 1834 bestimmte ein Gesetz in Pennsylvania, dass der Unterricht zumindest teilweise auch auf Englisch stattfinden sollte. In der Folge wurden vermehrt Lehrkräfte aus anderen Gegenden der Vereinigten Staaten nach Pennsylvania geholt. Diese sprachen kein Pennsylvania-Deutsch und wussten auch nichts von der Volkskultur der Deutschen in dieser Gegend. Gleichzeitig gründeten sich in den Städten immer mehr Druckereien und Verlage. Als Dienstleistung boten diese nun vorgedruckte Geburts-, Tauf- und Heiratsurkunden an, die nur noch ausgefüllt werden mussten. Beide Entwicklungen führten dazu, dass „Fraktur“ mit der Zeit in Vergessenheit geriet.

Über Jahrzehnte hatten tausende Menschen Herzen, Tulpen, Distelfinken und vieles andere gemalt – die kleinen Zeichnungen aber nie signiert. Wir wissen also wenig über die Volkskünstler des 18. und frühen 19. Jahrhunderts. Manchmal gelingt es der Forschung, den Bildern und Zeichnungen Namen zuzuordnen, aber nicht oft.

Was in der zweiten Hälfte des 19. Jahrhunderts passierte, ist interessant. „Fraktur“ wurde zwar immer weniger erstellt – aber diejenigen, die es noch taten, begannen ihre Zeichnungen zu signieren. Volkskunst wurde damit zu Kunst von Volkskünstlern. Und die gibt es bis zum heutigen Tag. Eine meiner absoluten Favoriten ist Rachel Yoder aus Boyertown. Ihr gelingt es, die Motive des 18. Jahrhunderts authentisch, aber gleichzeitig modern zu interpretieren. Es entsteht eine Kunst, die klar im 21. Jahrhundert zu verorten ist. Oft malt sie auf altem Scheunenholz. Diese Kunstwerke haben einen besonderen Reiz. Menschen kaufen Rachels Bilder, um sich ein Stück pennsylvanisch-deutsche Kultur in die eigenen vier Wände zu holen. Vielleicht sprechen sie nicht mehr den Dialekt. Vielleicht wissen sie nicht viel über die eigene Familie. Aber sie wissen doch, dass sie als Deutschstämmige in Pennsylvania wie die Französischstämmigen am Mississippi zu einer der ganz wenigen Einwanderergruppen aus der englischen Kolonialzeit gehören, die ihre Identität und Sprache bis heute erhalten konnten. Das ist einzigartig, wie auch Rachels Kunst auf ihre ganz besondere Weise einzigartig ist. Ein Stück bemaltes Holz stellt eine Verbindung zur eigenen Geschichte her und verbindet Raum und Zeit, das 21. mit dem 18. Jahrhundert und Pennsylvania mit den Herkunftsregionen der ursprünglichen Auswanderer: den Regionen entlang des Rheins, und besonders eben der Pfalz. Rachels Kunst ist übrigens noch erschwinglich. Dagegen kostet ein Blatt Original-Fraktur aus dem 18. Jahrhundert – je nach Qualität – gerne einmal so viel wie ein gut ausgestatteter Computer, manchmal auch so viel wie ein kleines Auto.

SCHON GEWUSST?

VOLKSKUNST

mit Herzen, Tulpen und Vögeln war im 18. Jahrhundert auch in Südwestdeutschland verbreitet. Hierzulande findet man heute aber eher selten entsprechende Artefakte. Wer eine alte Familienbibel aus dieser Zeit besitzt, sollte einmal darin blättern. Es könnte sein, dass sich am Buchanfang ein „Ex libris" mit Motiven findet, die den Malereien in Pennsylvania sehr ähneln.

GÖTTLICHE ANWEISUNGEN ZUM MITNEHMEN

Die Geschichte der Himmelsbriefe

Es ist bekannt, dass die Deutschen in Pennsylvania schon seit ihrer Ankunft so genannte „Himmelsbriefe" sehr schätzten. Hierbei handelt sich um einseitige Drucke mit Fraktur-Schrift, in denen sich Gott vermeintlich direkt an die Gläubigen wendet.

In der christlichen Kirche kursierten handschriftliche Schreiben dieser Art seit dem 6. Jahrhundert, besonders beliebt wurden sie in der Zeit des 30jährigen Krieges (1618-1648). Zusammengefaltet und am Körper getragen, sollten sie den Besitzer als Talisman vor Krankheit, Tod und anderen Schicksalsschlägen beschützen. Die Pennsylvania-Deutschen glaubten an die Wirkung, denn die Produktion von „Himmelsbriefen" war für die Drucker in Pennsylvania immer ein einträgliches Geschäft. Besonders Soldaten nahmen sie gerne mit in die Schlacht: im Unabhängigkeitskrieg im 18. Jahrhundert, im amerikanischen Bürgerkrieg im 19. Jahrhundert, im 1. Weltkrieg, im 2. Weltkrieg – und sogar aus dem Irak und Afghanistan gibt es Berichte, dass „Himmelsbriefe" kursierten. Bei letzteren reden wir über das 21. Jahrhundert.

Zum ersten Mal hörte ich von dieser Sitte am Esstisch von Prof. Don Yoder (1921-2015), einem der Väter der pennsylvanisch-deutschen Volkskunde und Mitbegründer des Kutztown Folk Festivals. Es war immer ein Vergnügen, ihn in seinem Anwesen in Devon bei Philadelphia zu besuchen, und auch ein großer

Gewinn. Letztlich habe ich bei einem der Gespräche an diesem Esstisch erstmals begriffen, dass ein wichtiger Zugang zu unserer eigenen pfälzischen bzw. südwestdeutschen Volkskunde in Pennsylvania liegt. Was bei uns verschüttet und vergessen ist, wird dort noch gelebt. Don wies bei den „Himmelsbriefen“ auf das Bild von Gott hin, der Moses die 10 Gebote übergibt. Etwas Geistiges wurde körperlich und konnte den Berg Sinai herabgetragen werden. Und dann war es da: das Gesetz, an das sich bis heute auch Christen in aller Welt gebunden fühlen.

Ein Brief so von Gott selbsten geschrieben, und zu Magdeburg niedergelassen worden ist.

Er war mit goldenen Buchstaben geschrieben, und von Got durch einen Engel gesandt worden; wer ihn abschreiben will den soll man ihn geben, wer ihn verachtet, von dem weichet

Der Herr

Wer am Sonntag arbeitet, der ist verflucht. Demnach gebiete ich, daß ihr am Sonntag nicht arbeitet, sondern andächtig in die Kirche gehet; aber euer Angesicht nicht schmücket; ihr sollt nicht fremdes Haar tragen, und sollt nicht Hoffahrt treiben; von eurem Reichthum sollt ihr den Armen geben, reichlich mittheilen und glauben, daß dieser Brief mit meiner eigenen Hand geschrieben und von Christo selbsten ausgesandt sey, und daß ihr nicht thut wie das unvernünftige Vieh; ihr habt sechs Tage in der Woche, darinnen sollt ihr eure Arbeit verrichten: aber den siebenten (nämlich den Sonntag) sollt ihr heiligen; werdet ihr das nicht thun, so will ich Krieg, Hunger, Pestilenz und Theurung unter euch schicken und euch mit vielen Plagen strafen. Auch gebiete ich euch, einem jeden, er sey wer er wolle, Jung und Alt, Klein und Groß, daß ihr am Samstag nie spät arbeitet, sondern ihr sollt eure Sünden bereuen, auf daß sie euch mögen vergeben werden. Begehret auch nicht Silber und Gold, treibet nicht Fleischeslust und Begierden; denket daß ich euch gemacht habe und wieder zernichten kann.

Freuet euch nicht, wenn euer Nachbar arm ist, habt vielmehr Mitleiden mit ihm, so wird es euch wohl gehen.

Ihr Kinder! ehret Vater und Mutter, so wird es euch wohl gehen auf Erden. Wer dies nicht glaubt und halt, der ist verdammt und verloren. Ich, Jesus, habe dieses selbsten mit meiner eigenen Hand geschrieben, wer es widerspricht, und lastert, derselbe Mensch soll keine Hülfe von mir zu erwarten haben, wer den Brief hat und ihn nicht offenbaret, der ist verflucht von der christlichen Kirche, und wenn eure Sünden noch so groß wären, sollen sie euch, wo ihr herzlich Reue und Leid habt, doch vergeben werden.

Wer es nicht glaubet, der soll sterben und in der Hölle gepeiniget werden, auch ich werde am jüngsten Tage fragen um eurer Sünden willen, da ihr mir dann antworten müsset.

Und derjenige Mensch, so diesen Brief bei sich trägt, oder in seinem Hause hat, dem wird kein Donnerwetter Schaden zufügen, er wird für Feuer und Wasser sicher sein, und wer ihn offenbaret vor den Menschenkindern, der wird seinen Lohn haben, und fröhliches Abscheiden aus dieser Welt empfangen.

Haltet meinen Befehl, den ich euch durch meinen Engel gesandt habe. Ich wah. Gott vom Himmels-Thron, Gottes und Maria Sohn. Amen.

Dies ist geschehen zu Magdeburg im Jahre 1783.

Ein Himmelsbrief

Himmelsbriefe beginnen meist mit der Formel: „Ein Brief, so von Gott selbsten geschrieben und zu Magdeburg (oder einer anderen Stadt) niedergelassen worden ist. Er war mit goldenen Buchstaben geschrieben und von Gott durch einen Engel gesandt worden. Wer ihn abschreiben will, dem soll man ihn geben. Wer ihn verachtet, von dem weichet der Herr."

Üblicherweise enthält der Himmelsbrief Anweisungen, z. B. zum Sonntagsgebot und zum Kirchgang, zur züchtigen Kleidung, zur Pflicht der Armenunterstützung und der Pflicht, die zehn Gebote einzuhalten. Für den Fall der Zuwiderhandlung wird gerne mit Krieg, Pestilenz und anderer Unbill gedroht. Wichtig ist der konkrete schriftliche Hinweis, dass die Präsenz des Himmelsbriefs im Haushalt oder am Körper eine Schutzwirkung entfaltet. Und so finden sich Briefe dieser Art in Bilderrahmen an der Wand ebenso wie versteckt in Truhen auf dem Speicher. Denn die Menschen sind gottesfürchtig, und im Brief steht wörtlich: „Wer es nicht glaubet, der soll sterben und in der Hölle gepeinigt werden."

Das riskiert man besser nicht, und deshalb werden Himmelsbriefe heute noch immer abgeschrieben, kopiert, ins Englische übersetzt oder gleich in englischer Sprache gedruckt.

Himmelsbriefe eigneten sich zu allen Zeiten auch, um politischen Zielen Nachdruck zu verleihen. Schon im 11. Jahrhundert wurde in solchen Schreiben die Befreiung von Jerusalem befohlen, worauf sich dann die Kreuzritter gerne bezogen.

Im heutigen Amerika warte ich immer noch auf den Fund eines Himmelsbriefes, der zur Wahl eines bestimmten Präsidenten aufruft. Ich glaube nicht, dass ich in diesem Punkt noch lange warten muss.

SCHON GEWUSST?

Es gab eine Zeit, in der „Himmelsbriefe“ für Drucker ein einträgliches Geschäft waren. Ähnlich den

ABLASSBRIEFEN

in Europa im 15. und 16. Jahrhundert, zählen gedruckte Werke dieser Art zu den sogenannten „Einblattdrucken“. Im Englischen wird die Gattung auch „Broadside“ (Flugblatt) genannt.

DIE „HAWWERGEES"

Wenn Wörter wandern

Migration gibt es, seit es Lebewesen auf dem Planeten gibt. Wenn Menschen wandern, nehmen sie ihre kulturellen Muster und ihre Sprache mit. Dabei kann es vorkommen, dass Begriffe aus der alten Heimat am neuen Siedlungsort nach einigen Generationen in völlig anderen Kontexten verwendet werden. Davon erzählt die folgende Geschichte.

Die Hawwergeess in Pennsylvania

Manchmal muss man genau hinhören. Wenn ich mich recht erinnere, war es an einem Samstagabend im Hochsommer beim sogenannten „Bsuche" auf der Porch (Veranda) bei Gideon Fisher (1913-1997) in Ronks. „Gid" war eine Institution, und in seinem Gästebuch gibt es sogar einen Eintrag von Willy Brandt. Prof. John Hostetler (1918-2001), der große Amish-Forscher des 20. Jahrhunderts, hatte den zu diesem Zeitpunkt bereits „ehemaligen" Bundeskanzler seinerzeit zu Gid auf die Bauerei gebracht.

Wir sprachen über dieses und jenes, und irgendwann fiel das Wort „Hawwergeeß". Für mich als Pfälzer ist die „Geeß" eine Ziege, also fragte ich Gid nach dem Wort: „Du hoscht graad vun en Hawwergeeß gschwetzt. Was meent sell?" (Du hast gerade von der Habergeiß gesprochen. Was ist das?) „Sell iss en Katydid", bekam ich als Antwort – eine Laubheuschrecke. „Sie mache Yacht heit Owet im Feld ." Sie waren also für den Lärm im Feld verantwortlich.

Viel später, im Jahr 2006, als der Buchstabe „H" im pennsylvanisch-deutschen Wörterbuch von Prof. Dick Beam publiziert war, las ich beim Begriff „Hawwergees", es handele sich um eine Art „Haferlaus" (oats louse). Im „Pennsylvania German Dictionary" meines Bekannten Dr. Eugene Stine (1932-2007) fand ich die Übersetzung „Heuschrecke" (katydid). Mich ließ aber der Wortbestandteil „Geeß" nicht los. Es machte einfach keinen Sinn.

Also konsultierte ich irgendwann das Pfälzische Wörterbuch, das 1998 unter der Ägide von Dr. Rudolf Post am Institut für pfälzische Geschichte und Volkskunde fertiggestellt worden war. Die dort gelisteten Bedeutungen sind regional vielseitig, deuten aber doch in eine Richtung, die der „Geeß" etwas näher kommt: „Heuschrecke" (Kusel, Rodalben), „Weberknecht" (Zweibrücken) „Ziege, die ihr Junges zur Unzeit, in der Zeit der Hafererernte, wirft (Pirmasens, Landau); „in der späteren Jahreszeit geborene Ziege" (Neustadt, Speyer, Landau); „überaus große, weibliche Person" (Zweibrücken, Pirmasens), „Schreckgestalt für Kinder" (Zweibrücken, Kaiserslautern). Aus Dernbach bei Annweiler ist „Hawwergeeß" in folgender Bedeutung überliefert: „Die Hawwergeeß belästigt mit meckernden Tönen den nächtlichen Wanderer. Sie soll die Ziegen melken, Unheil bringen und zur Wilden Jagd gehören."

Vor allem im alemannischen Raum ist die „Habergeiß" noch heute Teil des Brauchtums. Sie ist eine sehr große Dämonengestalt meist in Form einer Ziege, die ihren Ursprung im skandinavischen „Julbock" hat. Die „Hawwergeeß" wird als Haustier der Gemahlin Wotans – „Perchta" (in Mitteldeutschland „Frau Holle") – gesehen, begleitet diese bei den sogenannten „Perchtenläufen" im Winter und trägt einen Korb auf dem Rücken, in dem sie Kinder mitnehmen kann. Nach

Sagen aus Skandinavien stellt man sich den Julbock als dämonisches Wesen mit Hörnern vor, das im Grunde einem „Bock“ gleiche, allerdings sei dieser größer und stärker als eine Ziege. Im Sommer halte der Julbock sich in den Wäldern versteckt, um dann im Verlauf der Adventszeit den Höfen jeden Tag ein Stückchen näher zu kommen, bis er am Heiligabend in die Häuser der Menschen eindringt und Gaben bringt. Auch wenn der Julbock ursprünglich als furchterregender Dämon gedacht wurde – der z. B. auch kleine Kinder holte, wenn man ihn nicht mit einem Opfer besänftigte – war er dennoch auch ein positives Symbol der Fruchtbarkeit. Die Julbock-Tradition ist in Verbindung mit der bei vielen indogermanischen Völkern verbreiteten Verehrung der Ziege (oder des Widders) als Verkörperung der von den Göttern gegebenen, alljährlich wiederkehrenden Fruchtbarkeit zu sehen. Entsprechende Indizien gehen bis in die Bronzezeit zurück.

Der Begriff „Habergeiß“ ist im Übrigen ebenso eine Tautologie - eine doppelte Nennung des Gleichen – wie der „weiße Schimmel“. „Haber“ lässt sich im Altnordischen auf das Wort „hafr“ zurückführen, das nichts anderes als „Bock“ bedeutet.

Auch hier schlagen wir also wieder den ganz großen Bogen von der Zeit der Indogermanen und der Bronzezeit über das mittelalterliche Europa und die Pfalz bis nach Pennsylvanien.

1

2

1) Eine Habergeiß in der alemannischen Fasnacht
2) Skandinavischer Julbock – hier als Weihnachtsschmuck

Nicht nur Menschen wandern. Auch Wörter und Vorstellungen tun es. Manchmal verändern sie sich hierbei über die Jahrhunderte bis zur Unkenntlichkeit. Und so kann man im Pennsylvania Dutch Country heute an warmen Sommerabenden das Zirpen der „Hawwergees" hören, während sie im Alpenraum noch immer die bösen Kinder holt. Den Julbock findet man übrigens in Skandinavien noch immer. Er tritt dort heute aber vor allem als Christbaumschmuck auf, der aus Stroh hergestellt wird.

SCHON GEWUSST?

Neue Technologien verlangen im Pennsylvania-Deutschen neue Wörter. So heißt ein Hubschrauber „Himmelsschraub" und ein Flugzeug

„LUFTSCHIFF".

Konsequenterweise ist ein Flughafen dann ein „Luftschiffhof".

„Es bucklich Maennli“

Zwergenaufstand bei Vernachlässigung

„Wu iss mei Schlissel. Ich kann mei Schlissel net finne.“ Mein Freund Peter Fritsch (1945-2015) wurde unruhig, weil wir noch gemeinsam aus dem Haus wollten. Er wohnte draußen im „Busch“, also im Wald, in einer ausgebauten alten Scheune bei Alburtis. „Des hot des verdollt bucklich Maennli geduh“, fuhr es aus ihm heraus.

Traditionelle Küche in Lancaster County

Ich besuchte Peter alle zwei Jahre bei meinen Reisen durch das Pennsylvania Dutch Country, und wir hatten viele Stunden miteinander verbracht, in denen ich auch Ton- und Videoaufnahmen machte. Er war zeitlebens einer der besten Kenner der pennsylvanisch-deutschen Kultur. Aber so aufgelöst hatte ich ihn nie erlebt. „Des hot des bucklich Maennli geduh.“, sagte er nochmal ungehalten. Und dann lachte er. Da lag er, der Schlüssel, nur nicht an dem Ort, an dem Peter ihn vermutet hatte.

Die Scheune von „Werley's Corner“ im Lehigh County, einem alten Wirtshaus. Der perfekte Wohnort für ein Bucklich Maennli ...

Das „bucklich Männlein“ war mir aus meiner Kindheit noch ganz vage bekannt. Da gab es doch dieses Kinderlied: „Will ich in mein Gärtlein gehn, / will mein Zwiebeln gießen, / steht ein bucklig Männlein da, / fängt gleich an zu niesen.“ Erstmals publiziert wurde es – wie so viele Kinderlieder – in der Sammlung „Des Knaben Wunderhorn“ zwischen 1805 und 1808 von Clemens Brentano und Achim von Arnim. Dass die Pennsylvania-Deutschen auch ein „bucklich Mennli“ kennen, weist auf ein deutlich höheres Alter der Geschichte hin. In Pennsylvanien heißt es in den ersten beiden Strophen:

Wann ich in mei Gaarde geh, fer mein Zwiwwele blanze,
Schteht sell bucklich Maennli datt, der Dunnerwedder fangt aa danze.
Bucklich Maennli, du kannscht danze – ich muss doch mei Zwiwwele blanze!
Ta Ra Ra Ra Boom De Ae, der Daadi hot kenn Ruhe meh!

Wann ich in mei Scheier geh, fer mei Kiehli melke,
Schteht sell bucklich Maennli datt, der Dunnerwedder fangt aa schelte.
Bucklich Maennli, du kannscht schelte – ich muss doch mei Kiehli melke!
Ta Ra Ra Ra Boom De Ae, der Daadi hot kenn Ruhe meh!

Peter kannte alle Strophen des Liedes, konnte aber nichts weiter zum Hintergrund berichten. Darauf angesprochen, zuckte er mit den Schultern.

Das „bucklich Männli"

Mich erinnerte das bucklich Männlein irgendwie an das Kinderbuch „Tomte und der Fuchs", die Fernsehsendung „Meister Eder und sein Pumuckel" oder auch die „Heinzelmännchen". Und in der Tat: Die Literatur berichtet in allen europäischen Gegenden bis nach Russland hinein vom Glauben an sogenannte „Hausgeister", auch „Kobolde" genannt. Sie heißen „Heinzelmännchen" (Deutschland), „Tomte" (Schweden), „Nisse" (Dänemark) oder auch „domovoi" (Russland) und zählen – wie der „Butzemann" auf dem Feld – zu den Naturgeistern. Kobolde beschützen das Haus, verlangen aber auch gute Behandlung. Üblicherweise stellt man dem Kobold als Opfergabe eine Schale voll Milch vor die Türe oder ein paar Kekse auf den Tisch. Fühlen sie sich nicht aufmerksam genug behandelt, neigen sie dazu, „Schabernack“ zu machen. Hier sind wir wieder beim „bucklich Maennli“ aus dem Lied. Offensichtlich rächt sich ein Hauskobold für eine empfundene Vernachlässigung. Und der Hausherr bekommt keine Arbeit mehr getan, weil das „Maennli“ immer wieder alles zunichtemacht. Sisyphos lässt grüßen.

Als ich eine alte Frau einmal nach „em bucklich Maennli“ fragte, antwortete sie: „Oh ya, mer henn eens deheem bei uns uff die Bauerei. Es gebt en Blatz in unser Kich hinne ins letscht Eck, wu ich net kehre duh. Do kann's bucklich Maennli noht schlofe.“ Daran kann man sehen, wozu ein solcher Mitbewohner alles gut ist.

Der Kobold als schützender Naturgeist ist jedenfalls das Gegenteil von einem Plagegeist, der als „Albdruck“ oder „Nachtmahr“ erscheinen kann (dazu später mehr). Gut gegen Böse – es ist die alte Geschichte. Und eine einzige Schale Milch am Abend kann entscheiden, welche Seite gewinnt.

SCHON GEWUSST?

Ein weiterer interessanter Charakter in Pennsylvania ist der „WALDMOPS“.

Während der Begriff in Deutschland 1972 von Loriot in einem Sketch eingeführt wurde, scheint sich eine viel ältere Geschichte dahinter zu verbergen. Der pennsylvanische Waldmops wird als

„ERDGEISCHT“

beschrieben, dessen Aufgabe es unter anderem ist, die Tiere in der Wildnis aus dem Winterschlaf zu wecken und die Bäume anzuregen, nach der kalten Jahreszeit grüne Triebe zu entwickeln.

WIE MAN KRANKE HEILT

Braucherei als Kunst der „weißen Magie“

Ich bin sicher, Sie haben das alle schon einmal gehört: Warzen verschwinden, wenn sie „besprochen“ werden. Diese Methode wird seit Jahrhunderten angewandt und gelangte mit den ausgewanderten Pfälzern auch nach Pennsylvania. Hier wie dort heißt die dahinterstehende Technik „Braucherei“.

Braucherei ist in Pennsylvania noch immer recht verbreitet

Alles, was ich persönlich über das „Brauchen" weiß, habe ich von Patrick Donmoyer erfahren, entweder mündlich während langer Autofahrten oder durch sein kluges Buch „Powwowing in Pennsylvania – Braucherei & the Ritual of Everyday Life", das 2018 erschienen ist. Hierbei gilt das Besprechen von Warzen in der neuen Welt als das kleine Einmaleins. Damit beginnt man, wenn man als Mann von einer Frau (oder als Frau von einem Mann) in die Geheimnisse des Brauchens eingeweiht wird. Und so funktioniert es: Man warte eine Vollmondnacht ab, schneide eine Kartoffel in zwei Teile, reibe beide Teile nacheinander über die Warze und spreche zum Beispiel jeweils leise den Satz: „Alles, was ich seh, des nemmt zu, un was ich fiehl, nemmt ab im Name des Patri, Filii et Spiritu Sancti!" Anschließend füge man beide Teile der Kartoffel wieder zusammen, gehe nach draußen vor die Tür und vergrabe sie dort, wo das Regenfallrohr endet oder im Bereich unter der Traufe des Hauses.

Und hier sehen wir also schon einige Elemente, die beim Brauchen eine große Rolle spielen: der richtige Zeitpunkt im Mondkalender (Vollmond), eine sich wiederholende rituelle Handlung (je dreimal reiben) und der biblische Bezug. Daneben können auch heilende Kräuter eine Rolle spielen. In der alten Welt hatte im Mittelalter Hildegard von Bingen (1098-1179) in ihren Werken zur heilenden Wirkung von Kräutern medizinische und religiöse Faktoren zu therapeutischen Ansätzen verwoben. Die Äbtissin aus Bermersheim bei Alzey wirkte im Rheintal und im Hunsrück.

Brauchen wird nicht als Hexerei verstanden, sondern als „weiße Magie". Braucher und Hexen stehen demnach in Opposition zueinander. Das Platzieren der Kartoffeln außerhalb des Hauses in einem Bereich, in dem Wasser das Böse wegspülen kann, begünstigt die Wirkung ebenso wie der Vollmond. In dieser Mondphase wird unserem Erdbegleiter die maximale Kraft zugeschrieben. Er ist nicht nur in der Lage, Wasser zu sich zu ziehen und Ebbe und Flut zu steuern, sondern auch das Böse in seine Richtung zu lenken – und jedenfalls weg von dem Ort, an dem Braucher und Patient leben. Der Mondkalender spielte im Leben der Bauern eine herausragende Rolle. Er bestimmte, was wann gepflanzt wurde. Kartoffeln wurden beispielsweise im Neumond gesetzt, weil die Kraft des Mondes dann am schwächsten ist, sodass die Wurzeln gut nach unten in die Erde wachsen können.

Zurück zur Warze: Für sie gibt es einen weiteren Behandlungsansatz, der nicht ganz so nett ist. Man kann einen Penny nehmen und diesen dreimal mit dem obigen Spruch über die betroffene Stelle reiben. Anschließend nimmt man das Geldstück, geht zu einer Kreuzung und gibt es dort entweder in einem Geschäft aus oder lässt es einfach auf den Boden fallen. Der nächste Passant, der die

Münze aufhebt bzw. im Geschäft erhält, bekommt dann die Warze, die beim Patienten verschwunden ist. „Mer soll nix vun der Schtrooss uffhewe, es iss verleicht gebraucht warre mit“, heißt deshalb ein alter Satz in Pennsylvania. Es gibt ebendort noch heute zahlreiche Braucherinnen und Braucher. Sie haben keine Schilder an der Tür, aber die Menschen wissen, wohin sie im Falle eines Falles gehen können. Und geheilt wird so ziemlich alles: Warzen, Schmerzen bei Kindern, Kühe mit Blut in der Milch, krankhafte Seelenzustände und vieles mehr.

In Deutschland wollte man übrigens dem „Warzen besprechen“ vor einiger Zeit einmal wissenschaftlich auf den Grund gehen. Ärzte der Universitäts-Hautklinik in Marburg behandelten Warzen bei Kindern, indem sie die Hautstellen unter ein Röntgengerät legten und bei diesem jedoch nur die Lüftung einschalteten. Bei neun von zehn Kindern verschwanden die Warzen. Die Kraft der Suggestion löst einen Placebo-Effekt aus, der Selbstheilungskräfte aktiviert – besonders, wenn der Behandelnde authentisch wirkt und ein komplexes Ritual vollzieht. Hierbei können Beschwörungsformeln durchaus helfen. Bei uns in Deutschland ist beispielsweise folgende Formel noch bekannt: „Was ich sehe, das vergehe, was ich streiche, das erweiche – Warze, fall ab!“ Probieren Sie es aus.

Braucherei ist für Gläubige wie eine Brücke, die das Sinnliche mit dem Übersinnlichen verbindet

SCHON GEWUSST?

„BRAUCHEREI"

war früher auch in Deutschland weit verbreitet. Das Pfälzische Wörterbuch kennt den Begriff „brauchen" (mit Sympathiemitteln heilen), und auch heute noch soll in der Eifel im nördlichen Rheinland-Pfalz mit fast 100 „Gesundbetern" ein Zentrum des Brauchens sein. 2007 erschien hierzu ein Buch unter dem Titel „Dörfliche Heiler".

„Elbedritsche"

Die Auflösung des ewigen Rätsels

Als Pfälzer kenne ich natürlich die Geschichten von der Elwedritsche-Jagd, und auch der von Gernot Rumpf in Neustadt an der Weinstraße gestaltete Brunnen mit den vielen lustigen Elwedritschen im Wasser ist mir gut bekannt. Immer habe ich mich gefragt, wo der pfälzische Nationalvogel eigentlich herkommt – und nirgends eine plausible Antwort erhalten.

Elbedritsch-Motiv von Patrick Donmoyer

„Elbedritsche“ (mit „b“) sind auch in Pennsylvania sehr geläufig, und die Elbedritsche-Jagd gibt es dort gleichermaßen. Das bedeutet, dass dieses kulturelle Muster schon alt ist und mit den pfälzischen Auswanderern in die neue Welt gekommen sein muss. Soweit, so gut. Vor einigen Jahren dann zeigte mir Patrick Donmoyer Bilder von Elbedritschen, die auf Fruchtkammertüren in alten Bauernhäusern und auf Scheunenwänden gemalt waren. Und die sahen ganz anders aus als ich sie kannte: Nicht lustig, sondern Furcht einflößend – zwar mit Entenfüßen wie bei der pfälzischen Elwedritsch, aber mit großen Augen und zum Teil mit Köpfen, die an Katzen erinnern. Warum?

Das Rätsel ließ sich nicht lösen, aber ich blieb mit Patrick zu dem Thema im Gespräch. Er interessiert sich auch für das „Brauchen“, also den Versuch, mit alten Hausmitteln, aber auch durch fromme Sprüche und spezielle Rituale zu heilen. Im „Warzen besprechen“ hat sich, wie wir bereits zuvor bemerkt haben, auch bei uns etwas von dieser Tradition erhalten. In Pennsylvania ist „Braucherei“ bis heute lebendig, und im Jahr 1819 hat ein gewisser Johann Georg Hohmann in Harrisburg eine Sammlung mit Anleitungen und Techniken in einem Büchlein zusammengetragen und herausgegeben: „Der lang verborgene Freund enthaltend wunderbare und probmäßige Mittel und Künste für Menschen und Vieh“. Um dieses Buch habe ich viele Jahre einen großen Bogen gemacht, weil ich nicht spirituell veranlagt bin und mich „weiße Magie“ bisher nicht wirklich interessierte. Unlängst aber nahm ich es nach einem Gespräch mit Patrick wieder in die Hand und las einen Zauberspruch, mit dem man ein schlechtes Geschick und Albträume vertreiben kann: „Trotter Kopf, ich verbiete dir mein Haus und mein Hof, ich verbiete dir meine Pferde und Kuhstall, ich verbiete dir meine Bettstatt, daß du nicht über mich tröste, tröste in ein ander Haus, bis du alle Berge steigest und alle Zaunstecken zählest und über alle Wasser steigest. So komm der liebe Tag wieder in mein Haus, im Namen Gottes des Vaters, des Sohnes und Gottes des heiligen Geistes. Amen.“ Der Trotterkopf gilt als „schlechter Geist“, der von einer Hexe gesandt wurde - und der eben gebannt werden muss. Das Wort „tröste“ ist vielleicht am ehesten mit „trittst“ in den heutigen Sprachgebrauch zu übersetzen.

Im Wort „Trotter“ dagegen steckt das gotische Wort „Trudan“, das „treten“ oder „stoßen“ bedeutet und sich auch im Begriff „Drude“ findet. Die Drude ist ein Wesen des Volksglaubens, welches sich nachts auf die Brust von Schlafenden setzt und Alpträume, Beklemmungen und Atemnot verursacht. Zur Abwehr wurde ein fünfzackiger Stern an Türen und Schwellen gezeichnet: der Drudenfuß, der regional auch „Alpfuß“ oder „Alfenfuß“ genannt wird. Bekannt ist uns der Drudenfuß noch aus der Szene in Goethes Faust, in der Mephistopheles als Pudel verkleidet in die Studierstube huscht und dann durch einen Drudenfuß am Gehen gehindert wird. Die Szene war bereits Thema in diesem Buch. Vor dreihundert Jahren war die Vorstellung von „Druck- und Plagegeistern“ im deutschsprachigen Raum als so genannter „Albdruck“ weit verbreitet. Und wenn man „Alb“ durch „Elb“ und „drude“ durch „dritsch“ ersetzt, ist man schon bei „Elbedritsch“.

Zeichnungen wie diese findet man auf Fruchtkammertüren

Damit bekommt auch das Konzept der „Elbedritsche Jagd“ auf einmal einen Sinn – es handelt sich um das Loswerden einer „Albdrude“. Zweck des Trotterkopf-Spruches ist ja, das Böse zu bannen, so dass es möglichst lange nicht mehr den Weg zurück auf den Bauernhof findet. Bei der Jagd nach Elbedritsche wird jemand, dem man eine Lehre erteilen möchte, eingeladen, mit einer Gruppe Mitfänger tief in den Wald zu gehen, um ihn dann allein mit Sack und Laterne im Wald zurückzulassen, so dass er nicht – oder erst nach einer langen Zeit – zurückfindet. Er wird „gebannt“ und kommt hoffentlich geläutert zurück, ganz wie es im Trotterkopf-Spruch heißt: „So komm der liebe Tag wieder in mein Haus (...)“. Die Elwedritsche-Jagd wäre in diesem Sinne die rituelle Umsetzung eines alten Volksglaubens in einem Brauch, der sich „hiwwe wie driwwe“ – in der Pfalz und Pennsylvania – bis heute gehalten hat. Nicht um die angeblichen Elwedritsche geht es, die gejagt werden sollen. Die sind nur der Köder. Ge- oder besser verjagt wird der Sackhalter. Er ist der „Albtrude“, der einer Läuterung bedarf.

Warum aber findet man Abbildungen von Albdruden an Fruchtkammertüren und Scheunen? Hier gilt: Was unfassbar ist, macht Angst. Das Zeichnen von „Elbedritschen" macht das Unbegreifliche begreifbar. „Ich kenne dich!", heißt die Botschaft an das Böse, das durch diesen Brauch abgewehrt werden soll. Das wichtigste Gut einer Bauersfamilie – die Ernte – bleibt geschützt. Das Zeichnen einer Elwedritsch und eines Drudenfußes erfüllt somit die gleiche Funktion.

Hier könnte die Geschichte zu Ende sein, doch sie geht weiter. Nach einem meiner Vorträge kam eine Zuhörerin auf mich zu und zeigte mir das Foto eines alten Gemäldes im Display ihres iPhones: „Die Verführung des Heiligen Antonius" um 1520 gemalt von Lucas Cranach dem Älteren (ca. 1472-1553), einem Zeitgenossen Martin Luthers. Während im Bildvordergrund Antonius vor einem Kruzifix kniet und betet, sieht man ihn deutlich kleiner gemalt im Bildhintergrund in liegender Position, gepeinigt von einer Vielzahl schaurig aussehender Dämonen in Teufels- und Drachengestalt. Und ganz obenauf, nur ein wenig von seiner Brust entfernt, sitzt ein weißes, vogelartiges Wesen mit langem Schnabel und Bockshörnern. Ein Elbedritsch? Vieles deutet darauf hin. Sie sollten das Bild einmal im Internet suchen.

Der große Sprachforscher und Märchensammler Jakob Grimm (1785-1863) überliefert den folgenden „Mahrsegen" – einen Dämonen abwehrenden Spruch – aus einer niederländischen Sage:

> *"O maer, gy lelyk dier,*
> *komt toch tezen nacht niet weer,*
> *alle waters zult gy waeyen,*
> *alle boomen zult gy blaeyen,*
> *alle spieren gerst zult gy tellen,*
> *kommt my toch dezen nacht niet kwellen."*

Frei übersetzt: Mahr, hau ab, erledige die Aufgaben, die ich dir gebe, und komm mich doch diese Nacht nicht quälen.

Aber es wird noch verrückter. Ein Sprachforscher mit Namen A. Kuhn veröffentlichte im Jahr 1864 einen Artikel mit Titel „Indische und germanische Segenssprüche" in der „Zeitschrift für vergleichende Sprachforschung auf dem Gebiete des Deutschen, Griechischen und Lateinischen". Er weist auf die Verwandtschaft dieser Beschwörungsformeln mit indischen Sanskrit-Quellen hin. Sie erzählen von „apsarasen", weiblichen Naturgeistern der Wolken und Gewässer, die in der römischen und griechischen Mythologie „Nymphen" entsprechen, und anderen niederen Geistwesen, die „gandharven" genannt werden. In einem Sanskrit-Segensspruch ist von einer Pflanze die Rede, die „arâtaki" oder auch „Die Bockshörnige“ bzw. „Die Spitzhörnige“ genannt wird. In diesem heißt es übersetzt ins Deutsche:

> Durch dich, oh kraut, erschlugen einst die Atharvans die raxasas,
> durch dich erschlug sie Kacyapa, durch dich Kanva, Agastia,
> die apsarasen und gandharven verscheuchen wir durch dich (oh kraut).
> Bockshorn! Jage die raxas fort, verscheuch durch deinen duft sie all!
> zum fluß soll'n die apsaras gehn, zur wasserfurt wie weggehaucht,
> Guggulù, Pila, Naladi, Auxagandhi, Pramandani,
> dort geht, ihr apsarasen, hin, geht fort, wir haben euch erkannt.

Wenn sich Geistwesen mit Sterblichen vermischt haben, sollen Spruch und Pflanze wieder eine Trennung herbeiführen. Eine Ähnlichkeit zu „Alben“ und „Mahren“ in unseren Breiten – und damit letztlich auch zum „Albdruck“, der durch den Trotterkopf-Spruch gebannt werden soll, lässt sich schon erkennen. Wenn dem wirklich so ist, hätte man vermutlich auch hier eine Verbindung zwischen Europa und Indien freigelegt, die auf einen Ursprung des Motivs in indoeuropäischer Vorzeit (vielleicht um 8000 bis 10000 vor Christus) und damit den Raum nördlich des Schwarzen Meeres als Ursprungsort hinweist.

Es ist schon faszinierend: Nur mit dem Blick auf die Pfalz können wir den Ursprung der Elbedritsche nicht erkennen. So wie ein einzelnes Symbol wie das „X“ seine Bedeutung nicht preisgibt, wenn man es nicht im Kontext aller anderen 25 Buchstaben sieht, müssen wir auch hier das gesamte Bezugssystem betrachten. Unsere Vorfahren gingen von einer Natur aus, die beseelt ist (vgl. Butzemann). Sie waren überzeugt davon, dass man mit Symbolen (vgl. Hex Signs) und geistigen Handlungen (vgl. Braucherei) als Mensch Einfluss auf dieses System sowie die Geschehnisse in Gegenwart und Zukunft nehmen kann. In Pennsylvania hat sich einiges von diesem Glauben bis heute erhalten. Das ist der Kontext, in dem der Bannzauber rund um die Albdruden zu sehen ist.

Ist das Rätsel um die Elbedritsche damit abschließend gelöst? Das mögen Volkskundler beurteilen. Mir jedenfalls bereitet die Frage nach den Wurzeln dieses Brauchtums nun keinen Albdruck mehr.

SCHON GEWUSST?

Die Vereinszeitung der 1891 gegründeten „Pennsylvania German Society" trägt den Namen „ES ELBEDRITSCH".

MENNONITEN UND AMISH

Was sie verbindet. Was sie trennt.

Da saß ich nun also in der großen, einfach eingerichteten Küche
in einem Bauernhaus bei Ephrata in Lancaster County.
Draußen zirpten die „Hawwergeesse“, und drinnen tickte die Uhr.
„´S Iems iss faddich“, bedeutete mir Dorothy Stauffer.
Sie rief ihren Mann Daniel zum Essen, und der schlurfte
gebückt und etwas mühsam in die Stube.

Es war Mitte Juli 1994, und die beiden waren schon deutlich über 80 Jahre alt. „Mir sinn wennich ausgewore“ („worn out“), also durch das Leben beansprucht, sagte Daniel Stauffer (1908-2002), als er sich setzte. Dorothy brachte die Schüsseln, setzte sich ebenfalls, und es wurde leise gebetet. Das Ehepaar gehörte zu den „Stauffer Mennonites“, einer vergleichsweise kleinen Gruppe von Old Order Mennonites. Sie gelten auch unter den Kutschen fahrenden Mennoniten als sehr konservativ.

Was mich verblüffte, war die Sprache, die anders als die der Amish war. Wie diese nutzen die Old Order Mennonites Pennsylvania-Deutsch im Alltag, was bedeutet, dass sie viele englische Lehnwörter verwenden müssen, um jede Kommunikationssituation meistern zu können. Aber im Gegensatz zu den Amish, die ich kennengelernt hatte, sprachen sie „net so schtarick“, also langsamer und deutlicher. Ein Eindruck, den ich bei den Stauffers erstmals hatte, aber später immer wieder bestätigt fand. Ich fühlte mich ein wenig wie in der Küche meiner Großeltern in Ebertsheim. Nach dem Essen wurde wieder gebetet.

Dann wechselten wir auf die „Bortsch“ – die Veranda – und setzen uns in zwei Schaukelstühle. Jedenfalls Daniel und ich – Dorothy kümmerte sich um die Küche.

Er versuchte, mir die Unterschiede zwischen Amish und Mennoniten zu erläutern: Dass es eine unterschiedliche Auslegung gibt, wie streng die sogenannte (zeitweise) „Meidung“ und die (dauerhafte) „Acht“ sündiger Glaubensbrüder und -schwestern auszulegen sind. Dass die Mennoniten ihre Gottesdienste in Versammlungshäusern abhalten, die Amish nicht. Dass viele Gruppen der Mennoniten missionieren, die Amish nicht. Und schließlich, dass es insgesamt bei den Mennoniten auf allen Kontinenten eine viel größere Zahl von Subgruppen gibt, die sich stark unterscheiden können. Die Zahl der Mennoniten lag auch 1994 schon über 1,5 Millionen – die Zahl der Amish zu diesem Zeitpunkt knapp über 100 000. Zu den Old Order Mennonites, also Mennoniten, die recht ähnlich wie die Amish leben, zählten nur 17 000. Von diesen gehörten ca. 700 zu den „Stauffer Mennonites“.

Ein Amish Bauer (linkes Bild) und ein Mennonit mit zwei seiner Kinder (rechtes Bild)

Am darauffolgenden Tag lernte ich Noah Good (1904-2002) in der Mennonite Historical Society in Lancaster kennen. Noah war zu diesem Zeitpunkt 90 Jahre alt und wohnte etwa eine halbe Meile die Nebenstraße hinunter. Den Weg fuhr er jeden Tag mit seinem Auto. Auch Noah war Mennonit, allerdings deutlich liberaler als Danny und sehr an Geschichte interessiert. Er schrieb auch „pennsylvanisch-deitsche“ Kolumnen für eine Mennonitische Zeitschrift über das Leben auf dem Bauernhof während seiner Kindheit und arbeitete in der Historical Society mit. Sein Pennsylvania-Deutsch war klar und hervorragend zu verstehen. Er hätte auch aus einem Ort irgendwo rund um Kaiserslautern kommen können. Es war unglaublich. Noah erzählte mir von einigen Mennoniten, die zwar Auto fuhren, aber alle Chromteile schwarz anmalten – den „Black Bumper Mennonites“. Das glänzende Chrom empfinden diese Glaubensbrüder als zu „weltlich“, weil das Auto dann leicht einen Eindruck bei Betrachtern macht, den gläubige Mennoniten nicht möchten: Sie könnten „eitel“ wirken.

Noah, den ich bis zu seinem Tod immer wieder besuchte, berichtete bei dieser allerersten Zusammenkunft auch vom Mennonitischen Forschungszentrum auf dem Weierhof bei Kirchheimbolanden. Dieses wurde über viele Jahre von Gary Waltner geleitet. Mittlerweile hat Astrid von Schlachta diese Aufgabe übernommen. Heute leben weniger als 50 000 Mennoniten in Deutschland, sehr viele davon in der Pfalz. Nach dem 30jährigen Krieg waren sie hierhergezogen. Die Trennung von Amish und Mennoniten, betrieben von einem Jakob Amann, vollzog sich 1693. Im Wesentlichen ging es bei den unterschiedlichen Auffassungen um religiöse Themen, aber auch um die Frage, wie streng die bei den Wiedertäufern praktizierte „Meidung“ – der zeitweise Ausschluss aus der Gemeinde wegen einer Verfehlung – auszulegen war. Amann dachte hier kompromissloser als seine mennonitischen Glaubensbrüder. Ab 1683 zog es die Menschen in die neue Welt und nach Pennsylvania. Viele Mennoniten und Amish waren dabei, besonders nachdem ab 1685 die Kurpfalz katholisch regiert wurde und die Gemeinden zuvor gewährte Privilegien verloren. Die letzte Amish-Gemeinde vereinigte sich in Ixheim bei Zweibrücken im Jahr 1937 mit der örtlichen mennonitischen Gemeinde.

Das Forschungszentrum auf dem Weierhof ist in Deutschland einzigartig und beheimatet seit 2017 auch das im Rahmen der Arbeit an der pennsylvanisch-deutschen Zeitung „Hiwwe wie Driwwe“ seit 1993 entstandene „Deutsch-Pennsylvanische Archiv“. Dabei handelt es sich um über 25 Regalmeter Material zur Sprache und Kultur der Pennsylvania-Deutschen.

Einmal war ich auch bei einem gemeinsamen Singen von Old Order Amish und Old Order Mennonites, das einmal jährlich stattfindet. Bei dieser Veranstaltung sitzen die Amish auf der einen Seite des Raumes, die Mennoniten auf der anderen. Der Vorsänger der einen Gruppe ruft die Nummer eines Liedes aus dem Liederbuch – „Nummer Eenhunnertunfuffzeh!“ – und sobald alle rund 200 Sänger im Raum die Seite gefunden haben, geht es los. Ist das Lied zu Ende, sucht der Vorsänger der anderen Gruppe ein Lied aus und ruft laut die Nummer. Damit beginnt die Prozedur von vorne. Irgendwann rief einmal jemand in eine längere Pause laut in den Raum: „Ei, der Deitschlenner soll mol ebbes singe.“ Die Bitte konnte ich nach kurzem Blättern nicht erfüllen, weil ich die Lieder nicht kannte und auch keine Noten angegeben waren, nur Text. Nach der Veranstaltung bekam ich dann zu hören: „Kummscht aus em alte Land un kannscht nix in deitsch singe – mer kann sell schier net glaawe.“

Die Mennoniten in Pennsylvania halten regen Kontakt zu ihren Glaubensbrüdern und Glaubensschwestern in Deutschland, dem Elsass und der Schweiz. Immer wieder kommen Besuchergruppen, die das Land ihrer Vorfahren kennenlernen wollen. Viele legen auf dem Weiherhof in der Pfalz einen Zwischenstopp ein. Ich mache das bisweilen auch.

SCHON GEWUSST?

Mennoniten und Amish alter Ordnung bewegen sich nicht motorisiert fort, sondern mit Kutschen. Mennoniten dürfen Fahrrad fahren, Amish nur Tretroller.

ROLLSCHUHE

(„roller blades“) sind in beiden Gruppen verbreitet.

DIE AMISH

Sind sie wirklich technikfeindlich?

Für Außenstehende ist klar: Die Old Order Amish sind irgendwo im 19. Jahrhundert stehengeblieben – mit ihrer Tracht, ihren Frisuren und ihrer Gewohnheit, auch im Auto-Zeitalter weiterhin Kutsche zu fahren.

Eine Gruppe von Amish-Bauern stellt eine Scheune für ein frisch verheiratetes Paar auf

Doch der Schein trügt. Es ist vielmehr so, dass Amish sich bei jeder technischen Neuerung überlegen, ob sie der Gemeinschaft eher nutzt oder eher schadet. Dann wird entschieden, aber immer nur lokal für die eigene Gemeinde. Eine Nachbargemeinde kann andere Entscheidungen treffen, was dazu führt, dass es „die Amish“ nicht gibt. Manche sind konservativer, andere progressiver. Bei den Kutschen ist die Sache klar: Für alle Old Order Amish ist sie das verbindliche Fortbewegungsmittel. Die Kutsche hält die Jugendlichen von den Städten fern, und sie hält die Gemeindemitglieder zusammen. Wird der Weg zu einem Bruder oder einer Schwester zu weit, wird die Gemeinde vermutlich bald geteilt. Sieht jemand ungefähr aus wie ein Amish und fährt Auto, könnte es ein Mitglied der sogenannten New Order Amish sein. Mitglieder dieser Gruppe fliegen auch nach Europa, Old Order Amish nehmen für diese Reise ein Schiff.

Auf dem Feld ist die Lage komplexer. Konservative Amish-Gemeinden lassen nur Pferde und Ochsen als Zugtiere für Pflüge und manuelle Erntemaschinen zu. Progressivere Gemeinden akzeptieren den Einsatz von Dieselmotoren auf Fuhrwerken, die wiederum von Pferden oder Ochsen gezogen werden. Das hängt unter anderem damit zusammen, dass Dieselaggregate für den stationären Einsatz in Kuhställen akzeptiert sind. Hier wird die Milch mit technischer Unterstützung gekühlt. Noch modernere Amish - aber da sind wir schon bei den „New Order“ – akzeptieren Traktoren, die allerdings keine Gummireifen haben. Sie können also nur auf dem Acker und auf der Bauerei, nicht aber auf befestigten Straßen fahren. Manche Amish nutzen Gabelstapler mit Gummireifen auf den Bauereien. Mit ihnen fährt man ja auch nicht auf der Straße. Denn das ist verboten, weil die Kutsche das einzig akzeptierte Fortbewegungsmittel ist.

Eine traditionelle Amish-Bauerei hat in der Regel keinen Stromanschluss, keinen Wasseranschluss und auch keinen Anschluss an das Abwassernetz. Insofern, ja, lebt die Familie technikarm. Der Kühlschrank in der Küche wird mit Propan betrieben, die Lampe über dem Esstisch mit Lampenöl. Aber immer öfter sieht man auf Dächern von Amish-Bauereien Solarzellen und auch Windräder finden sie im Prinzip gut. Denn ein Anschluss an ein sie umgebendes Leitungsnetz ist nicht notwendig.

Interessant ist der Umgang mit „Handys“, in Amerika „cell phones“ genannt. Als Unternehmer haben und brauchen Amish Kundenkontakte, und hierfür nutzen sie mobile Telefone. Meist steht im Hof eine kleine Hütte, die uns an das alte Plumpsklo auf Omas Bauernhof erinnert. In diesem Gebäude befinden sich das Handy und ein Anrufbeantworter, auf dem Dach eine zugehörige Solarzelle, und auch Kunden rufen tagsüber an und landen immer auf dem Anrufbeantworter. Sie sprechen ihre Nachricht. Der Amish-Unternehmer hört das Band zum Beispiel nach dem Abendessen ab und ruft dann zurück. Auf diese Weise halten die Amish Handys aus dem Familienleben heraus. Vielleicht keine ganz schlechte Idee ...

Die Amish nutzen gerne die Energie von Wind und Sonne

Aber auch diese Bastion bröckelt, wie Ira Wagler berichtet. Ursprünglich kommt der Pennsylvania-Deutsche aus Ontario (Kanada) und wuchs als Amish auf. Über seinen Weg heraus aus der Gemeinde hat er ein Buch geschrieben, das ein Bestseller geworden ist. Mit Ira war ich eines Abends bei einem befreundeten Amish-Ehepaar zum Essen eingeladen. Von ihren vielen Kindern hatten sie drei Töchter an Schwiegersöhne „verloren", die selbst als Amish aufgewachsen sind, die Gemeinden aber verlassen hatten. Töchter und Schwiegersöhne sahen also nicht mehr „amish" aus, sondern „englisch" – wie Amerikaner eben, und natürlich fuhren auch alle zum Abendessen in Autos vor.

Man muss wissen, dass Gemeindemitglieder, die die Gemeinschaft verlassen, gebannt werden. Gemeinsam am Tisch zu sitzen und ein Essen einzunehmen, ist damit nicht mehr möglich. Ich wusste um die Umstände und war gespannt, wie dieses Problem im Laufe des Abends gelöst würde. Nun, es gab ein Buffet, das in der Küche stand und an dem sich jeder bediente. Gegessen wurde im Wohnzimmer, auf Stühlen, Sesseln und der Couch. Einen Tisch gab es nicht – und damit offensichtlich auch kein Problem. Man muss sich nur zu helfen wissen.

Der Hausvater wollte wissen, wo ich herkomme, und suchte verzweifelt seine Weltkarte. „Wu iss mei Map?“, fragte er suchend immer wieder. Aber er konnte sie nicht finden. Da antwortete einer seiner Schwiegersöhne triumphierend: „Paep, alliebber (jeder) hot en Map heidesdaags ...“ Er zückte sein iPhone, öffnete Google Maps und reichte das Handy seinem Schwiegervater. Der schob seine Brille auf die Stirn, nahm das Telefon und ließ sich klaglos zeigen, wo die Pfalz und das Rheintal zu finden waren. Im selben Augenblick klingelte das Handy eines weiteren Schwiegersohnes. Er ging dran, um anschließend laut zu sagen: „Mammi, do iss dei Schweschter. Sie will schwetze mit dir.“ Er reichte seiner Schwiegermutter das Handy. Die nahm es, begann in Pennsylvania-Deutsch mit ihrer Schwester zu reden, stand von der Couch auf und ging nach draußen. Im Haus selbst wollte sie dann doch nicht telefonieren.

SCHON GEWUSST?

Für den Betrieb der Blinker an ihren Kutschen verwenden die Amish und Mennoniten Autobatterien. Das hat zur Folge, dass in manch einer Familie solche Batterien auch in eher kuriosen Umgebungen eingesetzt werden. So gibt es **MODELLEISENBAHNEN** in mehr Häusern dieser christlichen Sekten, als man denken mag.

„Was hoscht gelannt heit?"

Bei den Amish im Gottesdienst

„Was hoscht glannt heit?" Mein amisher Freund Sam Stoltzfus ist stets unerbittlich. Alles hat immer einen Sinn, muss vielleicht sogar einen konkreten Zweck haben. „Was hast du heute gelernt?", fragte er an einem Sonntagabend nach dem Besuch eines Gottesdienstes.

Eine Nebenstraße im Lancaster County

1994 habe ich Sam auf seiner Bauerei in Gordonville erstmals besucht, und seither sind wir im Kontakt. Rund 45 000 Amish leben heute in Lancaster County. Etwa ein Viertel davon heißt mit Nachnamen „Stoltzfus“, und wie viele „Sam Stoltzfus“ es gibt, müsste man schätzen. Es sind viele, weshalb alle auch einen Spitznamen haben. Sam ist „Pud Sam“ und als solcher in der Gemeinschaft bekannt wie ein bunter Hund. Er war in seinem Berufsleben Bauer und Schreiner, ist geschichtsinteressiert, arbeitet in einem Archiv der Amish mit und schreibt Zeitungsartikel – in englischer Sprache und auf besondere Anfrage auch in Pennsylvania-Deutsch. Deshalb lernten wir uns kennen. Warum er „Pud Sam“ heißt, wurde mir einige Male erklärt. Ich habe es nicht verstanden, was aber auch nicht wichtig ist.

Sam war und ist für mich der Türöffner in die Gemeinschaft der so genannten „Plain People“, „die bleene“ oder „eefache Leit“. Er machte zum Beispiel meinen ersten Besuch bei einem der zweiwöchentlich stattfindenden Gottesdienste der Amish möglich. Mittlerweile war ich oft dabei.

Ein Sonntag mit Amish verläuft so: Man findet sich als „Englischer“ – also Nicht-Amish – am Morgen um 7 Uhr bei seinem Gastgeber ein, besteigt die „Buggy“ genannte Kutsche und fährt über Feldwege und Nebenstraßen zu der Bauerei, auf welcher der Gottesdienst stattfindet. Dort angekommen, trennen sich „Mannsleit“, „Weibsleit“ und „Kinner“. Die Männer stehen oft im Stall bei den Pferden und erzählen bzw. stellen Fragen: „Wer bischt?“ „Wu kummscht her?“ „Bischt gheiert?“ „Hoscht Kinner?“ „Was bischt am schaffe zum Lewe mache?“ Antwort: „Schreiben.“ „Schreiwe, sell iss doch nix zum Lewe mache?“ „Wie heescht du sell Gedier?“ Antwort: „Gaul, Hinkel, Hund, Katz usw.“ „Ei, du schwetzscht ya wie mir.“ Dann ist es Zeit, sich zur „Gmee“, dem Gottesdienst, zu bewegen. Seit Entstehung der Amish finden die Versammlungen im Winter in Häusern und im Sommer in Scheunen statt. Im Verborgenen eben, denn in Europa wurden die Amish lange verfolgt, weil sie die Kindstaufe ablehnten. Die Taufe soll nach ihrer Auffassung eine bewusste Entscheidung sein. Männer, Frauen und Kinder kommen durch unterschiedliche Zugänge in die Tenne. Eine Etage tiefer steht das Vieh. Es riecht nach Stroh. Männer sitzen bei Männern, Frauen bei Frauen, Kinder bei Kindern. Die Sitzreihen sind einander zugewandt. In der Mitte sind die Gemeindevorsteher platziert – die Bischöfe und weitere Funktionsträger – und auch der Gast. Also mittendrin, umgeben von rund 120 Gläubigen aus Bauers- und Handwerkerfamilien, alle in der Sonntagstracht der Amish.

Der Gottesdienst selbst findet in „Amish Hochdeutsch“ statt. Das Liederbuch ist der sogenannte „Ausbund“, eine Publikation, die seit Mitte des 16. Jahrhunderts weitgehend unverändert nachgedruckt wird. Die Sprache des „Ausbund“ ist Frühneuhochdeutsch (16. Jahrhundert) und enthält für uns Deutsche eine Reihe heute unbekannter Wörter. Man muss davon ausgehen, dass auch die meisten Amish nicht allzu viel davon verstehen. Ähnlich verhält es sich mit der hochdeutschen Bibel.

Jeder Gottesdienst der Amish beginnt mit Lied 131 – dem „Loblied“: „O Gott Vater, wir loben dich / Und deine Güte preisen / Die du, o Herr, so gnädiglich / An uns neu hast bewiesen / Und hast uns, Herr, zusammen g'führt / Uns zu ermahnen durch dein Wort / Gib uns Genad (Gnade) zu diesem.“ Ein Vorsänger singt den ersten Ton des ersten Wortes vor, und die Gemeinde antwortet. Dann singen der Vorsänger und die Anwesenden gemeinsam weiter. Ein Wort, wie z. B. „Herr“, kann sich hier schon einmal über zehn bis zwölf Töne erstrecken. Der Gesang ist außerordentlich langsam, was dazu führt, dass man beim ersten Mal als Gast die erste Strophe bereits gesungen hat, wenn die Gemeinde noch mit dem Singen des zweiten Wortes der Strophe beschäftigt ist. Es heißt, in Europa (der Schweiz, dem Elsass, der Pfalz) hätten Nachbarn sich früher über die Lieder lustig gemacht und dazu getanzt. Deshalb seien die Amish dazu übergegangen, so langsam zu singen, dass man dazu nicht mehr tanzen konnte. Ob das stimmt? Wer weiß. Jedenfalls wird etwa eine Stunde gesungen – also vielleicht drei bis vier Lieder.

Im Anschluss kommt die Predigt durch einen Bischof. Er liest aus der Bibel und und interpretiert die vorgetragenen Passagen. Die Worte entsprechen einem altertümlichen Hochdeutsch, aber die Aussprache ist pennsylvanisch-deutsch – „Amish Hochdeutsch“ eben. Nach der Predigt bezeugen mehrere andere Funktionsträger aus der ersten Reihe, was gesagt worden ist, und unterstützen die Sichtweise des Predigers: „Ich denk, der Bruder hot recht gschwetzt, wann er gsaat hot, ass“ ... und so weiter. Es kann insgesamt etwa eine Stunde dauern, bis alle durch sind. Der zusätzliche Informationsgehalt ist dabei eher gering, weil es im Wesentlichen um bezeugte Zustimmung geht. Zum Abschluss geht die Gemeinde auf die Knie und betet. Auch das kann bis zu einer Stunde dauern. Hat die „Gmee“ um 8 Uhr begonnen, ist es nun vielleicht zwischen 11 und 12 Uhr. Die Gemeinde steht auf, und die Bänke werden zum Essen umgruppiert. Zeit für Gespräche: „Du hoscht gholfe singe, gell!“ „Wer bischt?“ „Wu kummscht her?“ „Bischt gheiert?“ Dann sind die Tische gestellt und das Essen – meist kalte Speisen – wird aufgetischt.

Aber es ist nicht genug Platz für alle. Deshalb essen zunächst die Männer. Sie setzen sich. Alles wird leise. Es wird stumm gebetet. Dann wird es wieder lauter. Und beim Essen wird erzählt und erneut viel gefragt – oft das gleiche: „Wer bischt?“ „Wu kummscht her?“ „Bischt gheiert?“ Man gibt gewissenhaft Antwort, und nach ein paar Minuten stellt man fest, dass der eigene Teller vor lauter Reden noch immer voll ist, während es zum stummen Abschlussgebet schon wieder ruhig wird. Noch etwas hungrig steht man auf und macht Platz für die „Weibsleit“. Gerade ist man in ein weiteres Gespräch vertieft, wird es im Raum ein weiteres Mal ruhig: Die Frauen beten. Danach essen sie. Dann beten sie wieder. Nun sind die Jugendlichen und Kinder dran – mit dem gleichen Procedere.

Nach dem Essen verabschiedet man sich und fährt zurück auf die Bauerei. Der Sonntagnachmittag gehört der Familie. Vielleicht erhält man Besuch oder man besucht einen Nachbarn oder Verwandte. Es wird viel erzählt und gelacht und die Kinder spielen Volleyball oder eine Amish Version von Baseball („Eckballe“).

Am Abend ist man geschafft: „Was hoscht glannt heit?“, fragt also mein Freund Sam Stoltzfus. „Mer sett esse, wammer esse soll – un schwetze, wammer schwetze soll. Awwer net schwetze beim Esse.“ Er nickt zustimmend. Und ich steige hungrig ins Auto und halte auf dem Rückweg noch einmal irgendwo an, um stumm etwas zu essen.

SCHON GEWUSST?

Amish treffen sich nur alle zwei Wochen in der Gemeinde zum Gottesdienst. Der Sonntag ohne „Gmee“ heißt

„ZWISCHENEI-SUNNDAAG“

und wird von manchen genutzt, um Verwandte in anderen Gemeinden zu besuchen und mit ihnen zu einem Gottesdienst zu gehen.

„Rumschpringe"

Flegeljahre vor der großen Entscheidung

Irgendetwas funktionierte am Auto nicht mehr. C. Richard Beam und ich waren einmal mehr im Amish Country unterwegs und hatten am Sonntagmorgen einen Gottesdienst irgendwo auf einer Farm in der Nähe von Bird-in-Hand besucht, und jetzt das. Es war heiß, und wir wollten noch zu einem anderen Termin.

Schulkinder in einer Amish-Schule im Lancaster County

Zum Glück kam gleich ein Amish-Teenager herbeigelaufen und ließ sich von Herrn Beam die Motorhaube öffnen. Er nahm ein Werkzeug, drückte hier und drückte da und bat, den Motor erneut zu betätigen. Wie durch ein Wunder sprang er an. Ich war mächtig beeindruckt, denn bis zu diesem Zeitpunkt hatte ich nicht erwartet, dass Amish sich mit Autos gut auskennen.

Und so erzählte mir Dick Beam die Hintergründe. Wenn Jugendliche bei den Amish im Teenager-Alter alt sind, beginnt für sie die Zeit des „Rumschpringe", im Englischen meist „rumspringa" geschrieben. Sie schließen sich mit anderen Amish zu „Buddy Bunches" (etwa: Kumpel-Gangs) zusammen und verbringen ihre Freizeit miteinander. Sie kleiden sich wie normale amerikanische Jugendliche, lassen sich die Haare wachsen, hören dieselbe Musik, trinken Alkohol und machen zum Teil sogar den Führerschein und fahren Auto. In dieser Zeit lassen die Eltern sie gewähren, in der Hoffnung, sie mögen den Kontakt zur Gemeinde nicht ganz verlieren und sich irgendwann für die Taufe – und damit die Aufnahme als Vollmitglied – entscheiden.

Mir fallen diese Gruppen in der Regel an Samstagen auf, wenn sie sich in Einkaufszentren bewegen oder gemeinsam an Tankstellen herumstehen. Meist sind die Freizeitaktivitäten eher harmlos, aber es gibt auch Fälle von Alkoholmissbrauch und Drogenkonsum. Immerhin 90 % der Teenager entscheiden sich am Ende für ein christliches Leben als Teil der Gemeinde. Damit beginnt dann, nachdem sie ihre Erfahrungen mit der Welt gemacht haben, die Zeit des Verzichts. Sehr schön berichtet über seine Zeit als Jugendlicher unter den Amish Ira Wagler in seinem Buch „Growing up Amish". Ira war begeistert, als er beim gemeinsamen Besuch im Auswanderermuseum Oberalben bei Kusel eine Ausgabe von „Family Life", der Zeitung seines Vaters, als Teil der Ausstellung wiederfand.

Bei den Amish soll übrigens mancherorts bis heute das so genannte „Bundling" praktiziert werden. Wahrscheinlich hatten die Briten die Sitte mit in die neue Welt gebracht. Einem jungen, noch unverheirateten Paar wird die Möglichkeit gegeben, eine Nacht miteinander zu verbringen, um sich besser kennenzulernen. Natürlich sollte das züchtig und ohne Körperkontakt erfolgen. Beide hatten deshalb über Nacht angezogen zu bleiben und zwischen ihnen wurde ein etwa 30 cm hohes Holzbrett von der Länge des Bettes geklemmt. Die Botschaft war unmissverständlich. In manchen Gegenden, wo man der Sache nicht traute, nähten die Eltern das Pärchen zusätzlich jeweils komplett in einen großen Sack ein, so dass ein Überklettern des Brettes wirklich unmöglich war.

Das erinnert mich nun an eine Geschichte, die ich einmal bei einem Groundhog Lodge Meeting gehört habe: „En Kall un en yung Meedli henn die Nacht minanner verbrocht mit en grooss Holzbord zwischich ihne. Am Mariye (Morgen) naach die Karich (Kirche) hot die ganz Familie en Walk (Spaziergang) genumme, weil die Sunn so schee am scheine waar. Wie sie zu en hoocher Fens (Zaun) kumme sinn, hot der yung Kall (Kerl) sei Hand draa geduh un iss mit en latt (viel) Graft iwwer seller Fens gedschumpt (gesprungen). Noht (nun) hot er es Meedli aageguckt. Die hot gscholte un gemeent: Mei Liewer, ich weess net, was zu saage. Iwwer seller hooche Fens kannscht du dschumpe wie nix, awwer geschter Nacht, wie mer leenich (allein) waare, hoscht net iwwer sell glee Holzbord graeddle (krabbeln) kenne!“

Historischen Quellen zufolge waren die Eltern beim Brett platzieren und Säcke zunähen nicht immer erfolgreich. Jedenfalls mehrten sich im 19. Jahrhundert die Fälle von vorzeitigen Schwangerschaften, so dass die Sitte irgendwann aufgegeben wurde. Allem Anschein nach sind Amish-Jugendliche folgsamer als andere Altersgenossen. Aber wer schaut schon hinter Schlafzimmertüren ...

SCHON GEWUSST?

Eine Amish, die die Sekte in der Zeit des

„RUMSCHPRINGE"

verlassen hat, ist Kate Stoltzfus (geboren 1991) aus Myerstown (PA). Die junge Frau startete unter dem Künstlernamen „Kate Stoltz" eine Model-Karriere mit eigener Website: „katestoltz.com".

„Bischli Gnippli"

Der Herr der Wörter

„Ei Bu, wu bleibscht du dann? Es Owetiems (Abendessen) iss reddi (fertig)!" Das waren die ersten Worte, die ich aus dem Mund von Prof. C. Richard Beam (1925-2018) aus Millersville (PA) vernahm. Es war im Juli 1994 und ich besuchte Lancaster County zum ersten Mal. Ich kam aus Deutschland und konnte – müde und noch mit Landkarte unterwegs – sein Haus nicht finden.

Ein Tankwart rief für mich an, und Herr Beam holte mich ab. In den darauffolgenden zwei Wochen arbeitete ich im Rahmen meines Promotionsstudiums in diversen Archiven und besuchte allein oder gemeinsam mit ihm Mundartsprecher und -schreiber, außerdem einige seiner Freunde, vor allem Amish und Mennoniten. Die Eindrücke dieser zwei Wochen waren so nachhaltig, dass mich der Landstrich und seine Menschen bis heute nicht mehr loslässt.

Professor Beam war ziemlich exakt 40 Jahre älter als ich und kannte durch seine Forschungen für das in Publikation befindliche pennsylvanisch-deutsche Wörterbuch unendlich viele Menschen - und fast jeder kannte ihn oder hatte schon von ihm gehört. Er war nicht nur Wissenschaftler, sondern auch Zeitungskolumnist und Radiomoderator. Mit seinem Freund Ernest Bechtel, dem „Busch Gnippel", verantwortete er viele Jahre die Sendung „Die Alde Kumraade". „Der Ernie iss en groosser Gnippel aus em Busch, ich bin yuscht en gleener", erklärte Beam einmal. Ernie war also der große Waldschrat, er nur ein kleiner. Damit war sein Spitzname gefunden: „Bischli Gnippli".

Mit Ernie teilte Dick Beam die Kriegserfahrung. Gleich nach der High School 1943 war er eingezogen und nach der Grundausbildung nach England verlegt worden. Über den D-Day hat er in den 25 Jahren, die ich ihn kannte, nur ein einziges Mal berichtet. Er sagte, er habe Glück gehabt, erst in einer späten Welle nach Frankreich übersetzen zu müssen. Da sei der Strand längst in der Hand der Alliierten und ein Brückenkopf gebildet gewesen. Später nahm er an der „Battle of the Bulge“ teil, als die Deutschen in der Ardennenoffensive 1944/45 noch einmal versuchten, Terrain zurückzugewinnen. Die Brücke von Remagen hat er mit der US Army überquert, bevor sie einstürzte. Insgesamt hatte er Glück gehabt: „Dass ich in der High School zwei Jahre Hochdeutsch hatte, qualifizierte mich für Übersetzungsaufgaben. Das hat mir vielleicht das Leben gerettet.“ Kurz vor seinem Tod hat er mir einmal gesagt: „Ich bin nach Deutschland gelaufen und wieder zurückgelaufen – musste keinen einzigen Schuss abgeben und niemand hat auf mich geschossen.“ Aber er hätte geschossen, auch daran ließ er nie Zweifel. Und sein Blick auf den Krieg war differenziert: „Wir haben gegen Hitler und seine Kumpane gekämpft, nicht gegen die Deutschen insgesamt.“

Das hat mich schwer beeindruckt, und aus heutiger Perspektive ist das ein Blick in eine lang vergangene Zeit nach dem zweiten Weltkrieg, als aus Deutschland und Amerika Partner und schließlich Verbündete und Freunde wurden. Heute muss man sich an die für uns sehr wichtige deutsch-amerikanische Partnerschaft angesichts der US-Tagespolitik ja manchmal wehmütig erinnern. Dick

Prof. C. Richard Beam liest in der pennsylvanisch-deutschen Zeitung „Hiwwe wie Driwwe“

Beam begleitete diesen Prozess der transatlantischen Annäherung, studierte in Marburg und Wien und kam mit seiner Frau Dorothy später für drei Jahre – 1967 bis 1970 – nach Deutschland zurück, um in der Forschungsstelle des Deutschen Sprachatlasses mitzuarbeiten. Kurzum: Dick Beam, der im Januar 2018 im Alter von fast 93 Jahren verstorben ist, war ein Transatlantiker durch und durch. Konservativ, aber weltoffen und sich der besonderen globalen Verantwortung der USA immer bewusst.

Sein erstes Wörterbuchprojekt hieß „Abridged Pennsylvania German Dictionary" – ein kleines Büchlein, das 1970 von der damaligen „Heimatstelle Pfalz" (dem heutigen Institut für pfälzische Geschichte und Volkskunde) herausgegeben wurde. Die bereits erwähnte Radiosendung „Die Alde Kumraade" startete 1971 und wurde auch nach Bechtels frühem Tod immerhin bis 2013 weitergeführt. Damit war sie über 42 Jahre wöchentlich „on air". 1975 begann er seine Zeitungskolumne „Es Pennsilfaanisch Deitsch Eck", die der bis kurz vor seinem Tod betreute. Sie wurde von verschiedenen Publikationen in Pennsylvania und Ohio abgedruckt. Als Beam 1986 die Position eines „full professor" an der Millersville University erhielt, gründete er das „Center for Pennsylvania German Studies". Für viele Jahre war es der Anlaufpunkt für alle, die sich für das Pennsylvania-Deutsche interessierten – und so auch für mich. In den folgenden über 30 Jahren entstanden mehr als 40 Bücher, darunter das zwölfbändige Wörterbuch „The Comprehensive Pennsylvania German Dictionary".

Die Idee, mit „Hiwwe wie Driwwe" eine kleine transatlantische Zeitung zu gründen, die die Nachfahren der im 18. Jahrhundert Ausgewanderten mit denen der damals im „alten Land" Verbliebenen zusammenführen sollte, habe ich zuerst mit ihm diskutiert. Er hat das Projekt sehr befürwortet und über viele Jahre aktiv begleitet. Und so entstand aus einer Zusammenarbeit zwischen Doktorand und Professor ab 1993 eine Zeitung, ein Deutsch-Pennsylvanisches Archiv, ein Deutsch-Pennsylvanischer Arbeitskreis als Verein hier in Deutschland und manches mehr. Was immer begonnen wurde – er war der Mentor, der uns unterstützte.

Rund ein Dutzend Mal habe ich Pennsylvania in den letzten 25 Jahren besucht, und jedes Mal blieb ich einige Tage im Lancaster County. „Herr Beam" blieb für mich immer „Herr Beam", auch wenn er mir im Hochdeutschen mehrfach das „du" angeboten hat. Ich fühlte mich immer gut damit und fand es angemessen.

SCHON GEWUSST?

Zwischen 1780 und 1862 gab es in den Vereinigten Staaten ein Fluchthilfenetzwerk für entlaufene Sklaven, das nach der Einführung der Eisenbahn

„UNDERGROUND RAILROAD".

Im südöstlichen Pennsylvania war das Netz besonders engmaschig und schuf Möglichkeiten, um unentdeckt aus dem ländlichen „Dutch Country" ins städtische Philadelphia und von dort nordwärts bis nach New York und Kanada zu gelangen. Auf einer der Fluchtrouten gelangte

HARRIET TUBMAN

(ca. 1820 - 1913) im Jahr 1849 von Maryland nach Philadelphia in Pennsylvania. Sie wirkte als Vorkämpferin gegen die Sklaverei und war später auch als Frauenrechtlerin aktiv. Tubman ist heute in den USA eine bekannte Persönlichkeit. Am 25. Januar 2021, 5 Tage nach seiner Inauguration als Präsident, belebte Joe Biden den Plan wieder, das Porträt des wegen Sklavenbesitzes und Verbrechen gegen die indigene Bevölkerung kontrovers diskutierten 7. Präsidenten der Vereinigten Staaten, Andrew Jackson, durch das Porträt von Harriet Tubman zu ersetzen.

„Hiwwe wie Driwwe"

Die transatlantische Lokalzeitung

Am Anfang stand ein einfacher Gedanke: Könnte es möglich sein, zwei weit entfernt voneinander liegende Gegenden, in denen eine ähnliche Mundart gesprochen wird, mit einem Medium zu verbinden? Und könnte eine solche Publikation den Atlantischen Ozean für zumindest einige Menschen zusammenschrumpfen lassen auf die Breite des Rheins?

„Hiwwe wie Driwwe" ist Zeitung, Webseite, Facebook-Seite, Twitter-Kanal, Youtube-Kanal, eine Serie von Mundartbüchern, ein Deutsch-Pennsylvanisches Archiv, die jährliche Tournee eines Künstlers im Herbst durch die Pfalz, eine Kinodokumentation, ein Literaturpreis und mit „NEW PALTZ" sogar eine Folkband, die „pennsylvanisch-deitsche" Lieder in Deutschland und Pennsylvania auf die Bühne bringt.

Was ist „Hiwwe wie Driwwe" noch? „Hiwwe wie Driwwe" ist, wenn Christian „Chako" Habekost in der gleichnamigen Kinodokumentation aus dem Jahr 2019 seinen pennsylvanisch-deutschen Gesprächspartner Doug Madenford fragt: „Was, du kennscht des Wort ALLA net? Awwer des iss doch des Wort, wu des ganze pälzische Universum druff uffgebaut iss." Und Doug antwortet: „Verleicht iss es net mit iwwer der Ocean gange 300 Yaahr zerick".

„Hiwwe wie Driwwe" ist auch, wenn der pennsylvanisch-deutsche Sänger Benjamin Rader am Sonntagmorgen beim Winzerfest in Bockenheim auf der Bühne im Festzelt bei „de anonyme Giddarischde" steht und ins Publikum ruft:

„Ich bring en Gruuss vun die pennsylvanisch-deitsche Leit driwwe im neie Land zu alle pälzische Leit do hiwwe.“ Und 800 Fans im Festzelt jubeln.

„Hiwwe wie Driwwe“ ist, wenn der Sieger des jährlichen „Hiwwe wie Driwwe“-Literaturpreises – ausgelobt vom Bockenheimer Mundartdichter-Wettstreit im Oktober – nur Wochen später im Fernsehstudio von Berks County TV (BCTV) in Reading sitzt und von Patrick Donmoyer, Moderator dieser einzigen (monatlichen) TV-Sendung seine Urkunde mit den Worten erhält: „Du hoscht dei deitsch Schtick gelese im Summer beim Kutzeschtettel Folk Fescht zamme mit annere Kalls un Weibsleit – un naachderhand hot die Jury vum Mudder-schprooch Schreiwer Contest in Bockenheim im alte Land gsaat, ass des es bescht vun alle waar. Un fer sell grickscht du heit der Hiwwe wie Driwwe Award fer pennsylvanisch-deitsche Literatur.“

Und „Hiwwe wie Driwwe“ ist nicht zuletzt, wenn Douglas Madenford in der regelmäßigen englischsprachigen Youtube-Kolumne „Ask a Pennsylvania German Dutchman“ seinen Landsleuten und anderen Interessierten alle Facetten der pennsylvanisch-deutschen Kultur erklärt. Niemand hat mit diesem Thema mehr Follower als er.

Titelseiten von Hiwwe wie Driwwe

Hiwwe wie Driwwe kam 2019 als Filmdokukmentation ins Kino – Doug Madenford (Mitte) mit den Filmemachern Benjamin Wagener (links) und Christian Schega

Aber „Hiwwe wie Driwwe" ist nichts ohne die tausenden von Menschen im Jahr, die die verschiedenen Angebote annehmen und immer wieder deutlich machen, wie wichtig ihnen dieses kleine Projekt ist.

„Hiwwe wie Driwwe" hat mittlerweile weit über 100 pennsylvanisch-deutsche Mundartautoren entdeckt und Texte von ihnen veröffentlicht. Durch „Hiwwe wie Driwwe" haben aber auch ganz viele Menschen Interesse an der Sprache ihrer Vorfahren gefunden und sie neu sprechen oder auch lesen und schreiben gelernt.

Damit sind wir beim Kern von „Hiwwe wie Driwwe": „Hiwwe wie Driwwe" möchte den Austausch zwischen Pfälzern und Pennsylvania-Deutschen, also Deutschen und Amerikanern, fördern – und diesen Austausch auf Basis der gemeinsamen Muttersprache ermöglichen. Weil wir glauben, dass wir uns so besser verstehen können – im wörtlichen wie im übertragenen Sinne. Und das scheint uns gerade in der heutigen Zeit wieder besonders wichtig.

„Hiwwe wie Driwwe iss en guter Name fer dei Neiichkeetebrief, ass du drucke witt. Es kummt mir vor, des iss aa ebbes, ass mir schunt lang zerick hawwe hette selle", schrieb der Autor Bill Klouser (1922-2010) zum Start der Publikation im Jahr 1996. Und ein Amish Freund, Stephen Miller, ergänzte ein Jahr später: „Hurrah! Des iss yuscht, was mir brauche". Enos Stutzman, Mennonit aus Ohio, schrieb 1998: „Es iss guud fer wisse, ass es als noch Leit hot in Deitschland, wu die Mudderschprooch schwetze".

In der Pfalz hat uns die Rückmeldung von Heiner Kröher (1927-2016), einem der Brüder von „Hein & Oss“, im Jahr 2001 besonders gefreut. „Vor Jahren reisten wir in Pennsylvania herum und fanden gute Freunde dort, an die ich mich gern erinnere, wenn die Lektüre Ihrer gut gemachten Mundart-Gazette mich lockt.“ Und Kurt Beck, seinerzeit Ministerpräsident von Rheinland-Pfalz, gratulierte zum 10. Geburtstag und schrieb: „Ich hoffe, dass Hiwwe wie Driwwe auch in den kommenden Jahren eine Säule der deutsch-amerikanischen Freundschaft ist.“

Im Jahr 2013 startete „Hiwwe wie Driwwe“ eine Kooperation mit dem Pennsylvania German Cultural Heritage Center in Kutztown (PA). Mittlerweile wird das Heft dort editiert, gedruckt und verschickt. Zum Team gehören heute auch Patrick Donmoyer, Leiter dieses Heritage Centers, und Doug Madenford, pennsylvanisch-deutscher Blogger und Musiker. Wir sind über die Jahre, das darf ich sagen, eng zusammengewachsen und betrachten „Hiwwe wie Driwwe“ als gemeinsames Baby, das in der Pfalz geboren wurde und aufgewachsen ist. Jetzt, volljährig und erwachsen, sucht es seinen Weg von Pennsylvania aus in die Welt. Wie lange das geht? Patrick, Doug und ich wissen es nicht. Dougs Großvater pflegte immer zu sagen: „Mer gehne, bis es schtoppt.“ Dem kann ich nur zustimmen.

SCHON GEWUSST?

Im Herbst 2018 organisierte „Hiwwe wie Driwwe“ für die „Rezeptsucherin“ des SWR Rheinland-Pfalz, Susanne Nett, ein Treffen mit Redaktionsmitglied Edward Quinter in Allentown. Gemeinsam bereiteten sie einen

SAUMAGEN

nach pennsylvanisch-deutschem Rezept zu. Die Sendung wurde im SWR ausgestrahlt.

„Wie mer die Mudderschprooch am geh halt“

Sprachpflege in Pennsylvania

Ich kann mich noch recht genau erinnern: Jemand aus Pennsylvania schrieb mir um 1997 herum eine E-Mail und begann seinen Text mit dem Satz „Ich kann sell E-Mail-Wese schunt haendle ...“. Das war neu. Bis zu diesem Zeitpunkt lief der Austausch komplett per Briefpost.

Leroy Brown und Bill Mack erzählen pennsylvanisch-deutsche Geschichten

So etwa 100 bis 150 Briefe schrieb ich wohl während eines Jahres. Die pennsylvanisch-deutsche Zeitung „Hiwwe wie Driwwe" hatte ich gerade mit dem Ziel gegründet, den Austausch zwischen Pennsylvania-Deutschen untereinander und mit Menschen in den Herkunftsgebieten der historischen Pennsylvania-Auswanderung zu intensivieren. Und in den nachfolgenden Jahren wurde dieser Austausch – bis auf Weihnachtskarten – nahezu komplett von E-Mails abgelöst. Etwa 2005 war der Umstellungsprozess weitgehend abgeschlossen und die meisten weltlichen Pennsylvania-Deutschen waren digital zu erreichen. Das veränderte alles. Denn mit einem Mal war es nun möglich, auch über weite Distanzen quasi in Echtzeit zu kommunizieren – auch in „deitsch". Schnell entdeckten die Mundartsprecher die Möglichkeiten von „Facebook" und gründeten dort Gruppen, um sich in der eigenen Muttersprache untereinander auszutauschen. Besonders erfolgreich ist hier bis heute „I'm not Amish, but I still speak Dutch" mit rund 2 800 Mitgliedern.

2006 begann der drei Jahre zuvor in der Pfalz gegründete Deutsch-Pennsylvanische Arbeitskreis e. V. mit der Herausgabe von Büchern in pennsylvanisch-deutscher Mundart. Dem Lesebuch „Mit Pennsylvanisch-Deitsch darich's Yaahr" folgten bis heute rund ein Dutzend weitere Bücher, die in Zusammenarbeit mit Dr. Walter Sauer und seinem Verlag „Edition Tintenfass" in Neckarsteinach produziert und vertrieben wurden. Seit 2010 wird der Verein von Frank Kessler geführt, der in Brüssel lebt. Aber auch außerhalb dieses Netzwerkes gibt es recht aktive Autoren, zum Beispiel die ehemalige Professorin Mary Laub aus Kutztown, die bereits mehrere Kinderbücher publiziert und in Auflagen von je deutlich über 1 000 Exemplaren verkauft hat.

Die konservativen Amish und Mennoniten, die ja kein Internet nutzen, erfanden etwas Vergleichbares zu Facebook: die „Amish & Mennonite Conference Line". Gegründet im Jahr 2006 vom Amish Mennoniten Gary Blosser aus Tampico (Illinois), handelt es sich um eine Telefon-Hotline, in die sich Amish und Mennoniten sieben Tage quasi rund um die Uhr einwählen können, um sich in einem Gruppen-Chat in pennsylvanisch-deutscher Mundart über Gott und die Welt auszutauschen.

Sehr gut erinnere ich mich, dass wir vom Deutsch-Pennsylvanischen Arbeitskreis im Sommer 2012 jüngere Mundartsprecher nach Kutztown ins Pennsylvania German Cultural Heritage Center einluden, um Möglichkeiten der Dialektförderung zu diskutieren. Zu diesem Zeitpunkt gab es eine pennsylvanisch-deutsche Fernsehsendung („Deitsch Schtunn" auf Berks County TV mit Stella Labe als Moderatorin), eine Radiosendung („Die alte Kumraade" von C. Richard Beam) und verstreut einige Zeitungskolumnen (z. B. von Butch

Patrick Donmoyer stellt beim Kutztown Folk Festival Sprache und Kultur der Deutschen in Pennsylvania vor

Reigart im Ephrata Review). Was fehlte, war eine zeitgemäße Nutzung von Youtube. Die rund ein Dutzend Anwesenden in Kutztown waren sich einig, dass es einen pennsylvanisch-deutschen Youtube-Sprachkurs geben sollte und am besten auch eine periodisch erscheinende Video-Kolumne in oder über das Pennsylvania-Deutsche. Hier schlug nun die große Stunde von Doug Madenford, der – geboren in Berks County – mittlerweile in Zentral-Pennsylvania wohnt. Einige Wochen nach der Zusammenkunft standen erste Lektionen des von ihm erstellten Video-Sprachkurses „PA Dutch 101“ online, der es am Ende auf fast 60 Lektionen brachte. Und als der Kurs vollständig abrufbar war, startete er die Videoformate „Ask a Pennsylvania Dutchman“ (über die Kultur der Pennsylvania-Deutschen zusammen mit Chris LaRose), „Your Pennsylvania Dutch Minute“ (über Mundartwörter und Redewendungen) und „Doug's Front Porch“ (Interviews mit Freunden). In nur wenigen Jahren stellte Doug Madenford über 500 Videos zum Thema online. Sein Youtube-Channel hat über 7 000 Abonnenten und nähert sich der magischen Marke von 1 000 000 Videoabrufen. Er ist damit der erste „pennsylvanisch-deitsche“ Influencer, was konsequenterweise auch dazu führte, dass er 2018 der Protagonist der Kino-Dokumentation „Hiwwe wie Driwwe – Pfälzisch in Amerika“ wurde, die die beiden pfälzischen Filmemacher Christian Schega und Benjamin Wagener in Kooperation mit der „Hiwwe wie Driwwe“-Redaktion produzierten. In den Kinos erreichte der Film mehr als 25 000 Menschen und lag zwischenzeitlich auf Rang 37 der deutschen Kinocharts.

Die Marke von 1 000 000 Youtube-Aufrufen längst überschritten hat der Channel von Virgil Schrock aus Illinois. Seine 49 Videos zeigen Interviews mit Pennsylvania-Deutschen aus dem Mittleren Westen. Der Channel hat über 1 200 Abonnenten und gewinnt wöchentlich weitere hinzu, obwohl Schrock vor einigen Jahren verstorben ist. Der Channel wird von seiner Tochter weiter online gehalten. Auf Rang 3 der pennsylvanisch-deutschen Angebote auf Youtube liegt „Hiwwe wie Driwwe“ mit rund 1 200 Abonnenten Abonnenten und rund 300 000 Abrufen der derzeit etwa 150 Videos. Daneben gibt es weitere interessante Dialektangebote in Channels, die derzeit noch überschaubar sind. Zu nennen sind hier besonders die Aktivitäten von Luella Reed Sebo („Easy Deitsch“), Dorcas Smucker („En Deitsche Frau“) und der leider verstorbenen Lilian Stoltzfus (1974-2020), die eine Anzahl von Videos unter dem Titel „Speaking Amish“ veröffentlichte.

Eine zentrale Rolle spielt im Bereich der Sprachpflege mittlerweile sicherlich die Zeitung „Hiwwe wie Driwwe“. In den 25 Jahren ihres Bestehens wurden deutlich über 100 000 Exemplare gedruckt und an Leser verschickt bzw. verteilt. Nimmt man alle publizistischen Angebote zusammen – Printausgabe, Website „hiwwe-wie-driwwe.de“, Facebook- und Youtube-Aktivitäten – kann man davon ausgehen, dass ungefähr 100 000 Menschen jährlich die bereitgestellten Inhalte nutzen. Gerechnet seit dem Start dürfte sich das auf eine Zahl summieren, die mittlerweile über 2 000 000 liegt.

Was derzeit aber noch fehlt, ist eine Verankerung des Pennsylvania-Deutschen im Bildungssystem. Es gibt „Pre Schools“ wie das „Shayna Kinner Daycare Center“ in Kutztown (PA), die einige Wörter, Sätze und Lieder in der Mundart vermitteln, und auch eine „Grundsau Lodsch fer Kinner“ in Pennsburg (PA). Aber ansonsten findet die Mundart nicht statt – weder in den Schulen der Old Order Amish und Old Order Mennonites, noch in den Highschools der weltlichen Gruppen. Es gibt derzeit auch keinerlei Anzeichen, dass sich hier in absehbarer Zeit etwas ändert. Damit bleiben alle Bemühungen, den kommunikativen Austausch in Pennsylvania-Deutsch zu fördern, Sisyphos-Arbeit. Leider.

MÖGLICHKEITEN UND GRENZEN DES SPRACHERWERBS

Pennsylvania-Deutsch als Zweitsprache

Wenn ich auf einem Amish-Bauernhof bin, unterhalte ich mich besonders gern mit den Kindern. An einem Sonntagnachmittag ist die Gelegenheit dazu immer besonders günstig, wenn sie nach der „Gmee“, dem Gottesdienst, miteinander im Freien spielen. Mich interessiert dann immer, ob sie mich verstehen.

Alice Spayd (in der Mitte mit rotem Pullover) unterrichtet eine pennsylvanisch-deutsche Klasse

Eine Gruppe von Kindern zwischen fünf und vielleicht acht Jahren, die mit einer Pappkiste spielten, fragte ich einmal: „Was iss sell fer en Bax, ass dihr am schpiele seid demit?“ Ich erhielt nicht direkt Antwort, weil nicht erwartet wurde, dass jemand, der aussieht wie ein „Englischer“, ihre Mundart spricht. In die entstandene Pause fragte ich nochmal: „Iss sell ebbes Abbadiches (Besonderes), odder iss es yuscht en kummni (gewöhnliche) Bax?“ „Sell iss unser Buggy,“ antwortete ein Mädchen. „Sell iss gewiss en scheener Buggy“, schloss ich das kurze Gespräch ab. Für Old Order Amish und Old Order Mennonites ist Pennsylvania-Deutsch Muttersprache im wirklichen Sinne. Sie lernen es zu Hause auf der Bauerei. Kommen sie in die Schule, ist dort alles englisch: der Unterricht, aber auch der Austausch in den Pausen. Pennsylvania-Deutsch ist nicht erwünscht. Dieser Deal mit dem Staat erlaubt es den Gemeinden, ihre Schulen selbst zu organisieren. Nach kurzer Zeit sind die Kinder dann zweisprachig, und sie wissen, wo sie welche Sprache zu sprechen haben.

Bernice Hicks und Edward Quinter – zwei Deutschlehrer in Pennsylvania, die Mundart sprechen und unterrichten

Dass Mitglieder „Fancy Dutch“ – Lutheraner, Mitglieder der United Church of Christ (und damit der weltlichen Amerikaner) – ihre Kinder die Mundart lehren, ist die große Ausnahme. Ich kenne drei junge Familien, die es versuchen. Man braucht ein großes Durchhaltevermögen – soviel kann ich sagen. Aber es funktioniert.

Alle anderen Amerikaner lernen Pennsylvania-Deutsch bei Interesse als Zweitsprache. Verschiedene Institutionen bieten Lehrgänge für Erwachsene an. Alice Spayd, Jahrgang 1944, klärte mich einmal über die Beweggründe auf: „Deel welle deitsch lanne (lernen), weil ihr Eldre odder die Gremmem (Großmutter) odder der Grempaep (Großvater) es gschwetzt henn, deel henn Amish Nochbere (Nachbarn) un welle deitsch schwetze mit ihne. Un deel lanne deitsch yuscht fer Gschpass."

Etwa ein Dutzend Kurse im Jahr kann man finden, wenn man im Internet sucht. Manche Kursteilnehmer nehmen Anfahrtswege bis zu zwei Stunden in Kauf, um an einer „Pennsylvania Dutch Class" teilzunehmen. Am bekanntesten sind die Kurse der „Groundhog Lodges", jener Vereine, die alljährlich die Veranstaltungen zum Murmeltiertag am 2. Februar durchführen. Man lernt dort wirklich nur die Grundlagen: die Zahlen, das Sagen der Uhrzeit und kurze Gespräche in einfachen Sätzen. Aber es gibt am Ende eine Urkunde. Daneben bieten verschiedene Institutionen immer wieder Dialektkurse an, zum Beispiel „Historic Schaefferstown" oder die „Lancaster Mennonite Historical Society". Hier hängt der Lernerfolg sehr vom „Schulmeeschter" oder der „Schulmeeschtern" ab. Es gibt ganz hervorragende Lehrer, die eine sehr gute Arbeit leisten. In der Regel wird hier auch mit den einschlägigen Lehrbüchern gearbeitet – entweder mit dem Buch „Schwetz mol Deitsch" (2009) von Joshua Brown und Douglas Madenford oder „Speaking Amish" (2013) von Lilian Stoltzfus. „Yossi" und „Doug" lehren das Deitsch der „Fancy Dutch" – die verstorbene Lilian das Deitsch der Amish und Mennoniten. Es gibt hier mittlerweile deutliche Unterschiede, z. B. kennen die Amish und Mennoniten überwiegend keinen Dativ mehr und sagen: „Geb mich sell Buch!"

Bei den „Fancy Dutch" würden die meisten auch heute noch „Geb mir sell Buch!" kennen und verwenden. Als Lernender muss man sich genau überlegen, wie tief man in die Sprache einsteigen und welche Deitsch-Variante man am Ende können möchte.

Seit einigen Jahren bietet die „Kutztown University" in Berks County „Pennsylvania-Deutsch" zum Studium als Nebenfach an. Hier geht es vor allem darum, Herkunft und kulturelle Muster kennenzulernen. Aber auch zwei Sprachkurse stehen auf dem Lehrplan.

Ich schätze, dass einige hundert Menschen pro Jahr Kenntnisse in der Mundart erwerben. Einige wenige lernen Pennsylvania-Deutsch so gut, dass ein wirkliches Gespräch möglich ist.

Zum Spracherhalt tragen diese wenigen Kurse nichts bei. Die Zukunft des Pennsylvania-Deutschen hängt ab von der Geburtenrate der Amish und Mennoniten. Und da sich die Sprecherzahlen hier etwa alle 20 Jahre verdoppeln, ist auch klar, welche Variante in wenigen Jahren ausschließlich gesprochen wird: Nicht das von Doug und Yossi, sondern das von Lilian. „Speaking Amish" – das ist die Zukunft des Pennsylvania-Deutschen.

SCHON GEWUSST?

Es gibt ein Online-Wörterbuch für Pennsylvania-Deutsch. Es ist erreichbar über die Website:

WWW.PADUTCHDICTIONARY.COM

„Ich weess net, was die Ursach iss" Über die Mundartliteratur

Wahrscheinlich wurde in keiner Region außerhalb des deutschprachigen Europas so viel Mundartliteratur in deutscher Sprache produziert wie in Pennsylvania. Ganz am Anfang dieser Tradition steht der Herrnhuter Pfarrer Emanuel Rondthaler (ca. 1815-1848).

Das Schreiwer Fescht beim Folk Festival – inspiriert vom Bockenheimer Mundartwettstreit

Seinen Text „Owetlied“ (Abendlied) schrieb er um 1835 herum. Hier heißt es in Strophe 2: „Maryets singe all die Veggel, / Owets greischt die Laabgrott arrig; / Maryets globbt mer mit dem Fleggel, / Owets leit mer schun im Sarrig.“ (Morgens singen alle Vögel / Abends schreit der Laubfrosch sehr / Morgens schlägt man mit dem Flegel / Abends liegt man schon im Sarg.)

Bei diesem einen mehrstrophigen Text, der 1849 erstmals publiziert wurde, blieb es für Emanuel Rondthaler. Als eigentlicher Vater der pennsylvanisch-deutschen Literatur gilt gemeinhin Henry Harbaugh (1817-1867), Pfarrer der reformierten Kirche und Autor des in Pennsylvania weit verbreiteten Büchleins „Harbaugh's Harfe“. Sein Text „Heemweh“ beginnt: „Ich weess net, was die Ursach iss / Weess net, warum ich's duh: / En yedes Yaahr mach ich der Weg / Der alte Heemet zu; / Hab weider nix zu suche datt - / Kee Aerbschaft un kee Geld; / Un doch dreibt mich des Heemgefiehl / So schtarick wie alle Welt ...“

Und diese beiden Texte geben die Richtung der pennsylvanisch-deutschen Literatur in den nachfolgenden 150 Jahren vor: Es geht viel um die Heimat im Diesseits, und es geht viel um die Heimat im Jenseits. Deutlich mehr als 1 000 Autorinnen und Autoren haben seit 1835 Texte in Pennsylvania-Deutsch geschrieben und publiziert. Immer drehen sie sich um das eigene Leben zwischen Geburt und Tod, zwischen Bauerei und Stadt, zwischen Januar und Dezember. Die Pennsylvania-Deutschen sind sich offensichtlich selbst genug. Ob „Der Winder“ (Rachel Bahn), „Die Mudderschprooch“ (Astor C. Wuchter), „Im Aerntfeld“ (Henry L. Fisher), „Wann ich yuscht en Bauer waer“ (David B. Brunner) oder „Elbedritsche fange“ (Daniel Miller) – die Welt außerhalb der pennsylvanisch-deutschen Sprachinsel findet kaum statt. Politik kann ein Thema sein, aber nur insoweit, als Demokraten und Republikaner Mundart-Kolumnen in Zeitungen platzieren, die Wahlwerbung für die eine oder andere Seite machen. Das ganze Leben konzentriert sich auf einen Radius von vielleicht 30 Meilen.

Das ist vielleicht noch nachzuvollziehen in der Zeit bis 1917. Doch dann überschlugen sich die historischen Ereignisse von globaler Tragweite: Die Vereinigten Staaten traten in den 1. Weltkrieg ein. Im gleichen Jahr töteten die Kommunisten in Russland den Zaren und gründeten die Sowjetunion. 1929 stürzte der Börsencrash in New York die Welt in eine Wirtschaftskrise. Faschistische Systeme übernahmen sukzessive in Europa die Macht und 1939 stürzte Hitler die Welt in einen 2. Weltkrieg. 1945 fielen Atombomben und so weiter und so weiter. Nichts davon findet wirklich einen Widerhall in der pennsylvanischen Literatur. Ralph S. Funk (1889-1969), einer der nach dem 2. Weltkrieg aktiven Schreiber, textet: „Schwetz vun scheene Summerdaage! / Des iss eener, waer

Ashley Snyder präsentiert ein Mundartgedicht

kann glaage!“ Allenfalls gebrochen spiegelt sich die Wirklichkeit in seinen Texten, wenn er dichtet: „Deet gleiche sehne darch die Welt, / Wann's meeglich waer, / Meh Lieb fer Leit, wennicher fer Geld, / Wann's meeglich waer.“ Aber auch hier geht es wohl eher um den Kontrast der Lebensweisen zwischen Land und Stadt, zwischen Pennsylvania-Deutschen und „Englischen“.

1997 ist das Gründungsjahr der pennsylvanisch-deutschen Zeitung „Hiwwe wie Driwwe“. Hier sollte von Beginn an Autoren ein Forum geboten werden, auch in der Hoffnung, den Dialog zwischen Mundartschreibern in der neuen und der alten Welt zu intensivieren und letztlich dadurch auch beiden Literaturen neue Perspektiven aufzuzeigen.

Doch es sollte bis ins Jahr 2006 dauern, bis ein erster Text publiziert werden konnte, der zwar auch vom Pennsylania Dutch Country handelt, aber doch ein gesamt-amerikanisches Problem beschreibt: Schulmassaker. Am 2. Oktober 2006 erschießt ein Amerikaner in der Schule der Amish im Ort Nickel Mines in Lancaster County mehrere Kinder. Der Autor Kenneth Varden Leasa (1948-2009) dichtet ohne Endreim. Das Gedicht beginnt: „Der zwett Oktower, / An en waarmer Harebschtdaag, / Bin ich am ´me Schulhaus verbeigange, / Un hab Kinner schpiele sehne. // Sie henn die Naachricht noch net grickt ghatt; / Alles waar bei ´ne noch guud. / Sie henn nix gewisst, was ghaeppent iss gwesst (was vorgefallen ist) / Net meh ass en paar Meil fatt.“ Leasa beschreibt das Massaker und kommt zum Schluss: „Heit hot eener vun uns, / Ferwas wisse mir net / Unsrer Welt ihre Schlechdes / In en Schulhaus vun ihne gebrocht.“ Es ist ein Perspektivwechsel, der hier stattfindet. Leasa schreibt nicht von sich als Pennsylvania-Deutschem, sondern als Amerikaner, als Vertreter der Welt, die jenseits der pennsylvanisch-deutschen Kultur stattfindet. Das ist wirklich neu.

Und 2018, als die Flüchtlingskrise im dritten Jahr tausende Menschen aus dem Nahen Osten nach Europa und aus Mexiko über die Grenze in die USA fliehen lässt, textet der knapp über 30 Jahre alte Patrick Donmoyer aus Kutztown (PA): „Ich weess net, was die Ursach iss, / Doch froog ich mich ferwas / Es Mitgefiehl iss selten heit, / Un Menschehilf iss blass.“ Später im Text greift er seine Landsleute an, wenn er schreibt: „Die Voreldre sinn kumme aa, / Waare aarm un net reich. / Mir waare alle Auswandrer, / Un sinn mir alle gleich.“ Und er fordert sie auf, ihre Haltung zu ändern: „Die Welt iss yo en gleener Blatz, / Un bleibt aa yo nooch heit. / Mir misse besser Nochbere sei / Fer die hilflose Leit.“

Damit hat Patrick Donmoyer die pennsylvanisch-deutsche Literatur mit einem einzigen Text endlich ins 21. Jahrhundert katapultiert. Und er hat dies mit dem gleichen Eingangsvers getan, mit dem Henry Harbaugh sein Gedicht „Heemweh“ rund 160 Jahre zuvor begonnen hatte: „Ich weess net, was die Ursach iss ...“

SCHON GEWUSST?

Einer der ganz frühen Dichter in Pennsylvania war Journalist

LUDWIG AUGUST WOLLENWEBER

(1807-1888), der – aus Ixheim bei Zweibrücken stammend – 1832 nach Amerika emigrierte und sich im Pennsylvania Dutch Country niederließ. Im Jahr 1869 veröffentlichte er das Buch „Gemälde aus dem Pennsylvanischen Volksleben“ – eine Sammlung von Dialekttexten, in denen er den pennsylvanisch-deutschen Dialekt nachahmte.

„Heili, Heilo" für alle Zeit?

Die pennsylvanisch-deutsche Musik im 21. Jahrhundert

Es gibt Begegnungen, die einem die Augen öffnen. Und es gibt Begegnungen, die einem Türen öffnen. Keith Brintzenhoff hat in meinem Fall beides getan: Mich mit der Musik der Deutschen in Pennsylvania und den Folk-Musikern der Region bekannt gemacht.

Ich traf ihn zum ersten Mal 1994 in Kutztown, als er in der Hauptstraße noch seinen Laden „Pennsylvania Dutch Hobbies & Music" hatte und dort unter anderem Literatur und Musikinstrumente verkaufte. Als Musiker kamen wir schnell ins Gespräch. Er riet mir, in Nazareth unbedingt eine Fabriktour beim Gitarrenhersteller „Martin Guitars" zu machen. Ich selbst spiele seit meiner Jugend ein Instrument dieser Marke, hatte aber nicht auf dem Schirm, dass meine „Martin" auch aus Pennsylvania stammt. Gegründet hat das Unternehmen ein gewisser Christian Friedrich Martin (1796-1873) im Jahr 1833 – ein Mann, der als Wirtschaftsflüchtling aus Sachsen nach Amerika ausgewandert war und letztlich im Umfeld einer Herrnhuter Gemeinde in Nazareth bei Bethlehem in Pennsylvania sesshaft wurde.

An diesem Tag kaufte ich bei ihm das Buch „Pennsylvania German Secular Folksongs" von Albert F. Buffington, das 1974 erschienen war. Das Buch enthält knapp 100 Volkslieder der Pennsylvania-Deutschen. Interessant ist, dass etwa die Hälfte von ihnen auch in der zwischen 1806 und 1808 von Clemens Brentano und Achim von Arnim herausgegebenen Sammlung „Des Knaben

Wunderhorn" enthalten ist. Das bedeutet, dass die pfälzischen, elsässischen, württembergischen und schweizer Einwanderer neben ihren Habseligkeiten auch ihre Volkslieder mit in die neue Welt brachten. Bekannt sind Stücke wie „Aa, Bee, Zeh, die Katz leit im Schnee", „Du, du liegscht mir im Herzen", „Heili, heilo", „Ich bin der Dokter Eisenbaart", „In Lauderbach", „Meedli, witt du heire?", „O du liewer Auguscht", „Schlof, Bobbeli, schlof", „Bucklich Maennli", „Schpinn, schpinn, meini liewi Dochter", „Wie kumm ich an dein Vadders Haus?" und viele andere mehr. Diese Songs werden von den „Fancy Dutch", also den Mitgliedern von Lutheranern und Reformierten, seit der Einwanderung gesungen und an die nächste Generation weitergegeben. Keith Brintzenhoff gehört mit Mike & Linda Hertzog, Douglas Madenford, Chris LaRose und John Schmid zu den Musikern, die diese Stücke auf die Bühne bringen. Mitgesungen wird allerdings immer weniger.

Neben diesen Liedern sind seit den 1930er Jahren mit dem Beginn der pennsylvanisch-deutschen „Groundhog Day"-Bewegung etliche neue Stücke entstanden, um die jährlichen Grundsau-Lodge-Versammlungen musikalisch angemessen umrahmen zu können. In der Regel erhalten hier amerikanische Folksongs einen neuen Mundarttext. Zu den bekannten Stücken dieser Kategorie zählen „Sie kummt rum der Barig" („She comes around the mountain") oder „Uff de Bauerei" („Home on the Range").

Keith Brintzenhoff (rechts) musiziert gemeinsam mit Mike Hertzog beim Kutztown Folk Festival

Pennsylvanisch-deutsche Übersetzungen englischer Kirchenlieder präsentiert seit vielen Jahren der „Dolpehocken Saenger Chor“ in seiner monatlichen TV-Show „Die Deitsch Schtunn“ auf Berks County TV (BCTV). Diese Songs werden auch bei den jährlichen Dialektgottesdiensten verschiedener Kirchen im Pennsylvania Dutch Country gerne gesungen.

Insgesamt kreisen die Pennsylvania-Deutschen aber immer um sich selbst: Die Themen sind religiös oder sie haben etwas mit dem pennsylvanisch-deutschen Jahreslauf zu tun, der oft noch von der Landwirtschaft bestimmt wird.

Doch es gibt inzwischen Versuche, dies aufzubrechen und eine zeitgemäße Mundartmusik zu schaffen. So hat Chris LaRose schon einige Blues-Stücke in „pennsylvanisch-deitsch“ gesungen und mit seinem Partner Douglas Madenford eine CD aufgenommen, auf der auch einige neue, eigene Lieder zu hören sind. Und Benjamin Rader, ein bildender Künstler und Musiker, der mit seiner Familie etwas nördlich in den Pocono Mountains lebt, hat in seiner 2019 erschienenen CD „Heemetkunscht“ ausschließlich eigene Songs publiziert.

Auf der anderen Seite des Atlantiks bemühe ich mich gemeinsam mit meinen Musiker-Kollegen Adelheid Hillner, Uwe Volk und Josef Rill in der „New Paltz Band“, einige neue Stücke zum Repertoire des 21. Jahrhunderts beizutragen. Hier werden erstmals neben neuen Songs zur pennsylvanisch-deutschen Geschichte auch Themen behandelt, die sich mit aktuellen Themen der amerikanischen Gesellschaft auseinandersetzen, z. B. die aktuelle Tagespolitik in Washington, Schulmassaker oder die militärische Rolle der USA in der Welt. 2019 trat die „New Paltz Band“ eine Woche lang beim Folk Festival in Kutztown auf – zum Teil gemeinsam mit Keith Brintzenhoff und anderen Musikern der Region.

Nicht alle Songs stoßen bei jedem Publikum in Pennsylvania auf ungeteilte Zustimmung. Aber diese Erwartungshaltung gibt es bei uns auch nicht. Vielmehr geht es darum, diese Aspekte in den Kanon der pennsylvanisch-deutschen Musik einzubringen. Umso interessanter ist es zu sehen, dass einige der genannten Musiker in Pennsylvania das ein oder andere Stück schon in ihre eigenen Programme übernommen haben. Der Austausch zwischen der Pfalz und Pennsylvania, zwischen „hiwwe" und „driwwe" – das ist es, worum es auch in der Musik geht.

ELVIS PRESLEY & CO.

Große Namen mit pfälzischen Wurzeln

Eine der ersten Siedlerinnen im Oley Tal in Berks County war Berta DeTurk aus Frankenthal. Viele Pennsylvania-Deutsche sind mit ihr verwandt. Bertas Vorfahren lassen sich weit ins Mittelalter und bis in die Türkei zurückverfolgen. Mehmed II., genannt „der Eroberer“ und im 15. Jahrhundert siebter Sultan des Osmanischen Reiches, gehört ebenfalls zu ihrer Familie.

Elvis-Presley-Straße im pfälzischen Hochstadt

Auf solche Geschichten stößt man in Pennsylvania – doch weitaus bekannter ist die Folgende: Im pfälzischen Hochstadt – im Dialekt „Hooscht" genannt – gibt es im Neubaugebiet eine Elvis-Presley-Straße. Und das nicht ohne Grund. Ein armer Weinbauer aus dem Ort mit Namen Valentin Bressler (1669-1742) wanderte bereits 1709 mit vielen anderen Pfälzern über einen Zwischenstopp in London in die neue Welt aus, um schließlich in Pennsylvania zu landen. Es dauerte noch ein paar Generationen, bis sein Nachfahr Elvis Presley (1933-1977) als Soldat wieder deutschen Boden betrat und neben englischen Rocksongs auch „Muss i denn" auf schwäbisch-englisch sang.

Es gibt hunderte mehr oder weniger bekannte Amerikaner mit familiären Wurzeln in der Pfalz oder angrenzenden Regionen, die früher kurpfälzisch waren. Von Grace Kelly, Fürstin Gracia Patricia (1929-1982), und ihren Beziehungen nach Heppenheim war schon die Rede. Ein Nachfahre von Johann Philipp Kreißler, geboren 1672 in Guntersblum, gründete 1925 die Chrysler Corporation. Es war Walter P. Chrysler (1875-1940).

Viele US-Politiker haben Wurzeln in Südwestdeutschland. Da ist zum Beispiel President Edgar Hoover (1895-1972) mit Huber-Vorfahren aus Ellerstadt oder auch President Dwight Eisenhower (1890-1969), dessen Vorfahr Hans Nicol Eisenhauer 1741 aus dem heute saarländischen Karlsbrunn nach Lancaster (PA) zog. Überraschenderweise gibt es bei Barack Obama eine „pennsylvanisch-deitsche" Verbindung. Mit Johann Peter Straub (1695-1760) aus Großgartach bei Heilbronn findet sich ein Pennsylvania-Auswanderer in dessen Stammbaum. Dessen Großvater stammte aus Gemmingen, ein Ort mit rechtlichen Beziehungen zur Kurpfalz. 1733 zog Johann Peter Straub mit dem Schiff „Pennsylvania Merchant" in die neue Welt und siedelte im Lynn Township in Lehigh County, im Pennsylvania Dutch Country. Rund 4,5 % der Vorfahren von Barack Obama sind deutschstämmig, wie der Familienforscher Norbert Ehret herausfand.

Ein Pechvogel der Geschichte war ein gewisser Charles M. Bergstresser (1858-1923). Er selbst stammte aus Berrysburg, Pennsylvania – sein Vorfahr war 1731 aus Malchen bei Darmstadt nach Amerika gekommen. Mit zwei Herren – Charles Dow und Edward Jones – gründete er 1882 eine Agentur für Finanznachrichten, die unter anderem einen Börsenbrief herausbrachte, aus dem sich das Wall Street Journal entwickelte. Bergstresser entschied sich, nur stiller Gesellschafter zu sein, obwohl er von den dreien die größte Summe Geld in das Unternehmen investierte. Und als irgendwann für die New Yorker Börse ein Aktienindex entwickelt wurde, war es passiert. Dieser hieß „Dow Jones Index".

Neben diesen weithin bekannten Persönlichkeiten gibt es eine Reihe von Namen, auf die man als Reisender in Pennsylvania immer wieder stößt – zum Beispiel Simon Snyder (1759-1819), den Namensgeber von Snyder County. Snyder war der erste deutschstämmige Gouverneur Pennsylvanias. Sein Vater stammte aus Planig bei Bad Kreuznach, seine Mutter aus Selzen, das damals zur Kurpfalz gehörte. Auf Peter Wentz stößt man im Montgomery County, wo es ein „Peter Wentz Homestead" gibt. Ein Schild weist dort darauf hin, dass es General George Washington 1777 vor und nach der Schlacht von Germantown als Hauptquartier diente. Peter Wentz' Mutter stammte aus Partenheim, das heute zu Rheinhessen gehört. (Das mit Washington ist in den USA in etwa so, wie wenn an einem Haus in Deutschland auf einem Schild zu lesen ist: „Goethe war hier." Beide kamen eben weit rum.)

Aus dem pfälzischen Freinsheim stammt Heinrich Antes (1701-1755). Er zog 1720 nach Pennsylvania und wurde dort einer der Führer der Herrnhuter Brüdergemeinde. Als solcher war er einer der Mitbegründer und ab 1741 Baumeister der Herrnhuter Siedlung Bethlehem bei Allentown, die heute noch ein sehenswerter historischer Bezirk ist. Rund um die „Henry Antes Plantation" in Perkiomenville (PA) findet jedes Jahr im August das sehr authentische Goschenhoppen Folk Festival statt.

Last, but not least soll an Johannes Keim (1675-1753) erinnert werden, welcher der erste Siedler im Oley Valley in Berks County war. Aus Landau in der Pfalz stammend, heiratete er Bertha DeTurck (1688-1731), deren familiäre Wurzeln in Frankenthal liegen (wobei die DeTurcks ab dem ausgehenden Mittelalter in einem langen Weg über viele Generationen aus der heutigen Türkei über einen Zwischenstopp im südlichen Frankreich in die Pfalz gekommen waren). Keim und DeTurck sind als Familiennamen in Berks County noch bekannt. Das Oley Valley ist ebenfalls ein sehenswerter historischer Distrikt.

Zurück zu Elvis Presley und Hochstadt: Im Berks County gibt es in der Tulpehocken Region eine kleine Gemeinde, die heute „Host" heißt. Aller Wahrscheinlichkeit nach war die Aussprache im 18. Jahrhundert „Hooscht" – der Dialektname von „Hochstadt". Dass Presley auch das ein oder andere deutsche Lied aufgenommen hat, hatte ich vergessen. Ins Bewusstsein kam es mir erst wieder, als mein Freund Ben Rader bei einem Deutsch-Pennsylvanischen Tag in Worms auf der Bühne „Muss i denn" anstimmte, allerdings nicht auf schwäbisch, sondern „pennsylvanisch-deitsch". „Kann ich aa net allfatt bei dir sei, hawwich doch mei Freed an dir" heißt es da, und wenn Ben dieses Lied singt, meint er seine Ehefrau Sonja, die Schwäbin ist und mit ihm und den beiden Söhnen an einem wunderschönen See in Monroe County in den Pocono Mountains in Pennsylvania lebt. So schließen sich Kreise.

SCHON GEWUSST?

Donald Trump gehört nicht in diese Liste der Pennsylvania-Auswanderer. Dessen Großvater **FRIEDRICH TRUMP** (1869-1918) verließ Kallstadt 1885 in Richtung New York, um dem bayerischen Militärdienst zu entgehen. Es zog ihn schnell Richtung Westen, wo er mit Servicedienstleistungen für Goldgräber – von der Schaufel über Essen bis zum Bordell – reich wurde. Die Details verdanken wir Roland Paul, ehemals Direktor des Instituts für pfälzische Geschichte und Volkskunde in Kaiserslautern.

„Deitsche un Deitschlenner"

Über feine Unterschiede

Der Bauer, der mich in Lancaster County in Pennsylvania auf einem Bauernmarkt ansprach, weil er mich in Mundart sprechen hörte, fragte: „Bischt du en Deitscher, oder bischt du en Deitschlenner?" Die Frage verstand ich nicht.

Deitschlenner treffen sich beim Liederkranz Reading zum Oktoberfest

Sicherheitshalber antwortete ich in Englisch: „I'm from Germany." „Ah, en Deitschlenner", war die Antwort, um dann gleich nachzuschieben: „Un ferwas schwetzscht du wie mir?" „Ich kumm vun de Palz", sagte ich, etwas stolz, dass meine Herkunft mir das Gespräch in Mundart überhaupt ermöglichte. Und erneut sah ich Fragezeichen im Gesicht meines Gegenübers. „I'm from the Palatinate", versuchte ich es in Englisch. Aber es half nichts.

Für Paul Münch, dem bekanntesten Mundartdichter der Pfalz, war klar, dass „akkerat im Pälzer Staat, der Punkt leit, der wu ganz gewiss, die Hauptsach uff em Weltall iss, der Punkt, wu alles sich drum dreht, was uff der weite Welt besteht." Die Pfalz als „Weltachs", sozusagen. Kann es dann sein, dass in Gegenden, in denen sich einst Kurpfälzer niederließen, den Begriff „Pfalz" nicht kennt? Doch in Pennsylvania weiß man damit nichts anzufangen. Mundartsprecher in Pennsylvania sagen: „Mer schwetze pennsylvanisch-deitsch", oder einfach, „Mer schwetze deitsch". Oft hört man auch „Mer schwetze Dutch".

Im 17. und 18. Jahrhundert war aus amerikanischer Perspektive jeder, der den Rhein hinunter über London in die neue Welt zog, „Dutch" – und zwar egal, ob er jetzt aus Rotterdam, Mannheim oder Basel kam. Die Bedeutungsverengung des Begriffs „Dutch" auf „niederländisch" brauchte einige Generationen. Die Niederlande waren ja erst nach dem 30jährigen Krieg unabhängig geworden und damit ein noch recht junger Staat.

Die Pennsylvania-Deutschen ziehen eine ziemlich akkurate Trennlinie zwischen sich und anderen Gruppen: Alle Deutschen, die bis 1776 – dem Beginn des Unabhängigkeitskrieges – eingewandert waren, sind „Deitsche". Und alle, die nach Ende der Kriegswirren ab 1815 den Weg in die neue Welt fanden, sind eben „Deitschlenner". Also war zum Beispiel der Großvater von Donald Trump ein „Deitschlenner" – und ich als Deutscher aus Deutschland bin eben auch einer. Noch heute gibt es im kulturellen Leben beider Gruppen wenig Durchmischung: Pennsylvania-Deutsche singen im „Dolpehocken Saenger Chor" Lieder in Mundart, später ausgewanderte Pfälzer bzw. deren Nachfahren trifft man dagegen im „Lancaster Liederkranz". Die Pennsylvania-Deutschen feiern „Grundsau Daag" (Groundhog Day) am 2. Februar, die „Deitschlenner" unter den Amerikanern dagegen eher „Steuben Parade" und Oktoberfest.

„Sell iss net baed, ass du en Deitschlenner bischt", versuchte der Bauer, der zu Old Order Amish gehörte, zu beschwichtigen. Als ich ihn daraufhin fragend ansah, antwortete er: „Wie ich dich erscht gsehne hab, hawwich gedenkt, du bischt en Englischer. Awwer du bischt en Deitschlenner, un sell iss ferschur besser wie sell!" Immerhin.

VON „A" WIE „AMISH" BIS „F" WIE „FOLK FEST"

Urlaub im Pennsylvania Dutch Country

Eines kann man sagen: Der Staat Pennsylvania hat es noch nicht geschafft, seine Tourismusstrategie so zu gestalten, dass Deutsche sich im besonderen Maße vom „Keystone State“ als Reisedestination angesprochen fühlen. Das ist wirklich sehr schade.

Parade am 4. Juli beim Kutztown Folk Festival

Ich habe mir jetzt 25 Jahre lang den Mund fusselig geredet, angefangen von der offiziellen Tourismusvertretung des Staates in Deutschland bis hin zum zuständigen Ministerium in Harrisburg (PA). Auch mit fast allen Tourismusverantwortlichen im Pennsylvania Dutch Country auf County-Ebene habe ich über die Jahre gesprochen – in Deutschland und Amerika. Eine zielgerichtete Adressierung von geschichts-, kultur- und sprachinteressierten Touristen aus Deutschland gibt es nicht. Dieser Ansatz ist zu kleinteilig und passt offensichtlich nicht zur übergreifenden Tourismusstrategie, in der alle Counties gleichwertig bedient werden müssen. Kann ich verstehen. Ist aber schade, weil damit Chancen ungenutzt bleiben. So wirbt Pennsylvania auf seiner Website „visitpa.com" also weiterhin mit „Outdoor Adventures" (Skifahren, Camping), „City Life" (Shopping, Museen, Theater), "Foodie Fun" (Restaurants, Bier, Wein) und „Historical Pursuits" (Fabriktouren, Resorts & Spa). Nur wenige Deutsche dürften aus diesen Gründen nach Pennsylvania reisen.

Deshalb erlaube ich mir hier ein paar Tipps für interessierte Pennsylvania-Urlauber auszusprechen. Aus deutsch-pennsylvanischer Sicht ist das „Kutztown Folk Festival" (kutztownfestival.com) das absolute Highlight des Jahres. Neun Tage in der Zeit um den 4. Juli zeigt das Pennsylvania Dutch Country, was es zu bieten hat: Musik, Kunsthandwerk, Tanz, Sprache, Literatur und vieles mehr. Auch die in der Umgebung lebenden Old Order Mennoniten kommen gerne einmal auf ein Eis vorbei, so dass die Chancen hier gutstehen, auch Dialektsprecher anzutreffen. Leider ist es die heißeste und schwülste Zeit des Jahres – „schmoddich" oder „schmoddrich" nennt der Pennsylvania-Deutsche dieses Wetter.

Deshalb gilt auch: Will man Pennsylvania wirklich kennenlernen, sollte man die Monate Juli und August eigentlich meiden. Es ist wettermäßig meist eine Quälerei. In diesem Fall könnte es sich lohnen, einen Zwischenstopp in einem Resort mit Seeanbindung zu buchen. Hier bekommt man oft neben einer Blockhütte ein Kanu. Liegt dieses Resort etwas nördlich von Allentown (Lehigh County) in den Pocono Mountains, lässt sich von hier aus auch gut ein Tagesausflug nach New York unternehmen. Empfehlen kann ich zum Beispiel das Mountain Springs Lake Resort in Reeders (mslresort.com).

Die optimale Reisezeit für Pennsylvania ist eigentlich die Zeit von Mitte April bis Mitte Juni sowie September und Oktober. Gerade im Herbst ist das Wetter oft warm, aber nicht heiß, und sehr stabil. Mit etwas Glück bekommt man Ende Oktober auch noch etwas vom Indian Summer mit – dem „Inschesummer", der auch in Pennsylvania vor 50 Jahren noch „Altweiwersummer" hieß.

Distelfink beim Berks County Heritage Center in Wyomissing

Die meisten Dialektsprecher findet man im Lancaster County (discoverlancaster.com), die meiste pfälzisch-pennsylvanische Kultur im Berks County (visitpaamericana.com). Kontakt mit Old Order Amish oder Ord Older Mennonites bekommt man leicht an einem Obst- und Gemüsestand am Straßenrand. Hier spricht man über die verschiedenen Produkte und stellt fest, dass die Unterhaltung bei diesem Thema eigentlich ganz gut klappt. Kleiner Tipp: Die Gesprächspartner immer „duzen". Ein „Sie" gibt es im Dialekt nicht. Sagt man zum Beispiel einen Satz wie „Was verkaafe Sie dann hier?", wird sich der Gesprächspartner wahrscheinlich umdrehen und schauen, ob noch andere Personen da sind, die gemeint sein könnten. Das „Sie" wird als Plural (Mehrzahl) verstanden.

Noch besser für die Kontaktaufnahme sind Bauernmärkte, von denen es viele gibt. Der größte ist vielleicht der „Green Dragon" (greendragonmarket.com) bei Ephrata, sehenswert sind aber auch der etwas kleinere Bauernmarkt in Bird-in-Hand (birdinhandfarmersmarket.com) oder der „Central Market" in Lancaster (centralmarketlancaster.com). Ist man auf den Landstraßen in Pennsylvania unterwegs, kann man auch nach kleineren Geschäften Ausschau halten, vor denen Kutschen stehen. Hier verkaufen Amish und Mennoniten und kaufen Amish und Mennoniten für den eigenen Bedarf. Die Läden stehen aber jedem offen und werden auch von anderen US-Amerikanern besucht. Mein Favorit ist vielleicht der „Echo Hill Country Store" (echohillcountrystore.com) in Fleetwood (PA).

Wohnen ist nicht billig. Es gibt tolle historische "Bed & Breakast"-Hotels, in denen Übernachten ein Erlebnis ist. Das gilt allerdings auch für den Geldbeutel. Mein Tipp: Interessiert man sich für die Amish und die Kultur der Pennsylvania-Deutschen, sollte man überlegen, gleich direkt bei einer Amish-Familie unterzukommen. Das geht, weil manche Familien das kleinere „Groossdaadi-Haus“ – der Alterssitz der Großeltern auf dem Bauernhof – an Touristen vermieten, wenn es nicht gerade gebraucht wird. Am besten besucht man eine Webseite zum Thema „Urlaub auf dem Bauernhof“ (pafarmstay.com), sucht Bauereien im Lancaster County und unter diesen zunächst Eigentümer, die einen deutschen Namen haben (z. B. Riehl, Lapp, Stolzfus, Beiler etc.). Zuletzt achtet man darauf, dass der Hof östlich der Stadt Lancaster liegt, und dort südlich der Route 340 und nördlich der Route 30. Dann sollte es passen: Entweder man ist bei Amish oder Mennoniten gelandet oder bei einer Familie, die von Mundart sprechenden Nachbarn umgeben ist. Einen engeren Kontakt zur gastgebenden Familie könnte man übrigens bekommen, wenn man bei einem Gespräch einmal fallen lässt, dass man später noch zu Walmart oder einem anderen Supermarkt fährt. Es ist nicht unwahrscheinlich, dass man dann das Auto voller Mitfahrer und damit ausreichend Gelegenheit hat, ganz tief in deutsch-pennsylvanische Kultur einzutauchen und auch Mundart zu sprechen. Viel Spaß dabei.

SCHON GEWUSST?

Die besten

AIRPORTS

für die Reise ins Pennsylvania Dutch County sind Philadelphia und Newark. Von Philadelphia ist man schnell im Lancaster County, von Newark zügig in den Counties Lehigh und Berks.

DIE SEELE BAUMELN LASSEN

Die Strasburg Rail Road

Heute ist so ziemlich alles in den Vereinigten Staaten autogerecht gebaut. Auch in Pennsylvania gibt es „Drive Thru Areas" nicht nur bei Hamburger-Ketten, sondern zum Beispiel auch bei Banken und Apotheken. In Lancaster County funktioniert das manchmal sogar mit Kutschen – den Amish Buggies.

Die Strasburg Rail Road lässt das Herz von Eisenbahnfreunden höher schlagen

Kaum zu glauben, dass dieses Amerika im 19. Jahrhundert auf „public transportation“ setzte – mit der Eisenbahn, die im Pennsylvania-Deutschen „Riggelweg“ (von englisch „railway“) heißt.

Bereits ab 1846 wurde der Plan umgesetzt, die Staatshauptstadt Harrisburg mit Pittsburgh im Westen zu verbinden. Noch in der ersten Hälfte des 19. Jahrhunderts lief der Warenverkehr nach Westen noch überwiegend über „Conestoga Wagons“ und Lastschiffe, die sich in einem System von Flüssen und künstlichen Kanälen bewegten. Jetzt sollte die Eisenbahn die Erschließung des Westens noch effizienter möglich machen. 1852 führten die Schienen schon von Philadelphia nach Pittsburgh.

Bereits im Jahr 1851 kaufte die lokale „Strasburg Rail Road“ in Lancaster County eine erste Dampfeisenbahn für die Strecke, die zuvor irgendwann zwischen 1832 und 1837 bereits mit Wagen in Betrieb war, die von Pferden gezogen wurden. Der genaue Startzeitpunkt konnte nicht ermittelt werden. Zweck der Eisenbahn war jedenfalls die Verbindung des ländlichen Lancaster County mit einem Knotenpunkt der überregionalen „Pennsylvania Rail Road“.

Nach dem zweiten Weltkrieg ließ die Bedeutung der „Strasburg Rail Road“ mit der starken Verbreitung des Autos nach, und nach einer Serie von Verwüstungen auf der Strecke durch schwere Stürme wollten die Eigentümer nicht mehr in die Zukunft der Bahn investieren.

Es war ein Glück, dass sich private Investoren fanden, die ab 1958 „Strasburg Rail Road“ touristisch nutzten. Und so ist eine Strecke von 7,2 Kilometern weiter in Betrieb und führt von East Strasburg zu Leaman Place – und wieder zurück. Es sind mehrere Lokomotiven im Einsatz. Einige davon sind rund 120 Jahre alt. Während der Fahrt in historischen Wagen lässt man Bauereien von Amish und Mennoniten links und rechts an sich vorbeiziehen und ist für 90 Minuten einfach einmal ein Tourist, der die Landschaft genießt. „Strasburg Rail Road“ ist ein Ausflugstipp für die ganze Familie.

Wer anschließend von Eisenbahnen noch nicht genug hat, kann direkt gegenüber des Bahnhofs das „Railroad Museum of Pennsylvania“ besuchen. Hier stehen in großen Hallen über 100 alte Stahlrösser, und das Museum erzählt die Geschichte der Eisenbahn in Pennsylvania. Ebenfalls in Strasburg finden sich die „Choo Choo Barn“, eine riesige Modelleisenbahn und das „National Toy Train Museum“, das auch viele alte Blecheisenbahnen zeigt. Natürlich gibt es noch weitere touristisch erhaltene Eisenbahnstrecken im Pennsylvania Dutch Country – zum Beispiel jeweils eine in Kempton und Kutztown im Berks County. Aber das Herz der Eisenbahnfreunde schlägt in Strasburg im Lancaster County.

„DIAMOND", „STAR" UND „TRIP AROUND THE WORLD"

Die Welt der Amish Quilts

Ich weiß nicht, in wie vielen Haushalten von Old Ord Amish und Old Order Mennonites ich in den vergangenen fast drei Jahrzehnten gewesen bin. Aber eine „Quilting Party" habe ich nur ein einziges Mal im Lancaster County erlebt.

Frauen quilten beim Kutztown Folk Festival

Dabei gehört das Quilten zu den zentralen Beschäftigungen von Frauen in der Gemeinschaft: Hier arbeiten Großmütter mit ihren Töchtern und Enkelinnen und geben neben der Tradition so auch Handarbeitstechniken an die nächste Generation weiter. Nachbarinnen kommen zusammen, um sich auf den neuesten Stand zu bringen. Die Frauen sitzen rund um einen großen Tisch und arbeiten gemeinsam an einem Rahmen, in dem der Quilt – abgeleitet von lateinisch „culcita" (Matratze) – entsteht. Ich wäre bei der Quilting Party, die ich erlebt habe, gerne länger in dem Raum geblieben. Aber das ging nicht, denn hier treffen sich die Frauen, während man als Mann mit den Männern in einem anderen Zimmer sitzt, um Männerthemen zu besprechen.

Die Ergebnisse ungezählter Blauderyachten (Quilting Parties)

Amish Quilts sind Ausdruck von Sparsamkeit. Stoffreste wurden so ab etwa 1870 nutzbringend verwertet. Vor dieser Zeit nutzten die Amish wie viele andere deutschstämmige Siedler Federbetten, die sie aus ihrer europäischen Heimat kannten. Aber die waren aus einem besonderen Grund unpraktisch: Die Gottesdienste der Amish finden seit dem 16. Jahrhundert nicht in Kirchen, sondern auf den Bauernhöfen statt – im Sommer in der „Scheier", im Winter im Haus, das oft über einen riesigen, nicht von Wänden unterteilten Keller verfügt. Bis zu 100 Gemeindemitglieder kommen zu einer solchen Gelegenheit und wollen ihre Mäntel ablegen. Hierfür nutzten die Amish schon immer die Betten in ihren Schlafzimmern, was wir heute bei Geburtstagen bei uns im Haus genauso machen. Ein Federbett war für einen solchen Zweck aber gänzlich ungeeignet, und so begannen einige Familien, die Bettdecke tagsüber vom Bett zu nehmen und eine Tagesdecke aufzulegen, die dann auch noch ein wenig repräsentativ sein sollte. Der Amish Quilt war geboren und erfreut sich seit Ende des 19. Jahrhunderts einer ständig wachsenden Beliebtheit.

Die ersten Quilts waren noch einfarbig oder hatten nur wenige Muster. In den letzten Jahrzehnten ist ein ganzes Universum von Farben und Formen entstanden, die bei aller Vielfalt doch eines zeigen: den Fleiß und das Können der Amish-Frauen, die ebenso konzentriert bei der Arbeit sind, als würden sie ein Gebet sprechen. Beliebte Motive sind „Diamond“ (ein schräg gestelltes Quadrat), „Diamond Square“ (mehrere Quadrate verschiedener Größe übereinander gelegt), „Lone Star“ (ein achtzackiger Stern auch „Stern von Bethlehem“ genannt), „Folded Star“ (ein etwas komplizierterer symmetrischer Stern) und „Trip around the world“, was mein Favorit ist. Der ganze Quilt sieht aus, als bestehe er aus hunderten „Computerpixeln“, deren einzelne Farben faszinierende Mosaiken bilden.

Ich konnte bei der zuvor genannten Quilting Party dann aber doch noch ein paar Fragen stellen: „Was seid dihr do am duh?“, ist eine bei vielen Gelegenheiten passende Eingangsfrage, um ein Gespräch zu starten. Also fragte ich so auch in dieser Situation. „Mir sinn en Debbich am mache“, kam die Antwort. „Aha, Debbich“, dachte ich, also wieder so ein Wort, das auf seinem Weg nach Amerika seine Bedeutung geändert hat. Aber in diesem Fall lag ich völlig daneben. Üblicherweise frage ich zu Hause in der Pfalz Familienmitglieder, wenn ich

nicht weiterkomme. Und sowohl meine vorderpfälzischen als auch die westpfälzischen Verwandten wiesen mich darauf hin, dass „Debbich“ im Pfälzischen „Decke“ bedeutet. Zwar war die nie ein Quilt, sondern zum Beispiel gehäkelt. Aber hier hat sich also die alte Bedeutung im Pennsylvania-Deutschen schlicht erhalten. Nur mir selbst war der Begriff einfach nicht mehr geläufig.

SCHON GEWUSST?

In Deutschland haben sich Quilt-Begeisterte im Jahr 1985 in der

„PATCHWORK GILDE“

zusammengeschlossen. Aktuell hat der Verein rund 6 000 Mitglieder.

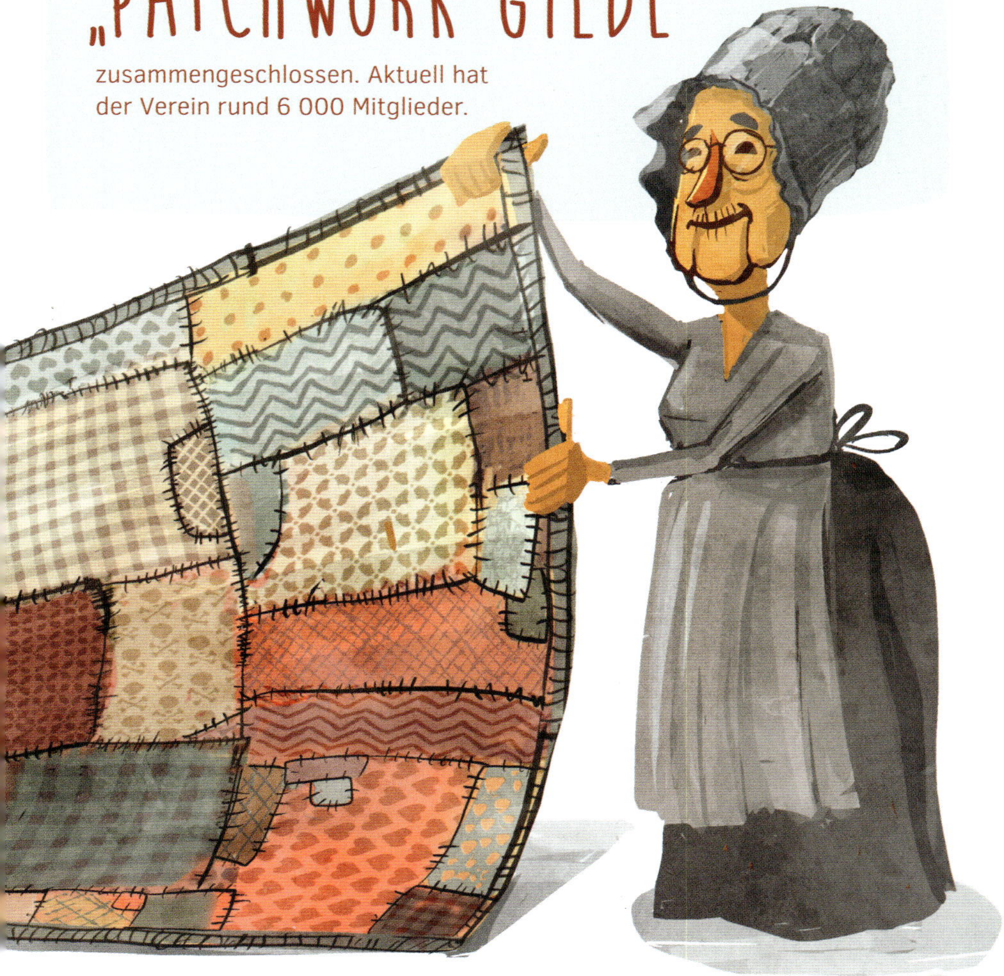

PENNSYLVANIA-DEUTSCHE

Deutsche oder Amerikaner?

In Facebook habe ich rund 1 000 sogenannte „Freunde“. Dazu gehören Kontakte in Deutschland und den USA, dort vorwiegend in Pennsylvania. Im Kontakt über viele Jahre ist mir aufgefallen, dass Amerikaner und Deutsche die Welt bisweilen sehr unterschiedlich wahrnehmen.

Pennsylvanisch-Deutsche sind stolze Amerikaner

Ich zum Beispiel glaube an eine Zukunft Deutschlands in Europa, die Aussagen der Wissenschaft, eine multilaterale Weltpolitik, die Hoffnung auf eine ökologisch ausgerichtete Gesellschaft und die Überzeugung, dass Menschen in Not unabhängig von ihrer Herkunft geholfen werden muss.

Wenn ich diese in sozialen Netzwerken oder bei Gesprächen in Amerika offenbare, ernte ich bisweilen Widerspruch. Da ist zum Beispiel ein Facebook-Kontakt aus Pennsylvania, den ich ein einziges Mal am Rand einer Veranstaltung getroffen habe. Ich möchte ihn „Tom" nennen.

Tom ist um die 40, verheiratet, und hat drei Töchter. Er hatte wie viele andere Pennsylvania-Deutsche in den Jahren 2016 und 2020 Donald Trump und dessen „Make America great again" gewählt. Dabei mochte er nicht unbedingt den Charakter des Präsidenten, aber er nahm ihn in Kauf, solange Trump die gemeinsame Agenda abarbeitete. Und in deren Zentrum stand immer: Deregulierung. Der Staat muss immer und überall zurückgedrängt werden, die Verantwortung – und damit die Freiheit des Einzelnen – zunehmen. Tom ist auch sehr gläubig. Die Erde ist für ihn rund 10 000 Jahre alt, weil es so in der Bibel geschrieben steht.

Tom und ich diskutieren auf Facebook oft leidenschaftlich über Postings – zuweilen hart bis an die Schmerzgrenze. Aber dennoch so, dass wir beide immer wieder entscheiden, den jeweils anderen nicht aus der Freundesliste zu streichen. Meine Motivation ist klar: Ich will verstehen, wie Tom denkt, und auch, warum viele Deutsche und viele Amerikaner sich nicht verstehen.

Und nach einigen Jahren Facebook-Freundschaft und einigen Dutzend Diskussionen glaube ich, einen Ansatz gefunden zu haben, der tief in der menschlichen Seele verwurzelt ist: Es hat auch hier etwas mit Kontrollgewinn und Kontrollverlust zu tun.

In Deutschland gibt es seit mehr als 1000 Jahren staatliche Strukturen. Bevor die Bürger Bürger wurden, waren sie Untertanen. Staatliche Regulierung war immer da und ist Teil unserer gesellschaftlichen DNA. Warum sind so wenige Deutsche Gründer von Start-Ups? Vielleicht hat es etwas damit zu tun, dass man die Sicherheit eines Angestellten aufgeben muss, um Unternehmer zu werden. Das mögen viele Deutsche als Kontrollverlust empfinden. Als Angestellter weiß ich, welches Gehalt am Monatsende auf meinem Konto landet. Als Unternehmer habe ich diese Sicherheit nicht.

Ganz anders in den USA: Wer im 18. Jahrhundert aus dem Rheintal nach Pennsylvania auswanderte, fand dort keine staatlichen Strukturen und keine

Die Farben der amerikanischen Flagge dominieren auch bei der Parade am 4. Juli beim Folk Festival.

Sicherheit vor. In der Regel siedelten die meisten Neuankömmlinge an der Grenze zum Indianerland, die sich sukzessive Richtung Westen verschob.

Um Kontrolle über ihr Schicksal zu gewinnen, nutzten die Siedler drei Strategien: die Kraft von Feuerwaffen, die Macht des Glaubens und die feste Überzeugung, es alleine in der Wildnis schaffen zu können. Und dieser Ansatz unterscheidet das Denken von Amerikanern und Deutschen grundsätzlich.

Deutschland ist von oben nach unten strukturiert – Amerika konsequent von unten nach oben. Das können Sie sich nicht vorstellen? In Amerika werden der örtliche Polizeichef, Schulräte und sogar Richter von der Bevölkerung gewählt. Jede Kirchengemeinde stellt ihren Pfarrer selbst ein, und taugt er nichts, wird er gefeuert. In einem solchen System ist eine Hauptstadt wie Washington mit all seinen Berufspolitikern erst einmal nicht notwendig, um das tägliche Leben vor Ort zu organisieren. Konsequenterweise beginnen lokale Nachrichten auf Seite 1 mit lokaler Berichterstattung, dann kommen viel Sport, Nachrichten der Kirchen und die Todesanzeigen – und dann gibt es vielleicht auch noch den ein oder anderen Artikel zum politischen Geschehen im eigenen Staat oder der Hauptstadt Washington.

Tom als pennsylvanisch-deutscher Amerikaner und ich als pfälzischer Europäer betrachten die Welt also aus zwei völlig unterschiedlichen Blickwinkeln: Er fühlt sich sicher, wenn er alle seine Entscheidungen allein treffen kann, ich fühle mich sicher, wenn ich mich als Teil einer Gesellschaft begreife, die über ein Sozialsystem verfügt, das den Einzelnen in Notsituationen stützt. Damit wird auch klar, warum Tom lieber selbst eine Waffe im Haus hat, als auf die Waffe eines staatlichen Polizisten zu vertrauen, der im Bedarfsfall kommt – oder auch nicht.

Pennsylvania-Deutsche im 18. Jahrhundert mussten Unternehmer, Jäger und Kämpfer sein, um zu überleben. Diese Erfahrung ist bis heute für viele prägend – auch für Tom, meinen Facebook-Freund. Er ist als Pennsylvania-Deutscher ein typischer Amerikaner.

Was Tom und mich zusammenhält, sind gemeinsame pennsylvanisch-deutsch-pfälzische kulturelle Muster – Sprache und Bräuche, und vielleicht sogar gemeinsame Vorfahren. Aber in unserem Austausch sind wir noch nicht dazu gekommen, das zu prüfen. Wir mussten uns erst einmal an Donald Trump und seiner Sicht auf die Welt abarbeiten. Das war bisher anstrengend genug.

Patriotisch geht es auch auf den Bühnen in Kutztown zu

QUO VADIS, PENNSYLVANIA?

Ein Ausblick

Nein, Pennsylvania und die pennsylvanisch-deutsche Kultur im Staat stehen aktuell nicht am Scheideweg. Die Entscheidung, wie sich der Keystone State in Zukunft weiterentwickelt, ist längst gefallen ...

Die Zukunft der Pennsylvania-Deutschen liegt im Westen der USA

Das Pennsylvania Dutch Country wird städtischer, weil immer mehr wohlhabende Familien aus Philadelphia sich ein Häuschen auf dem Land kaufen wollen, und es wird damit auch immer interkultureller. Die Hispanics sind schon seit vielen Jahren da und stellen auch sprachlich die größte Minderheitengruppe. Über 5 % der Menschen im Staat sprechen zu Hause Spanisch, was in den USA ein eher niedriger Wert ist. Doch damit sprechen fünfmal mehr Menschen in Pennsylvania Spanisch als Pennsylvania-Deutsch. Mit der zunehmenden Verstädterung kommen nun auch viele Asiaten und Menschen anderer Herkunft hinzu. Interkulturalität ist ja aus meiner Sicht immer ein Gewinn und ein Schritt hin zu einer einzigen Menschheitsfamilie – für die Pennsylvania-Deutschen ist es natürlich eine Bürde, weil die Aufrechterhaltung der eigenen kulturellen Muster schwieriger wird.

Bei den Lutheranern und Mitgliedern der United Church of Christ (früher: Reformierte) ist das Pennsylvania-Deutsche schon längst reif für das Museum. Menschen, die älter als 60 Jahre alt sind und noch „deitsch" sprechen, haben die Sprache in der Regel von ihren Großeltern auf dem Bauernhof erworben. Nur wenige Junge machen sich die Mühe, die Mundart zu lernen. Sie pflegen das Erbe ihrer Vorfahren mit viel Liebe auf dem Kutztown Folk Festival, und doch mischt sich hier in all die Heiterkeit der Veranstaltung immer auch ein wenig Wehmut. Allen ist klar, dass das Erbe – und hier sprechen wir von ursprünglich pfälzischen, elsässischen oder schweizerdeutschen Elementen und Mustern – nicht wirklich eine Zukunft hat. Vielleicht muss man ja in ein paar Jahren auch nicht mehr die Sprache sprechen, um sich Pennsylvania-Deutsch zu fühlen. Möglicherweise reicht es auch, am Sonntag einen „Shoofly Pie" zu backen.

Lancaster County betreibt eine „Land Preserving Policy" – eine Politik, die der zunehmenden Verstädterung entgegenwirken soll. Doch auch das wird langfristig nicht viel nutzen, um den religiösen Sekten im Osten der USA eine wirkliche Zukunft zu geben. Zwar kaufen die Amish und Mennoniten alter Ordnung Land, um es an ihre Kinder weiterzugeben. Aber die Preise rennen davon, und so sucht und findet die junge Generation schon seit Jahrzehnten Land im Westen – das ist billig und liegt auch weit weg von den anwachsenden Touristenströmen im Lancaster County. Dort ist das Land weit, und man hat seine Ruhe. Und so wiederholt sich die Geschichte der amerikanischen Besiedlung. Große Siedlungen der Amish und Mennoniten gibt es in Ohio, Indiana und Illinois, aber auch in vielen anderen Staaten bis nach Texas haben sie mittlerweile Fuß gefasst. Daneben siedeln viele bereits seit Generationen in Kanada. Mit jedem Weiterziehen der nächsten Generation lassen die Amish und Mennoniten auch manches von dem Erbe hinter sich, das ihre Vorväter und Vormütter einst mit

Die größten Gemeinsamkeiten zwischen der Pfalz und Pennsylvania findet man weiterhin in der Gegend um Kutztown

in dieses Land gebracht hatten. Und so verblasst auch immer mehr die Erinnerung an die Pfalz in ihren kulturellen Mustern – der Sprache und den Bräuchen. Die meisten Dialektsprecher findet man heute übrigens in der Gegend rund um Holmes County im ländlichen Ohio. Hier können auch der Steuerberater und der Zahnarzt Mundart, einfach weil ihre Kunden das schätzen. So liegt die Zukunft der Pennsylvania-Deutschen und des Pennsylvania-Deutschen vielleicht in den weiten Ebenen der amerikanischen Prairie.

In den letzten 50 Jahren haben Old Order Amish und Old Order Mennonites auch immer wieder den Versuch gestartet, sich in Mittel- und Südamerika anzusiedeln. Richtig erfolgreich waren diese Ansätze selten, aber seit einigen Jahren gibt es in Belize östlich von Guatemala im Bundesstaat Cayo einige neue Siedlungen. Die Chancen auf Erfolg stehen diesmal vielleicht nicht schlecht, denn die Amtssprache in Belize ist Englisch (das Land gehört zum britischen Commonwealth). Das macht vieles leichter.

Mich persönlich reizen weder die Siedlungen der Amish und Mennoniten im Westen der USA noch die neu entstandenen Gemeinden in Lateinamerika. Mein Sehnsuchtsort und zweite Heimat in den USA ist Berks County, jener Landkreis, in dem man auch heute noch dem Belznickel begegnet und Elbedritsche gefangen werden. Hier habe ich in den vergangenen Jahrzehnten sehr viele Menschen getroffen, von denen einige zu wirklich guten Freunden geworden sind. Auch wenn ich manche Ansichten meiner Freunde – ob religiös oder politisch – nur schwer nachvollziehen kann. Mit Humor und Respekt findet sich ein Weg, einander nah zu bleiben. Denn das kann ich sagen: Es sind fast ausnahmslos humorvolle und zuvorkommende Menschen – und es lohnt sich, sie kennenzulernen. Dabei ist es ein großes Glück, wenn man sich in Mundart austauschen kann. Auch die größten Gegensätze werden dann mit einem Mal klein. Und wir – Amerikaner und Deutsche – fühlen, dass uns etwas verbindet: eine gemeinsame Kultur, eine gemeinsame Geschichte – und letztlich natürlich auch eine gemeinsame Zukunft auf diesem Planeten Erde. Ich kann es nicht anders sagen: Ich bin und bleibe ein unverbesserlicher „Pälzylvanier".

Patrick Donmoyer (Mitte), Doug Madenford (rechts) und Michael Werner – drei Pälzylvanier, die schon lange zusammenarbeiten

Appendix

Amerikanische Orte im Buch

Albany Township • Alburtis • Allemaengel • Allentown • Baltic • Baltimore • Barigschtrooss • Berks County • Berlin • Bern • Berrysburg • Bethlehem • Bird-in-Hand • Bisskatzedaal • Bowers • Boyertown • Bristol • Brunnersville • Carlisle • Cocalico Creek • Conestoga • Conestoga River • Devon • Douglasville • Dritschbarig • East Strasburg • Eilebarig • Ephrata • Fogelsville • Frederick • Fredericksburg • Friedensburg • Friedensburg Road • Germantown • Gnoddeltaun • Haasedaal Road • Harrisburg • Hellertown • Holmes County • Holzhackerschtettel • Hosensack • Hosensack Creek • Hossesackdaal • Host • Hudson River • Hunsrick • Intercourse • Katzebuckel Road • Kempton • Kutztown • Lancaster • Lancaster County • Leaman Place • Lebanon • Lehigh County • Lower Milford Township • Luzerne • Lynn Township • Manhatten • Maple Grove • Millersville • Meyersdale • Mohawk Valley • Mohrsville • Monroe County • Montgomery County • Mountain Mary Road • Nazareth • New York • New Paltz • North Carolina • Ohio • Oley • Oley Valley • Paradise • Pasching Road • Pennsburg • Pennsylvania • Penn Street • Perkiomenville • Philadelphia • Pike Township • Pittsburgh • Pocono Mountains • Pottsville • Punxsutawney • Reading • Reeders • Robesonia • Rothsville • Schaefferstown • Schnokedaal • Schlangebarig • Schoharie Valley • Schteebruch Weg • Staten Island • Strasburg • Schtumpe • Selinsgrove • Shoemakersville • Stouchsburg • Stumpstown • Tampico • Tulpehocken Creek • Upper Bern • Virginia • Washington • Wassergass Road • White Plains • Womelsdorf

Deutsche Orte und europäische Orte im Buch

Alzey • Bacharach • Bingen • Bockenheim an der Weinstraße • Chemnitz • Darmstadt • Eberbach • Ebertsheim • Einbek • Edenkoben • Ellerstadt • Frankenthal • Frankfurt am Main • Gemmingen • Großaspach • Großgartach • Grünstadt • Guntersblum • Heidelberg • Heilbronn • Heppenheim • Hochstadt • Ixheim • Käfertal • Karlsbrunn • Hoffenheim • Kaiserslautern • Kallstadt • Kirchheimbolanden • Kreuznach • Krefeld • Kriegsheim • Kurpfalz • Kusel • Ladenburg • Landau • Mainz • Malchen • Mannheim • Monsheim • Mosbach • München • Neckarsteinach • Neustadt an der Weinstraße • Oberalben • Ober-Olm • Odenwald • Oppenheim • Pfalz • Planig • Reutlingen • Rheinland-Pfalz • Rommersheim • Schifferstadt • Schriesheim • Schwäbisch Gmünd • Schwarzenau • Schweiz • Selzen • Simmern • Sinsheim • Speyer • Stromberg • Trier • Ulmet • Umstadt • Veldenz • Weierhof • Worms • Wörrstadt • Zuzenhausen • Zweibrücken

Touristische Sehenswürdigkeiten

Bird-in-Hand Farmers Market • Choo Choo Barn • Christkindelmarkt Bethlehem • Conrad Weiser Homestead • Conestoga Wagon Restaurant • Deitsch Eck Restaurant • Demuth Museum • Echo Hill Country Store • Elfreth's Alley, Philadelphia • Ellis Island • Ephrata Cloister • Freiheitsstatue, New York • German Society of Philadelphia • Germantown • Gettysburg Battlefields • Goschenhoppen Folk Festival • Green Dragon Farmers Market • Henry Antes Plantation • Historic Moravian Bethlehem • Historic Schaefferstown • Kutztown Folk Festival • Lancaster Central Market • Lancaster Mennonite Historical Society • Mountain Springs Lake Resort • Landis Valley Village & Farm Museum • Liberty Bell Center, Philadelphia • Martin Guitars • National Toy Train Museum • Pagode, Reading • Pennsylvania German Cultural Heritage Center • Pennsylvania State Museum • Peter Wenz Homestead • Railroad Museum of Pennsylvania • Regina Leiningers Grab in Stouchsburg • Strasburg Rail Road • Tenement Museum, New York • Valley Forge • Yuengling Brewery • Winterthur Museum, Delware

Personenregister

Weiterführende Literatur

- Beam, C. Richard et al. (Hg.) (2004 2007): The Comprehensive Pennsylvania German Dictionary. 11 Volumes A-Z. Millersville (PA).
- Buffington, Albert F. (1974): Pennsylvania German Secular Folk Songs. Publications of the Pennsylvania German Society. Volume 8. Breinigsville (PA).
- Bronner, Simon J. / Brown, Joshua R. (2017): Pennsylvania Germans. An Interpretive Encyclopedia. Baltimore (MD).
- Brown, Joshua R. / Madenford, Douglas (2017): Schwetz Mol Deitsch. An Introductory Pennsylvania Dutch Course. 2nd Edition
- Donmoyer, Patrick (2013): Hex Signs. Myth and Meaning in Pennsylvania Dutch Barn Stars. Foreword by Don Yoder. Kutztown (PA).
- Donmoyer, Patrick (2017): Powwowing in Pennsylvania. Braucherei & the Ritual of Everyday Life. Kutztown (PA). Donner, William W. (2016): Serious Nonsense. Groundhog Lodges, Versammlinge, and Pennsylvania German Heritage. University Park (PA).
- Fogel, Edwin Miller (1915): Beliefs and Superstitions of the Pennsylvania Germans. Harrisburg (PA).
- Haag, Earl C. (1988): A Pennsylvania German Anthology. Selinsgrove (PA).
- Haag, Earl C. (2010): Die Pennsylvananisch-Deitsche. Kutztown (PA).
- Hohmann, Johann Georg (1819): Der lang verborgene Freund, enthaltend wunderbare und probmäßige Mittel und Künste für Menschen und Vieh. Harrisburg (PA).
- Kraybill, Donald B. (2001): The Riddle of Amish Culture. Revised Edition. Baltimore (MD).
- Louden, Mark L. (2016): Pennsylvania Dutch. The Story of an American Language. Baltimore (MD).
- Mittelberger, Gottlieb (1997): Reise nach Pennsylvanien im Jahr 1750 und Rückreise nach Deutschland im Jahr 1754. Herausgegebenen, eingeleitet und erläutert von Jürgen Charnitzky. Sigmaringen.
- Paul, Roland / Scherer, Karl (Hg.) (1995): Pfälzer in Amerika / Palatines in America. Kaiserslautern.
- Pastorius, Franz Daniel (1700): Umständige Geographische Beschreibung Der zu allerletzt erfundenen Provintz Pensylvaniae. Durch Franciscum Danielem Pastorium. Frankfurt / Leipzig.
- Shoemaker, Alfred L. (2009): Christmas in Pennsyvlania. A Folk-Cultural Study. 50th Anniversary Edition. Introduction and Afterword by Don Yoder. Mechanicsburg.
- Stine, Eugene S. (1996): Pennsylvania German Dictionary. Birdsboro (PA).

- Stoltzfus, Lillian (2013): Speaking Amish. A Beginner's Introduction to Pennsylvania German. Lancaster (PA).
- Yoder, Don (2001): Discovering American Folklife. Essays on Folk Culture & the Pennsylvania Dutch. Mechanicsburg (PA).
- Yoder, Don (2003): Groundhog Day. Mechanicsburg (PA).
- Weaver, William Woys (1993): Pennsylvania Dutch Country Cooking. New York.
- Werner, Michael (Hg.) (1997-2021): Hiwwe wie Driwwe. The Pennsylvania German Newspaper. 25 Volumes. Ober-Olm / Kutztown.
- Werner Michael / Sauer Walter et al. (Hg.) (2006): Mit Pennsylvaanisch-Deitsch darich's Yaahr. A Pennsylvania German Reader for Grandparents and Grandchildren. Edited by an Editorial Committee of the Deutsch-Pennsylvanischer Arbeitskreis e.V. / German-Pennsylvanian Association. Neckarsteinach.

Bildnachweise

Seite 4: Michael Werner • 4: Achim Szabo • 12: Des Neu-eröffneten historischen Bildersaals siebenter Theil, Nürnberg 1740 • 16: Wikipedia • 18: Michael Werner • 21: Xavier della Gatta • 24: Michael Werner • 28: Wikipedia • 30: Michael Werner • 33: Michael Werner • 36: Conestoga Area Historical Society • 41: Michael Werner • 42: discoverlancaster.com • 45: Michael Werner • 49: Patrick Donmoyer • 50: Patrick Donmoyer • 52: Michael Werner • 54: Michael Werner • 56: digital fandm • 57: Kutztown Folk Festival • 60: discoverlancaster.com • 64: Destination Gettysburg • 69: Michael Werner • 72: Michael Werner • 74: Michael Werner • 76: Pennsylvania German Heritage Center at Kutztown University • 77: Pennsylvania German Heritage Center at Kutztown University • 80: discoverlancaster.com • 84: Michael Werner • 85: Michael Werner • 88: Michael Werner • 90: Michael Werner • 92: Vorogsaga • 97: Michael Werner • 100: Landis Valley Museum • 101: Michael Werner • 105: Johann Conradt Gilbert • 108: Michael Werner • 110: Kitchen Kettle • 112: discoverlancaster.com • 113: discoverlancaster.com • 116: Michael Werner • 121 Pennsylvania German Cultural Heritage Center at Kutztown University • 124: Patrick Donmoyer • 126 (alle): Michael Werner • 128: Hunter Yoder, Boyertown • 133: PSU • 141: flickr • 138: Wikipedia • 140: discoverlancaster.com • 141: Michael Werner • 144: Patrick Donmoyer • 146: discoverlancaster.com • 148: Michael Werner (Motiv von Patrick Donmoyer) • 150 (alle): Patrick Donmoyer • 155 (alle): Michael Werner • 158: discoverlancaster.com • 160: flickr • 162: discoverlancaster.com • 166: discoverlancaster.com • 171: Michael Werner • 175: Michael Werner • 176: Christian Schega / Benjamin Wagener • 178: Michael Werner • 180: Michael Werner • 182: Michael Werner • 184: Michael Werner • 186: Michael Werner • 188: Michael Werner • 191: Michael Werner • 194: Michael Werner • 198: Michael Werner • 200: Michael Werner • 202: Michael Werner • 204: discoverlancaster.com • 206: Kutztown Folk Festival • 207: discoverlancaster.com • 210: Michael Werner • 212: Kutztown Folk Festival • 213: Kutztown Folk Festival • 214: discoverlancaster.com • 216: Michael Werner • Alle Illustrationen: Achim Szabo.

WER NOCH MEHR WISSEN MÖCHTE ...

Die pfälzisch-pennsylvanische **Zeitung** „Hiwwe wie Driwwe“ erscheint seit 1997 und kann über das Pennsylvania German Cultural Heritage Center in Kutztown abonniert werden.

Wer danach richtig einsteigen will, eine Reise nach Pennsylvania plant oder eine Bachelor– oder Master-Arbeit über die Nachfahren pfälzischer Auswanderer in den USA schreiben möchte, findet einen guten Einstieg im Deutsch-Pennsylvanischen **Archiv**, das sich im Mennonitischen Forschungszentrum auf dem Weierhof bei Kirchheimbolanden befindet.

Hiwwe wie Driwwe – Pfälzisch in Amerika

Als Multimedia-Vortrag oder Konzert

Der Autor des Buches kommt für einen **Vortrag** oder gemeinsam mit Band für ein **Konzert** auch zu Ihnen. Bitte schreiben Sie eine E-Mail an: **michael-werner@t-online.de**

Allen Lesern ist zur weiteren Vertiefung des Themas die **Kino-Dokumentation** „Hiwwe wie Driwwe – Pfälzisch in Amerika“ zu empfehlen, die über die üblichen Online-Shops als DVD erworben werden kann.

Bestellen Sie den **Pälzylvania-Aufkleber** (29 × 5cm) bei Edition Tintenfaß, **info@verlag-tintenfass.de**

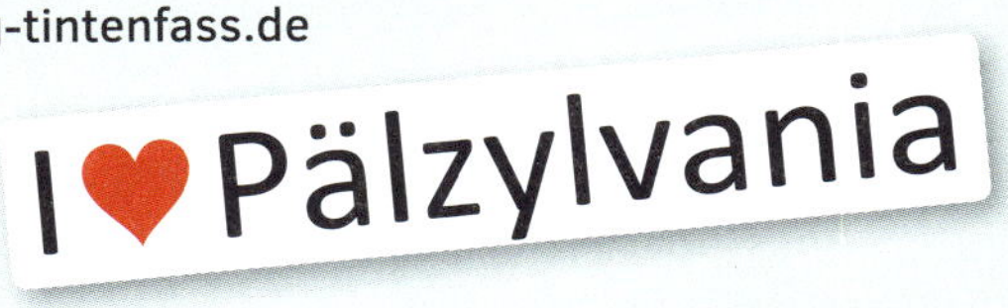

Wem seine Illustrationen in diesem Buch gefallen haben, findet hier weitere Arbeiten des Künstlers aus den Bereichen Illustration, Grafikdesign und Wandgestaltung: **www.achimszabo.com**

Oder kontaktieren Sie ihn direkt per E-Mail unter: achim.szabo@gmail.com

HERZLICHEN DANK ALLEN SPONSORINNEN UND SPONSOREN*:

Birgit und Udo Adam • Maria Adler • Ilona Adolf • Andreas Agne • Dr. Georg Albert • Thomas Angelmahr • Peter Apel • Konny und Charly Asal • Bernd Aust • Matthias Avril • Andrea Backhaus • Peter Bärenz • Marko Bauer • Norbert Baumgarten • Thorsten Bauschmann • Theo Bender • Johannes Bernhard • Clemens Bethke • Claudia Biehler • Sascha Blank • Claus Bonifer • Jörg Brandeysky • Bernhard Brunner • Gabriele Cater • Warren Deeds • Bernd Dollt • Patrick Donmoyer • Anne Eberhardt • Manfred Ehrlich • Michael Eibl • Richarda Eich • Alois Eitl • Ulrike und Susanne Enke • Elwedritsche-Verein 1982 e.V. Landau • Herbert Exner • Daniela Foltean • Sandra Folz • Dr. Bernd Franzinger • Kathleen Fuchs • Volker Gallé • Hansdieter Gehres • Thomas Gehring • Alfons Getto • Andreas Geyer • Norbert Gilb • Grundsau Lodsch No. 19 im alte Land • Silke Grozelski • Mario Graf • Marco Gürtler • Dr. Bernd Haber • Prof. Dr. Olav Hackstein • Prof. Dr. Barbara Hans-Bianchi • Alfred Häusler • Olaf Hartenstein • André Hartstern • Angelika Harz • Wilhelm Hauth • Ursula Heberger • Barbara Heger • Sandra Heiß • Erich Helfrich • Helle Wertschaft • Jürgen Hennchen • Dr. Hans-Friedrich Hicks-Monreal • Waltraud Hook • Gudrun Hollstein-Schmidt • Alex und Miriam Hornung • Markus Hundsdorfer • Janis Jung • Norman Jung • Hans-Peter Joder • Ralf Jörns • Stephan Kaletta • Dr. Guido Kaupe • Giorgina Kazungu-Haß • Joachim Kerchner • Marius Kimmel • Reiner Kirch • Renate Klag • Wolfgang Klingel • Sebastian Knauer • Thomas Knerr • Evelyn Knörr • Hans-Oskar Koob • Peter Kopf • Dr. Dominik Körber • Sabine Kraus • Michael Kropp • Sabine Kuntz • LandFrauen Kreis-Verband Worms • Thomas La Presti • Detlef Lax • Michael Lebski • Erwin Ledig • Karl Lehr • Sascha Leiser • Wolf-Peter Lieb • Birgit Linder • Susanne Loeser • Katharina Maier • Natalia Maier • Christian Marker • Eberhard Meinl • Kuno Merk • Stefan MosselvHanne Münch • Julia Neumayer • Friedrich Neitzer • Stefanie Niedermeier & Werner Mausolf • Eleonore Noack • Marion Nürnberger-Russow • Karlfried Obenauer • Stephanie Oberlinger • Günter Ohmer • Dr. Thomas Ott • Jochen Pacyna • Pälzer Cantry Bänd • Andreas Peiser • Pennsylvania German Cultural Heritage Center • Hedi Perotto • Alexander Peterke • Thomas Pfeiffer • Karl-Ludwig Profit • Anja Prietz • Ulla Püttmann • Thomas Raab • Pascal Rambaud • Monika Reffert • Gisbert Reichhart • Holger Reif • Josef Rill • Ursula Roos • Tobias Roth • Wilhelm Rubel • Dr. Walter Sauer • Annette Schäfer-Spaeder • Arno Schaub • Ferdinand Schauerte • Christian Schega • Joe Scheidel • Univ.-Prof. Dr. Oliver Scheiding (Obama Institute for Transnational American Studies an der Johannes Gutenberg Universität Mainz) • Simon Schell • Katja Scheller • Dr. Isaac Smith Schendel • Volker Schenk • Pascal und Susanne Schlipp • Emil Schloß • Enno Schmeiser • Hans Peter Schmitt • Karl-Heinz Schmitt • Walter Schmitt • Ilsetraud Schnauber • Egon Schueler • Hildegard Schuster • Hartmut Seitz • Ashley Snyder • Familie Michael Springer • Petra Schreiner • Lutz Schröder • Wanda Schröer-Wamberger • Torsten Schuler • Rüdiger Stawinski • Michael Storck • Erik Stüber • Philipp Thomas • Martin Thorenz • Tanja Tiator • Herbert Tiefel • Marcel Transie • Thomas Treiling • Rüdiger Trobisch • Sabrina Unold • Stefan Vaith • Walter Viering • Jasmin Wadlinger • Benjamin Wagener • Alexander Walter • Johannes Warth • Christian Wedel • Marion Wendel • Heidrun Werner • Klaus Werner • Birgit Zahn • Heiko Zander • Dr. Wolfgang Zuck • Peter Zürker ...

... sowie mehr als 200 weiteren Unterstützerinnen und Unterstützern.
Ihr habt die Realisierung dieses Projekts möglich gemacht.

GROOSS DANK!

(* mit Gold- bzw. Silber-Paket bzw. einer freien Unterstützung in ähnlicher Höhe im Rahmen der Crowdfunding-Kampagne)